박태원 왼역

三國志

박태원

윗역

三國志

서쪽의 땅 촉(蜀)을 향하여

나관중 지음

6

박태원 삼국지 6
서쪽의 땅 촉(蜀)을 향하여

1판 1쇄 인쇄   2008년 4월 25일
1판 1쇄 발행   2008년 4월 29일

지은이   나관중
옮긴이   박태원
발행인   박현숙
펴낸곳   도서출판 깊은샘

출   력   으뜸애드래픽
인   쇄   (주)신화프린팅코아퍼레이션

등   록   1980년 2월6일 제2-69
주   소   서울시 종로구 낙원동 58-1 종로오피스텔 606호 우편번호 110-320
전   화   764-3018, 764-3019
팩   스   764-3011

ⓒ 박태원 2008

ISBN 978-89-7416-196-5 04810
ISBN 978-89-7416-190-3 (전10권)

유비(劉備)*

촉한의 초대 황제. 자는 현덕(玄德). 관우, 장비와 의형제를 맺었다. 황건적의 난이 일어나자 동생들과 토벌에 참전 하였다. 원소, 조조의 관도대전에서는 원소와 동맹하고, 이에 패하자 형주의 유표에게로 갔다. 세력이 미약하여 이곳저곳을 의탁하다 삼고초려해서 제갈량을 맞고 본격적인 기반을 다지기 시작했다. 이후 촉으로 세력을 확장하여 국호를 촉한이라하고 황제의 위에 올랐다. 관우의 죽음에 복수하기 위해 오를 공격했으나 실패하고 병으로 죽었다.

제갈량(諸葛亮)*

자는 공명(孔明). 삼고의 예로써 유비가 그를 찾았을 때 천하삼분지계를 설파하면서 유비의 군사가 되었다. 손권과 유비의 동맹을 성사시키고 적벽대전에서 조조의 군대를 크게 무찔렀다. 유비가 촉한의 황위에 오른 뒤 승상이 되었다. 유비가 병으로 죽자 후주 유선을 받들어 촉나라를 다스리는 데 전념했다. 남만의 수령 맹획을 일곱 번 잡아 일곱 번 놓아주어 맹획의 충성을 서약받기도 했다. 위나라를 정벌하기 위해 후주 유선에게 올린 출사표는 천하의 명문장이다. 오장원에서 병을 얻어 죽었다.

관우(關羽)*

자는 운장(雲長). 촉한의 오호대장. 유비, 장비와 더불어 의형제를 맺고 평생토록 그 의를 저버리지 않았다. 조조에게 패하고 사로잡혔을 때 조조가 함께 하기를 종용했으나 원소의 부하 안량과 문추를 베어 조조의 후대에 보답한 다음 오관을 돌파하여 유비에게로 돌아갔다. 유비의 익주 공략 때에는 형주에 머무르면서 보인 위풍은 조조와 손권을 두렵게 하였다. 여몽의 계략에 사로잡혀 죽었다.

장비(張飛)*

자는 익덕(翼德). 촉한의 오호대장. 유비, 관우와 함께 의형제를 맺고 평생 그 의를 저버리지 않았다. 수많은 전투에서 절세의 용맹을 떨쳤다. 특히 형주에 있던 유비가 조조의 대군에 쫓겨 형세가 아주 급박하게 되었을 때 장판교 위에서 일갈하여 위나라 군대를 물리침으로 해서 그 이름을 날렸다. 관우가 죽은 후 관우의 복수를 위하여 오를 치려는 와중에 부하에게 암살되었다.

황충(黃忠)*

자는 한승(漢升). 촉한의 오호대장. 유표 휘하에서 장사를 지키고 있었으나, 적벽대전 이후 유비에게로 가서 토로장군이 되었다. 유비가 서촉으로 갈 때 큰 공을 세웠고 한중을 공격할 때는 정군산에서 조조의 장수 하후연을 죽여 이름을 드높였다. 같은 해 유비가 한중왕이 되자 후장군이 되었다. 오나라와의 이릉전투에서 75세의 나이로 죽었다.

조운(趙雲)*

자는 자룡(子龍). 촉한의 오호대장. 처음에는 공손찬 휘하에 있다가 나중에 유비의 신하가 되어 용맹을 떨쳤다. 유비가 장판에서 유비의 아들 선을 필마단기로 조조의 대군들 사이에서 구출하여 용명을 떨쳤다. 이후 많은 전투에서 승전고를 울렸다. 유비 사후에도 공명을 보좌하며 촉한의 노장군으로서 선봉에 서서 뒤따르는 많은 장수의 큰 귀감이 되었고 많은 전공을 올렸다.

마초(馬超)*

자는 맹기(孟起). 촉한의 오호대장. 서량태수 마등의 아들로 장비와 우열을 가릴 수 없을 정도로 용명을 날렸다. 아버지 마등이 조조에 의해 죽자 양주에 근거하여 독립적인 세력을 구축하고 조조에 항거했으나 동관에서 대패하고 공명의 계책에 의해 촉의 장수가 되었다. 이후 촉에 혁혁한 공을 세우면서 이름을 크게 날렸다.

조조(曹操)*

위나라 건립. 자는 맹덕(孟德). 황건적 난 평정에 공을 세우고 두각을 나타내어 마침내 헌제를 옹립하고 종횡으로 무략을 휘두르게 되었다. 화북을 거의 평정하고 이어서 남하를 꾀했는데, 적벽에서 손권과 유비의 연합군에 대패한 이후로 세력이 강남에는 넘지 못하고 북방의 안정을 꾀했다. 그는 실권은 잡았으나 스스로는 제위에 오르지 않았다. 인재를 사랑하여 그의 휘하에는 용맹한 장수와 지혜로운 모사가 많이 모였다.

위연(魏延)

유비의 용장. 자는 문장(文長). 유표의 부장으로 있다가 후에 유비에게 귀순하였다. 용맹하고 싸움을 잘해서 많은 공적을 세웠다. 공명은 후두부에 반골(反骨)이 돌출되어 있어 반역자의 관상이라고 하여 경계를 했다. 공명이 죽은 후 촉을 배반했다가 마대에게 죽음을 당했다.

손권(孫權)

오의 대제(大帝). 자는 중모(仲謀). 손견의 둘째 아들로 형 손책이 죽자 그 뒤를 이어 주유 등의 보좌를 받아 강남의 경영에 힘썼다. 유비와 연합하여 남하한 조조의 대군을 적벽에서 격파함으로써 강남에서의 그의 지위는 확립되었다. 그 후 형주의 귀속 문제를 둘러싸고 유비와 대립하다가 219년 관우를 죽이고 형주를 점령했다. 그 결과 위, 오, 촉 3국의 영토가 거의 확정되었다.

육손(陸遜)

오나라의 공신. 자는 백언(伯言). 여몽을 대신하여 육구를 지키면서 관우의 경계를 늦춤으로서 여몽에게 큰 공을 세우게 하는 탁월한 전략으로 형주를 오나라의 영유로 삼았다. 촉의 유비가 대군을 이끌고 진격해 왔을 때 오의 총사령으로 이릉에서 대승을 거뒀다.

제갈근(諸葛瑾)

오나라 대신. 자는 자유(子瑜). 제갈량의 형. 손권이 처음 강동을 장악했을 때 그를 상빈(上賓)으로 삼았다. 동생이 촉을 받들고 있어 의심을 받기도 했으나 손권으로부터는 깊은 신임을 받았다.

조비(曹丕)

자는 자환(子桓). 위(魏) 문제(文帝). 조조의 차남으로 태어났으며 시문에 뛰어났다. 조조의 대권을 이어받아 위를 건국하여 황제가 되었다. 재위 7년 동안 삼국을 통일하기 위해 애쓰다가 병이 들어 조예를 태자로 지명하고 조진, 조휴, 사마의, 진군 등에게 후사를 부탁하고 세상을 뜬다.

장임(張任)

서촉 유장의 수하 장수. 유장이 장로를 막고자 유비를 불러들이려 할 때 극력 반대하였다. 방통이 유비와 유장의 첫 대면 연회에서 위연을 시켜 칼춤을 추게 하고 기회를 보아 유장을 죽이려 하였을 때, 마주 나가 춤추며 주인을 구했고 방통을 낙봉파에서 화살로 죽게 했다.

관로(管輅)

자는 공명(公明). 조조가 도사 좌자에게 농락당하여 병이 났을 때 불러본 점쟁이.

4권 삼고초려

5권 아! 적벽대전

7권 세상을 뜨는 영웅들

【 삼국지 일러두기 】

1. 이 책은 1959년~1964년 평양 국립문학예술서적출판사와 조선문학예술총동맹출판사에서 간행된 박태원 역 『삼국연의(전 6권)』를 저본으로 삼았다.

2. 저본의 용어나 표현은 모두 그대로 살렸으나, 두음법칙에 따라 그리고 우리말 맞춤법에 따라 일부 용어를 바꾸었다. 예) 령도→영도, 렬혈→열혈

3. 저본에는 한자가 병기되어 있으나, 이 책에서는 맨 처음에 나올 때는 한자를 병기하고 이후에는 생략했다.

4. 저본의 주는 가능하면 유지하였으나 독자의 편의를 위해 약간의 수정을 가하였다.

5. 저본에 충실하게 하는 것을 원칙으로 하였으나 매회 끝에 반복해 나오는 "하회를 분해하라"와 같은 말은 삭제했다.

6. 본서에 이용된 삽화는 청대초기 모종강 본에 나오는 등장 인물도를 썼으며 인물에 대한 한시 해석은 한성대학교 국문과 정후수 교수의 도움을 받았다.

삼국정립도

조운은 강을 끊어 아두를 빼앗고
손권은 글을 보내 아만을 물리치다

| *61* |

이때 방통과 법정이 현덕을 보고 연석에서 유장을 죽이면 서천을 힘 안 들이고 얻을 수 있다 권하니, 현덕이 말하기를

"내가 처음 촉 땅에 들어와서 은혜와 신의가 아직 서지 못하였으니 이 일은 결단코 행할 수 없소."

하고 듣지 않는다.

두 사람은 재삼 권하여 보는 것이나 현덕은 종시 들으려고 하지 않았다.

그 이튿날 현덕은 다시 유장과 성중에서 만나 술을 마셨다. 피차에 진정을 털어 이야기하며 정의가 자못 극진하다.

이러구러 술이 반감에 이르렀는데, 이때 방통은 법정과 더불어 의논하고

"사세가 이미 이에 이른 바에야 주공 처분만 바라고 있을 수

없소."

하고 즉시 위연을 불러서 당상에 올라가 검무를 추다가 승세해서 유장을 죽이라고 일렀다.

위연이 드디어 칼을 빼어 들고 앞으로 나가서

"연석에 아무 즐길 만한 거리가 없으니 한 번 제가 검무를 추어 놀아 볼까 합니다."

하고 말하니, 방통은 곧 여러 무사들을 불러 들여 당하에 늘어세 우고 오직 위연이 하수하기만 기다린다.

유장 수하의 여러 장수들이 보니 위연은 술자리에서 검무를 추고 계하의 무사들은 칼자루에 손을 대고 당상을 빤히 쳐다보고들 있다.

종사 장임이 또한 칼을 빼어 들고 춤을 추며

"검무에는 반드시 짝이 있어야 하느니 제가 한 번 위 장군과 같이 추어 보겠습니다."

하고 두 사람이 연석에서 대무(對舞)를 춘다.

위연은 눈을 들어 유봉을 보았다.

유봉이 또한 칼을 뽑아 들고 춤을 돕는다.

이것을 보고 유궤 · 냉포 · 등현이 저마다 칼을 빼어 손에 들고

"우리들이 한 번 군무를 추어 웃음을 도울까 합니다."

하고 나선다.

현덕은 크게 놀라 급히 좌우에 차고 있는 칼을 빼어 손에 들고 자리에 일어서서

"우리 형제가 서로 만나서 술을 마시는데 무슨 의심하고 꺼릴 일이 있을 것이며 또한 홍문연(鴻門宴)[1]이 아니어든 검무를 써서

무엇 하겠느냐. 칼을 버리지 않는 자는 그 자리에서 참하리라."

하고 호령하니, 유장이 또한

"형제가 서로 모인 자리에 칼들은 무엇 하러 차고 있느냐."

하고 꾸짖고 시위들에게 명하여 허리에 찬 칼들을 모조리 끌러 놓게 하였다.

모든 사람이 분분히 당에서 내려간다.

현덕은 여러 장수들을 다시 당상으로 불러 올려서 술들을 내리고 말하였다.

"우리 형제, 동종 골육이 함께 매사를 의논하는 터에 두 마음이 있을 턱이 없다. 그대들은 의심하지 마라."

모든 장수들이 다 절하고 사례한다.

유장은 현덕의 손을 잡고 눈물을 흘리며

"형님의 은혜는 맹세코 잊지 않겠습니다."

하고 말하였다.

두 사람은 단락하게 술들을 마시고 어두워서야 헤어졌다.

현덕은 영채로 돌아오자 방통을 보고

"공들은 어째서 유비를 불의에 빠뜨리려 하오. 이후론 결단코

---

1) 진(秦)나라 말년에 패공이 관중을 평정하고 군사를 시켜서 함곡관을 지키게 하였는데, 이때 항우가 하북을 평정하고 함곡관에 와 보니 군사가 문을 닫고 들이지 않는다. 항우는 대로하여 문을 깨뜨리고 들어가 홍문(鴻門)에 진을 치고 장차 패공을 치려고 하였다. 항우의 계부 항백이 본래 패공의 모사 장량과 친한 사이라 그 밤으로 말을 달려가서 장량에게 일이 급함을 고하였다. 이리하여 이튿날 패공은 장량을 데리고 항우에게 사죄하러 홍문으로 오니 항우는 그를 위하여 연석을 배설하였다. 이 자리에서 항우의 모사 범증은 패공을 죽여 버리려고 장수 항장을 시켜 나와서 검무를 추게 하였는데, 항백이 또한 칼을 들고 나서서 같이 춤추며 몸으로 패공을 가려 주었다. 그러자 마침 패공 수하의 맹장 번쾌가 칼 차고 방패 들고 자리로 뛰어들어서 패공은 간신히 위기를 벗어날 수가 있었다. 이것이 유명한 '홍문연'이다.

그런 일을 하지 마오."

하고 책망하였다.

방통은 탄식하고 물러갔다.

한편 유장이 영채로 돌아오니 유궤의 무리가

"주공께서는 오늘 석상의 광경을 보셨습니까. 일찍 돌아가셔서 후환이 없게 하시는 것이 좋을까 보이다."

하고 권한다.

유장이

"우리 형님 유현덕은 다른 사람과는 다른 분이야."

하니, 여러 장수들이 다시

"비록 현덕에게는 그럴 마음이 없어도 그 수하에 있는 사람들이 모두 우리 서천을 병탄해서 부귀를 도모하려 하고 있으니 말씀입니다."

하고 말한다.

그러나 유장은

"그대들은 우리 형제의 정을 이간하지 마라."

하고 그들의 말을 끝내 듣지 않고, 매일 현덕과 만나서 흉금을 털고 이야기하는 것이다.

그러자 문득 보하되 장노가 병마를 정돈해서 가맹관(葭萌關)을 침범하려 하고 있다 한다.

유장이 곧 현덕에게 가서 막기를 청하니 현덕은 개연히 응낙하고 그날로 본부 군마를 영솔하고 가맹관을 향하여 떠났다.

모든 장수들이 유장을 보고

"대장들로 하여금 각처 관액을 굳게 지켜서 현덕의 병변(兵變)을 방비하게 하십시오."

하고 권한다.

유장이 처음에는 듣지 않았으나 뒤에 여러 사람이 하도 간절히 권하는 바람에 마침내 백수도독 양회(楊懷)와 고패(高沛) 두 사람으로 하여금 부수관을 지키게 하고 자기는 성도로 돌아갔다.

한편 현덕은 가맹관에 이르자 군사들을 엄하게 단속하며 널리 은혜를 베풀어서 민심을 거두기에 힘썼다.

이때 세작이 이 일을 알아다가 동오에 보하니 오후 손권이 문무 관원들을 모아 놓고 상의하는데, 고옹이 나서서

"유비가 이제 군사를 나누어 멀리 산간벽지로 들어갔으니 졸연히 돌아오지 못할 것입니다. 이때를 타서 일지군을 보내 먼저 서천 어귀를 막아 그의 돌아올 길을 끊은 다음에 동오 군사를 모조리 일으킨다면 가히 한 번 북쳐서 형양 지방을 평정할 수 있을 것이니 이는 결코 놓쳐서는 아니 될 기회입니다."

하고 계책을 드린다.

손권이 듣고

"이 계교가 참으로 묘하오."

하고 막 상의하는 중에 홀연 병풍 뒤에서 한 사람이 큰 소리로

"이 계교를 드린 자는 참을 해야 하느니라. 그래 내 딸의 목숨을 해치려 든단 말이냐."

하고 꾸짖으며 나온다. 모두 놀라서 쳐다보니 곧 오국태다.

국태가 노기를 띠고

"내 평생에 오직 딸 하나를 두어 유비에게 출가시켰는데 이제

만약 군사를 동한다면 내 딸은 어떻게 되란 말인고."

하고, 인하여 손권을 돌아보며

"네가 부형의 기업을 이어 앉아서 팔십일주를 거느리고 있으면서 그것도 오히려 부족해서 이제 소리(小利)를 탐내서 골육을 생각하지 않는단 말이냐."

하고 꾸짖으니, 손권은 연승

"예, 예."

하고 대답하며

"모친의 말씀을 어찌 감히 어기오리까."

하고, 드디어 여러 관원들을 꾸짖어 물리쳤다.

오국태가 한을 품고 돌아간 뒤, 손권이 대청 끝에 서서 '이 기회를 한 번 잃고 보면 어느 날에나 형양을 얻을지 모르는데⋯⋯' 하고 혼자 속으로 생각하며 바야흐로 침음하고 있는 중에 문득 장소가 들어와서

"주공은 무엇을 근심하고 계십니까."

하고 묻는다.

손권이

"아까 일을 생각하고 있었소."

하고 대답하니, 장소가

"이는 지극히 용이한 일입니다. 이제 심복 장수 한 명을 시켜서 군사 오백 명만 거느리고 몰래 형주로 들어가서 일봉 밀서를 군주에게 전하게 하시되, 국태께서 병환이 위중하셔서 따님을 보고 싶어 하신다 하고 곧 밤을 도와 군주를 동오로 모셔 오게 하십시오. 그리고 현덕이 평생에 아들 하나를 두었을 뿐이니 그 아이를

데리고 오시게 하면 그때는 현덕이 필연 형주를 가지고 아두와 바꾸러 들 것이요, 만약에 그렇지 않으면 그대로 군사를 동하더라도 다시 무슨 구애할 것이 있겠습니까."

하고 계책을 말한다.

들고 나자 손권이

"이 계교가 참으로 묘하오. 내게 한 사람이 있으니 성은 주(周)요 이름은 선(善)이라 매우 담력이 있는데 어려서부터 내 집에 드나들며 우리 형님을 많이 쫓아다니던 사람이오. 이번에 그를 보낼까 하오."

하니, 장소는

"이 일을 결코 누설하셔서는 아니 됩니다. 이 길로 곧 떠나게 하시지요."

하고 일러 준다.

이에 손권이 주선을 비밀히 보내는데, 군사 오백 명을 장사꾼으로 꾸며서 배 다섯 척에 나누어 태우고, 기찰을 당할 경우를 생각해서 가짜 국서를 한 통 준비하고 배 안에는 몰래 병장기를 감추어 놓게 하였다.

주선이 명을 받고 형주 수로(水路)를 따라 와서 배를 강변에 대어 놓고 저는 형주로 들어갔다.

문리를 시켜서 손 부인에게 보하게 하니 부인이 들어오라고 분부한다. 주선은 부인에게 밀서를 올렸다.

부인이 받아서 보니 국태의 병이 위중하다고 씌어 있다. 울며 물으니 주선이 절하고 아뢴다.

"국태께서 병환이 대단히 위중하셔서 주야로 오직 부인만 생각하고 계십니다. 만일에 늦게 가셨다가는 생전에 만나 뵙지를 못하실 것 같소이다. 그리고 말씀이 아두를 데리고 오셔서 한 번 보게 해 달라 하십니다."

손 부인이 듣고

"황숙께서 군사를 거느리고 멀리 나가셨으니 내 이제 돌아가려면 반드시 사람을 보내서 군사에게 알린 다음에야 가게 되오."

하고 말하니, 주선이

"그러나 만일에 군사가 '반드시 황숙께 취품해 보고서 분부를 물은 뒤에야 비로소 배에 오르실 수 있습니다' 하고 말하면 어떻게 하시렵니까."

하고 묻는다.

그래도 부인이

"만약 말없이 가려다가는 필시 못 가게 막을 것이오."

하고 주저하는데, 주선은

"강 위에 이미 선척을 준비해 놓았으니 부인께서는 곧 수레에 올라 성을 나가시도록 하십시오."

하고 재촉한다.

손 부인이 모친의 병이 위급하다고 들었으니 마음이 어찌 황황하지 않겠느냐. 그 길로 일곱 살 먹은 아두를 데리고 수레에 올라 형주성을 떠나 배를 타러 강변으로 나가는데, 수행하는 인원은 삼십여 명이라 각기 칼을 차고 말에 올라 그 뒤를 따른다.

부중 사람들이 이것을 알고 공명에게 보하려 했을 때는 손 부인이 이미 사두진(沙頭鎭)에 당도해서 막 배에 오른 뒤였다.

주선이 바야흐로 배를 내려고 할 때 강 언덕에서 누군가

"아직 배를 내지 마라. 내 부인을 전송하겠다."

하고 큰 소리로 외치는 소리가 들렸다. 보니 바로 조운이다.

원래 조운이 순초하고 막 돌아오는 길에 이 소식을 듣고 소스라쳐 놀라 수하에 다만 사오 기를 거느리고 풍우같이 말을 몰아 강변까지 쫓아 나온 것이다.

주선이 손에 긴 창을 들고서

"네가 누구기에 감히 주모(主母)를 막느냐."

하고 큰 소리로 호통 친 다음에 군사들을 꾸짖어 일제히 배를 내려 저마다 병장기를 들고 나와 배 위에 벌려 서게 한다.

이때 바람은 순풍이요 강물은 또 빨라서 배들이 모두 물결을 따라 내려간다.

조운은 강변을 따라 쫓아 내려가며 외쳤다.

"부인은 가시려면 가십시오. 그러나 다만 한마디 여쭐 말씀이 있습니다."

그러나 주선은 들은 체 아니 하고 오직 배를 재촉해서 앞으로 나아갈 뿐이다.

조운이 강변을 따라서 십여 리나 쫓아가는데 문득 보니 여울에 한 척 어선이 비껴 매여 있다.

조운은 말에서 내리자 창을 들고 어선으로 뛰어올랐다. 배에는 사람 둘이 타고 있었을 뿐이다. 조운은 그들로 배를 젓게 하여 부인이 타고 있는 큰 배를 바라고 쫓아갔다.

주선이 군사를 시켜 활을 쏘게 하였으나 조운이 창을 둘러서 막으니 화살이 분분히 물에 떨어진다.

큰 배와 상거가 불과 일 장 남짓밖에 안 되자 동오 군사들이 창을 들어 어지러이 내지른다.

조운은 곧 창을 배 위에 버리고 허리에 찬 청강검을 쑥 뽑아들었다. 앞으로 내뻗친 무수한 창끝을 칼로 헤치며 동오 배를 향해서 몸을 한 번 솟구쳐 눈결에 큰 배로 뛰어오르니 동오 군사들이 모두 놀라 자빠진다.

조운이 바로 선창 안으로 들어가니 부인이 아두를 품에 안고 있다가 그를 보고 꾸짖는다.

"어째 이리 무례하오."

조운은 칼을 꽂고 말하였다.

"주모께서는 어디로 가시려 하며 어찌하여 군사에게 알리지 않으셨습니까."

"우리 모친께서 병환이 위독하시다고 해서 미처 알릴 새가 없었소."

"주모께서 병문안 가시는데 무엇 하러 작은주인은 데리고 가시는 겁니까."

"아두는 내 아이오. 형주에 두고 가면 대체 누가 보아 주겠소."

"그것은 주모께서 잘못이십니다. 우리 주공 평생에 혈육이라고는 이 아기뿐이라, 소장이 당양 장판파 백만 군 중에서 구해 내었는데 오늘날 부인께서 데리고 가려 하시니 이것이 무슨 도리입니까."

부인은 노하였다.

"너는 장하의 일개 무부(武夫)에 지나지 않는데 어찌 감히 내 집 일에 참견이냐."

조운은 말한다.

"부인께서 가시려건 가시되 다만 작은주인은 두고 가십시오."

부인은 꾸짖었다.

"네가 중로에서 함부로 배 안에 뛰어드니 필연 반(反)할 뜻이 있는 게다."

그래도 조운은 물러나지 않는다.

"만약 작은주인을 두고 가시지 않으면 설혹 만 번 죽는 한이 있더라도 부인을 가시게는 못하겠습니다."

손 부인은 시비들을 꾸짖어 그를 물리게 하였으나 조운이 되레 그들을 밀어제치고 부인의 품에서 아두를 뺏어들자 품에 안고 뱃머리로 나왔다.

그러나 언덕에 오르자 하니 또한 조력해 줄 사람이 없고 군사들을 쳐 죽이자 하니 또한 도리에 온당치 않을 것 같아서 실로 진퇴양난이다.

손 부인은 연방 시비들을 꾸짖어 아두를 뺏어 오라 한다. 그러나 조운이 한 손에 아두를 꽉 안고 또 한 손에 칼을 들고 서 있으니 누가 감히 근처에나 가 보랴.

이때 주선은 고물에서 키를 잡고 부지런히 배를 몰아 강을 내려간다. 순풍에 강물은 빨랐다. 배는 곧장 중류를 바라고 나아간다.

실로 고장난명(孤掌難鳴)[2]이다. 조운은 오직 아두를 보호하고 있을 뿐 무슨 수로 배를 차고 기슭에 오를 것인가.

형세가 바야흐로 위급한 중에 문득 하류 쪽 포구 안으로 십여 척 배가 주르런히 일자로 나오며 배 위에서 기를 두르고 북을 친다.

---

2) 외손바닥으로는 소리가 나지 않는다는 말. 즉 남의 조력 없이 혼자 힘으로 일을 하기 어려울 때 쓰는 말이다.

조운이 속으로 '이번에는 동오 계교에 빠졌구나' 하고 생각하는데, 맨 앞에 오는 배 위에 일원 대장이 손에 장팔사모를 들고 서서

"아주머니는 조카를 두고 가시오."

하고 큰 소리 외친다.

원래 장비가 순초하던 중에 이 소식을 듣고 급히 유강 협구로 왔다가 바로 동오 배와 딱 마주치자 재빨리 앞을 막고 나선 것이었다.

그 길로 장비는 칼을 들고 동오 배로 뛰어올랐다. 주선이 장비가 배에 오른 것을 보자 칼을 들고 대어 든다.

그러나 장비는 한 칼에 그를 찍어 넘어뜨리고 그 수급을 들어다 손 부인 앞에 내던졌다.

부인이 깜짝 놀라

"아주버니는 이게 무슨 무례한 짓입니까."

하고 책망한다.

장비는 말하였다.

"아주머니께서 우리 형님을 중히 알지 않으시고 몰래 집으로 돌아가시니 이야말로 무례한 짓이지요."

부인이 말한다.

"우리 어머님이 병환이 중하셔서 지금 위급하시대요. 만약 형님에게서 회보가 오기를 기다리다가는 내 일이 낭패가 되겠으니 어떡해요. 종내 나를 못 가게 붙드신다면 나는 강물에 빠져 죽고 말 텝니다."

부인의 말을 듣고 장비는 조운과 의논하기를

"만약에 부인을 핍박해서 자결하시게 한다면 이는 신하의 도리가 아니라, 아두나 데리고 배로 돌아가는 수밖에 없겠네."

하고, 마침내 부인을 향하여

"우리 형님은 대한(大漢)의 황숙이시라 아주머님께 부족됨이 없으리다. 오늘 가시더라도 만약 형님의 은의를 생각하시거든 속히 돌아오십시오."

하고 말을 마치자, 아두를 안고 조운과 함께 배로 돌아가 손 부인의 다섯 척 배를 그대로 놓아 보냈다.

후세 사람이 시를 지어 자룡을 칭찬하였다.

> 그 옛날 당양에서 주인을 구하더니
> 오늘은 몸을 날려 강상으로 뛰어든다.
> 배 위의 동오 군사 담이 다 찢어졌네.
> 자룡의 영용함이 세상에 짝이 없구나.

또 익덕을 칭찬해서 지은 시가 있다.

> 그 옛날 장판교서 고리눈 부릅뜨고
> 한 번 호통에 백만 대병 물리치던 저 호걸
> 오늘은 강상에서 어린 주인 또 구하니
> 그 이름 청사에 올라 만세토록 유전하리.

두 사람은 서로 기뻐하며 배로 돌아갔다.

그로써 몇 리를 가지 않아 공명이 대대 선척을 거느리고 마주 나오는 것을 만났다.

공명이 아두를 이미 뺏어 가지고 돌아오는 것을 보고 크게 기뻐한다. 세 사람은 말머리를 가지런히 하고 돌아갔는데, 공명은 몸소 문서를 닦아서 가맹관으로 보내 이 일을 현덕에게 보하였다.

한편 손 부인이 동오로 돌아가서 장비와 조운이 강을 막아 주선을 죽이고 아두를 뺏어간 일을 갖추 이야기하니, 손권이 대로하여

"이제 내 누이가 이미 돌아왔으니 저와는 아무 인연이 없다. 주선 죽인 원수를 어찌 갚지 않으리."

하고 문무 관원들을 모아 군사를 일으켜서 형주 칠 일을 의논한다.

바야흐로 군사 조발할 일을 의논하고 있는 중에 홀연 보하되 조조가 군사 사십만을 일으켜 적벽 싸움의 원수를 갚으러 온다고 한다.

손권이 크게 놀라 형주 일은 아직 뒤로 미뤄 두고 곧 조조 막을 일을 의논하였다.

이때 사람이 보하기를, 장사 장굉이 그간 병으로 집에 돌아가 있더니 이제 작고하였다 하며 그의 유서를 올린다.

손권이 펴 보니 글 가운데 자기더러 말릉(秣陵)으로 자리를 옮기라고 권하는 대문이 있었다. 말릉 산천에 제왕의 기운이 있으니 속히 그곳으로 옮겨 앉아 만세(萬世)의 기업을 경영하라는 것이다.

손권은 유서를 보고 통곡하며 여러 관원을 돌아보고

"장자강이 나더러 말릉으로 자리를 옮기라 하였으니 내 어찌 그 말을 좇지 않겠소."

하고 즉시 영을 내려 건업(建業)을 옮겨 다스리며 석두성(石頭城)을

쌓게 하였다.

여몽이 나와서

"조조 군사가 오니 유수 수구에 성을 쌓아 놓고 막는 것이 좋겠소이다."

하고 계교를 드린다.

여러 장수들이 모두

"언덕에 올라가 적을 치고는 그대로 발 벗고 배로 들어갈 텐데 성은 쌓아서 무얼 하겠소."

하고 반대한다.

여몽은 말하였다.

"군사에는 이롭고 불리한 것이 있고 싸움에는 반드시 이긴다는 법이 없소. 만일 졸지에 적을 만나서 보군 · 마군이 함께 몰리고 보면 미처 물가까지 갈 사이도 없는데 무슨 수로 배에 오른단 말이오."

듣고 나자 손권은

"사람이 먼 생각이 없으면 가까운 근심이 있다고 하였으니 자명의 생각이 심히 멀다 하겠소."

하고 즉시 군사 수만 명을 유수로 보내서 성을 쌓게 하는데 주야로 일을 몰아 해서 기한 안에 공역을 다 마쳤다.

한편, 조조는 허도에 있어 그 위복이 날로 심해 갔는데, 장사 동소(董昭)가 있다가

"자고로 인신(人臣) 중에 그 공적이 승상만 한 자가 아직 없으니 비록 주공(周公), 여망(呂望)이라 할지라도 미치지 못하오리다. 즐

풍목우(櫛風沐雨)³⁾ 삼십여 년에 뭇 도적들을 소탕해서 백성을 위해 해를 덜고 한실을 부흥하게 하셨으니 어찌 여느 신하들과 동렬에 계실 것이리까. 마땅히 위공(魏公)의 위를 받으시고 구석(九錫)을 더하셔서 공덕을 표창해야 하오리다."

하고 말을 낸다.

대체 〈구석〉이란 무엇인가.

일(一)은 거마니 대로(大輅)와 융로(戎輅)가 각 하나다. 대로는 금거(金車)요 융로는 병거(兵車)라, 검은 수말 네 필이 끄는 수레가 넷, 누런 말이 여덟 필이다.

이(二)는 의복이니 곤면(袞冕)의 복장에 적석(赤舃)이 붙는다. 곤면은 왕의 복장이요 적석은 붉은 신이다.

삼(三)은 악칙(樂則)이니 악칙은 왕의 음악이다.

사(四)는 주호(朱戶)니 집에 주호를 세운다. 주호는 곧 홍문(紅門)이다.

오(五)는 납폐(納陛)니 납폐로 올라간다. 폐(陛)는 층계다.

육(六)은 호분(虎賁)이니, 호분 삼백 명. 문을 지키는 군사다.

칠(七)은 부월(鈇鉞)이니 부(鈇)와 월(鉞)은 각 하나다. 부는 곧 도끼(斧)요 월도 도끼 종류이다.

팔(八)은 궁시(弓矢)니 동궁(彤弓) 하나, 동시(彤矢) 백인데 동(彤)이란 빨간빛이다. 노궁(旅弓) 열, 노시(旅矢) 일천인데 노는 검은 빛이다.

---

3) 바람으로 머리 빗고 비로 목욕한다는 말이니, 온갖 간난신고를 다 겪는다는 뜻.

구(九)는 거창규찬(秬鬯圭瓚)이니 거창 한 유(卣)에 규찬을 쓴다. 거(秬)는 검은 기장[黑黍]이요 창[鬯]은 울창술[香酒]이니 땅에 뿌려 신(神)을 음(陰)에서 구하는 것이요, 유는 중간 크기의 술동이다. 규찬은 종묘의 제기니 선왕(先王)을 제사지낼 때 쓰는 것이다.

때에 시중 순욱이

"그것은 아니 되오. 승상이 본대 의병을 일으켜 한실을 바로잡으셨으니 마땅히 충정(忠貞)한 뜻을 잡고 겸퇴(謙退)하는 절개를 지켜야 하실 것이오. 군자는 사람을 사랑하되 덕으로써 하는 법이니 이러 해서는 옳지 않소."

하고 반대해 나섰다.

조조가 듣고 발연변색하니, 동소가 다시

"어찌 한 사람으로 해서 여러 사람의 소망을 막을 것이겠습니까."

하고 드디어 표(表)를 올려 천자에게 주청해서 조조를 높여 위공을 삼고 구석을 가하였다.

순욱이

"내 오늘날 이 일을 볼 줄 몰랐구나."

하고 탄식하니, 조조는 이 말을 듣고

"제가 나를 돕지 않는구나."

하고 마음에 깊이 한을 품었다.

건안 십칠년 겨울 시월에 조조가 군사를 일으켜 강남으로 내려가며 순욱에게 동행할 것을 명하였다.

순욱은 조조에게 자기를 죽일 마음이 있는 것을 알고 있었으므로 병을 칭탁하고 수춘에 머물러 있었는데, 문득 조조가 사람을 시켜 음식 한 합을 보내 왔다.

합 위에는 바로 조조의 친필 봉기(封記)가 있었다. 그러나 막상 합을 열고 보니 속에는 아무것도 들어 있지 않다. 순욱은 그 뜻을 짐작하고 드디어 독약을 먹고 죽어 버렸다. 때에 그의 나이 오십세다.

후세 사람이 시를 지어 탄식하였다.

> 분약(文若)의 높은 재주 천하가 다 알건만
> 어찌타 그 몸일랑 권문에다 붙였던고.
> 후세 사람 망령되이 유후(留侯)[4]에 비하지만
> 죽기에 미처 한(漢) 천자 뵈올 낯이 없었으리.

그 아들 순운이 부고를 보내서 조조에게 알리니 조조는 마음에 크게 뉘우쳐서 후히 장사지내 주라 명하고 시호를 경후(敬侯)라 하였다.

이때 조조의 대군이 유수에 이르러 먼저 조홍으로 하여금 삼만 철갑 마군을 거느리고 강변으로 나가 적정을 살피게 하였더니, 회보에 이르기를

"장강 연안 일대를 멀리 바라보매 기들이 무수하게 꽂혀 있으나 군사는 어디들 모여 있는지를 모르겠나이다."

하였다.

조조는 마음이 놓이지 않아 친히 군사를 거느리고 앞으로 나가

---

4) 한 고조의 공신 장량을 말함.

유수 어귀에다 군진을 벌린 다음 백여 명을 거느리고 산언덕으로 올라갔다.

눈을 들어 멀리 바라보니, 전선들이 각각 대오를 나누어 차례로 늘어서고 기는 오색이 영롱하고 병장기는 모두 선명한데 한가운데 큰 배 위에 청라산을 받치고 손권이 앉아 있으니 좌우 문무가 양편에 시립해 있다.

조조가 채찍을 들어 가리키며

"아들을 낳으려건 손중모 같은 걸 낳아야 한다. 유경승의 자식 따위야 개돼지일 뿐이다."

하고 말하는데, 홀지에 한 소리 크게 울리더니 강남 배들이 나는 듯 일제히 나오고 유수오(濡須塢) 안으로부터 또 한 떼의 군사가 나와서 조조 군사를 들이친다.

조조의 군마들은 돌아서서 달아났다. 호령을 해도 멈추어 서지 않는다.

그러자 홀연 천여 기 마군이 산 밑으로 쫓아 들어오는데 마상에 높이 앉아 앞을 선 사람은 파란 눈동자에 빨간 수염이다. 모든 사람은 그가 바로 손권임을 알아보았다. 손권이 몸소 일대 마군을 거느리고 조조를 치러 온 것이다.

조조가 소스라쳐 놀라 급히 말머리를 돌릴 때 동오 대장 한당과 주태 양 기마(騎馬)가 곧장 위로 짓쳐 올라왔다.

이때 조조 등 뒤에 있던 허저가 칼을 춤추며 말을 달려 나가서 두 장수를 맞아, 조조는 몸을 빼쳐 영채로 돌아올 수가 있었다. 허저는 두 장수와 삼십 합을 싸우고 돌아왔다.

조조는 영채로 돌아와서 허저에게 중상을 내리고 여러 장수들

을 꾸짖되

"적을 보자 먼저 물러나서 내 예기를 꺾어 놓았구나. 일후에도 만약 그런다면 모두 참수하겠다."

하였다.

이날 밤 이경 때쯤이다. 홀연 영채 밖에서 함성이 크게 진동한다.

조조가 급히 말에 올라 보니 사면에서 불이 일어나며 동오 군사들이 대채 안으로 뛰어 들어오고 있다.

날이 밝을 녘까지 싸우다가 조조 군사는 오십여 리를 물러나 하채하였다.

조조가 마음이 울민해서 혼자 병서를 보고 있노라니까, 정욱이 들어와서

"승상께서 이미 병법을 아시면서 어찌하여 '병귀신속(兵貴神速)'을 모르십니까. 승상이 기병하시는데 시일을 천연하신 까닭에 손권이 준비를 할 수가 있었던 것입니다. 제가 유수 수구를 끼고 성을 쌓아 놓아 공격하기가 어렵게 되었으니 아무래도 군사를 물려 허도로 돌아가서 따로 좋은 계책을 세우느니만 못할까 보이다."

하고 권한다. 그러나 조조는 듣지 않았다.

정욱이 나간 뒤에 조조가 책상에 엎드려 깜빡 잠이 들었는데 문득 들으니 조수 소리가 흉용하여 천병만마가 서로 앞을 다투어 달려드는 듯하다.

조조가 급히 보니 대강 한가운데로부터 일륜홍일(一輪紅日)이 떠올라 찬란한 광채가 눈을 쏘고, 다시 하늘을 우러러보니 그곳에도 양륜태양(兩輪太陽)이 마주 비치고 있다.

그러다가 홀연 강심(江心)에 있는 그 붉은 해가 똑바로 날아와서

영채 앞 산중에 뚝 떨어지는데 그 소리가 우레 같다.

깜짝 놀라 깨어 보니 이는 원래 장중에서 그가 꾼 한 마당의 꿈이었다.

때마침 장전의 군사가 오시를 보한다. 조조는 말에 안장을 지우라 하여 오십여 기를 거느리고 곧 영채에서 달려 나가 꿈에 해가 떨어지던 산 밑으로 가 보았다.

한창 보고 있노라니까 홀연 한 떼의 인마가 그곳에 나타나는데 한 사람이 황금 투구에 황금 갑옷을 입고 앞을 섰다. 조조가 보니 바로 손권이다.

손권은 조조가 온 것을 보고도 당황해하는 빛이 없이 산 위에 말을 멈추고 서서 채찍을 들어 조조를 가리키며

"승상이 중원을 차지하고 앉아 부귀가 지극한 터에 어째서 그도 오히려 부족하다 하고 또 우리 강남을 와서 침범하는 것이오."

하고 말한다.

조조가 대답하여

"네가 신하가 되어 왕실을 존숭하지 않는 까닭에 내 천자의 조서를 받들어 특히 너를 치러 온 것이다."

하고 말하니, 손권이 웃으며

"그 말이 어찌 부끄럽지 않은가. 그대가 천자를 끼고서 제후를 호령하는 것을 천하가 어찌 모르리오. 내가 한조를 존숭하지 않는 것이 아니라 바로 그대를 쳐서 국가를 바로잡고자 할 뿐이다."

하고 말한다.

조조가 대로하여 장수들을 꾸짖어 산으로 올라가서 손권을 잡게 하는데, 홀지에 북소리 한 번 크게 울리며 산 뒤에서 두 떼의

군사가 내달으니 우편은 한당·주태요 좌편은 진무·반장이라, 네 장수 수하의 삼천 궁노수가 어지러이 활을 쏘니 화살이 비 퍼붓듯 한다.

조조는 급히 장수들을 데리고 말을 돌려 달아났다.

뒤에서 네 장수가 쫓아오는데 그 형세가 심히 급하다.

중로까지 쫓아왔을 때 허저가 호위군들을 거느리고 와서 맞아 싸워 조조를 구해 가지고 돌아가니 동오 군사들은 일제히 개가(凱歌)를 울리면서 유수로 돌아가 버렸다.

조조는 엉뚱채로 돌아가자 속으로 생각하였다. '손권은 심상한 인물이 아니야. 꿈에 해 떨어지던 자리에 그가 나타나던 것을 보면 이후에 반드시 제왕이 될 사람이다.'

이에 마음속에는 퇴군할 생각이 있으면서도 또한 동오에서 비웃을 것이 두려워 그는 진퇴를 결단하지 못하였다.

양군은 또 월여를 두고 서로 버티면서 몇 번 싸움에 상호 승부가 있었는데, 이듬해 정월에 이르러 봄비가 쉬지 않고 내려 개울물이 불어 둑을 넘으니 군사들이 흙탕물 속에 들어 고생들이 막심하다.

조조가 마음에 크게 근심이 되어 그날 바야흐로 영채 안에서 여러 모사들과 상의하는데, 누구는 조조더러 군사를 거두라 권하기도 하고 또 누구는 마침 봄이라 날이 따뜻해서 상지하기 좋으니 물러가서는 아니 된다 하기도 해서 조조가 유예미결하는 중에 문득 보하되 동오에서 사자가 글을 가지고 왔다 한다.

조조가 펴 보니 그 글의 사연은 대강 다음과 같았다.

고(孤)[5]와 승상이 피차 한조의 신하인데, 승상이 나라에 보답하며 백성을 편안히 할 것은 생각지 않고 이에 망령되이 군사를 움직여서 생령을 참혹하게 죽이니 이 어찌 어진 사람의 할 짓이리오. 이제 곧 봄이 들어 크게 물이 들 것이매 공은 어서 속히 돌아갈지어다. 만약 그렇지 않은 때에는 다시 적벽의 화가 있으리니 공은 잘 생각하라.

그리고 글월 뒤에 또 두 줄 글이 씌어 있는데 '족하가 죽지 않으면(足下不死) 내 편안할 수 없다(孤下得安)'라고 하였다.

조조는 보고 나서 크게 웃으며

"손중모가 나를 속이지 아니 하리라."

하고, 글을 가지고 온 사자에게 상을 내린 다음 드디어 영을 내려 회군하는데, 여강태수 주광(朱光)에게 명해서 환성(皖城)을 지키게 하고 자기는 대군을 거느리고 허창으로 돌아갔다.

손권이 또한 군사를 거두어 말릉으로 돌아가자, 여러 장수들을 보고

"조조가 비록 북으로 갔으나 유비가 아직 가맹관에 있어 돌아오지 않았으니 조조를 막아 낸 군사를 가지고 형주를 취해서 아니 될 일이 무어 있겠소."

하고 말하니, 장소가 있다가

"아직 군사를 동하시지 마십시오. 제게 한 계책이 있으니 유비로 하여금 다시 형주로 돌아오지 못하게 하오리다."

---

5) 왕후(王侯)의 일인칭.

하고 계책을 드린다.

조맹덕의 날랜 군사 북으로 물러가자
손중모의 장한 뜻은 남방을 도모하네.

대체 장소가 어떠한 계책을 내려는고.

부관에서 양회와 고패는 머리를 드리고
낙성에서 황충과 위연은 공을 다투다

| *62* |

이때 장소가 계책을 드리되

"아직 군사를 동하지 마십시오. 만약 한 번 군사를 일으키는 날
에는 조조가 반드시 다시 올 것이라, 글 두 통을 써서 한 통은 유
장에게 보내시되 유비가 동오와 결탁해서 함께 서천을 취하려 한
다 하여 유장으로 하여금 마음에 의혹을 품어 유비를 치게 하시
고, 또 한 통은 장노에게 보내시되 군사를 내어 형주로 나오라고
하셔서 유비로 하여금 수미상응(首尾相應)[1]할 수 없게 하시느니만
같지 못하니, 그렇게 한 뒤에 우리가 군사를 일으켜서 취하면 가
히 일을 이룰 수 있사오리다."

하니, 손권이 그의 말을 좇아 그 길로 사자를 두 곳으로 떠나보

---

1) 서로 응해서 돕는 것.

냈다.

한편 현덕은 가맹관에 오래 체류하여 매우 민심을 얻었다. 그러자 공명에게서 문득 글월이 와서 그는 손 부인이 이미 동오로 돌아간 것을 알았는데, 또 들으니 조조가 군사를 일으켜서 동오의 유수를 범하였다고 한다.

그는 곧 방통을 보고

"조조가 손권을 치니 조조가 이기면 반드시 형주를 취하려 들 것이요, 손권이 이겨도 또한 형주를 취할 것이라 이 일을 어찌하였으면 좋겠소"

하고 물으니, 방통이

"주공은 근심 마십시오. 공명이 거기 있으니 요량컨대 동오에서 감히 형주를 범하지는 못할 것입니다. 주공께서는 유장에게 글을 보내시되 '조조가 손권을 쳐서 손권이 형주로 구원을 청해 오니 우리는 손권과 순치지방(脣齒之邦)[2]이라 서로 구원하지 않을 수 없는 처지이고 장노는 제 땅이나 지키고 앉았을 도적이니 제 감히 와서 지경을 범하지는 않을 것이라, 내 이제 군사를 이끌고 형주로 돌아가 손권과 만나서 함께 조조를 치려 하나 다만 군사가 적고 양식이 부족하니 어찌하리오. 바라건대 동종의 정의로써 정병 삼사만 명과 군량 십만 곡만 속히 내어 도와주되 부디 낭패 않게 하시라' 하고 이쯤 말씀하셔서 만약에 군마와 전량을 얻거든 그때는 다시 또 의논을 하기로 하시지요."

하고 계책을 말한다.

---

2) 입술과 이와의 사이처럼 이해관계가 아주 밀접한 나라.

현덕은 그 말을 좇아서 사람을 성도로 보냈다.

사자가 관(關) 앞에 이르니 양회와 고패가 이 일을 알고 드디어 고패는 관을 지키고 양회는 사자와 함께 성도로 들어가서 유장을 보고 현덕의 서신을 올렸다.

유장은 서신을 보고 나서 양회에게 어찌하여 사자와 함께 왔느냐고 물었다.

양회가 아뢴다.

"이 서신 때문에 전위해서 온 것입니다. 유비가 서천에 들어 온 뒤로 은덕을 널리 베풀어서 민심을 거두고 있으니 그 뜻이 심히 좋지 못한데 이제 군마와 전량을 달라고 하니 결코 주셔서는 아니 되오리다. 만일에 도와주신다면 이는 바로 섶을 집어서 불에 넣는 격입니다."

듣고 나서 유장이

"내가 현덕과 형제의 정이 있는데 어떻게 도와주지 않는단 말인고."

하고 말하는데, 이때 한 사람이 나서며

"유비는 효웅이라 촉 땅에 오래 머물러 두고 보내지 않으면 이는 범을 놓아 방으로 들어오게 하는 격입니다. 그런데 이제 다시 군마와 전량을 주어서 돕는다면 범에게 날개를 붙여 주는 것과 다를 것이 무엇이겠습니까."

하고 말한다.

모든 사람이 보니 그는 곧 영릉 증양(烝陽) 사람으로서 성은 유(劉)요 이름은 파(巴)요 자는 자초(子初)다.

유장이 유파의 하는 말을 듣고 마음에 주저해서 결단하지 못하는데 또 황권이 다시 간한다.

유장은 마침내 노약군(老弱軍) 사천 명과 쌀 일만 곡을 내기로 하여 사자에게 글을 주어 현덕에게 보하게 하고, 양회·고패로 하여금 관을 굳게 지키게 하였다.

유장의 사자가 가맹관에 이르러 현덕을 보고 회답 서한을 올리니, 현덕이 대로하여

"내가 너를 위해 도적을 막느라 이처럼 마음을 쓰며 수고를 하는데 네가 이제 재물을 쌓아 놓고 상 주기를 아끼니 어떻게 장병들로 하여금 목숨을 바쳐 싸우게 하라는 말이냐."

하고 드디어 회답 서한을 북북 찢어 버리고 크게 꾸짖으며 일어선다. 사자는 그대로 도망해서 성도로 돌아가 버렸다.

방통이 그를 보고

"주공께서 오직 인의만 중히 여기시다가 오늘에는 글월을 다 찢으시고 역정을 내셨으니 전일의 정의(情誼)는 다 버리신 게 되었습니다그려."

하고 말하니, 현덕이 곧

"그렇게 되었으니 이제 어떻게 해야 하오."

하고 묻는다.

방통이 대답한다.

"제게 세 가지 계책이 있으니 주공께서 좋으실 대로 선택해 행하십시오."

"세 가지 계책이 어떤 것들이오."

하고 현덕이 묻자 방통은 말하였다.

"이제 곧 정병을 뽑아서 밤을 도와 말을 채쳐 바로 성도를 엄습

하는 것이 상책이요, 양회와 고패는 촉중 명장이라 각기 강병을 거느리고 관을 지키고 있는데 이제 주공께서 거짓 형주로 돌아간 다고 말씀을 내면 두 장수가 듣고 반드시 전송하러 올 것이니 바로 그 자리에서 사로잡아 죽이고 관을 뺏어서 먼저 부성을 취한 다음에 성도로 향하는 것이 중책이요, 백제성으로 물러가 밤을 도와 형주로 돌아가서 서서히 나아가 취하기를 도모하는 것이 하책입니다. 만약에 생각을 결단 못하시고 이대로 계시다가는 아주 궁지에 몰리셔서 수이 빠져나가실 도리가 없을 것입니다."

현덕이 듣고

"군사의 상책은 너무 급하고 하책은 너무 완만한데, 중책이 느리지도 않고 급하지도 않으니 가히 행할 만하오."

하고, 이에 글월을 닦아 유장에게 보내되 다만 이르기를

조조의 영을 받아 부장 악진이 군사를 거느리고 청니진(靑泥鎭)에 이르렀는데 여러 장수들이 그를 대적하지 못하므로 내가 친히 가서 막으려고 미처 만나 보지 못하고 글로써 하직을 고하노라.

하였다.

글월이 성도에 이르자 장송은 유현덕이 형주로 돌아가려 한다는 말을 듣고 이것을 진정으로만 여겨 마침내 일봉 서찰을 닦아 사람을 시켜서 현덕에게로 보내려 하였다.

그러나 이때 공교롭게도 그의 친형 광한태수 장숙(張肅)이 찾아왔다.

장송이 곧 편지를 소매 속에 감추고 형을 모시고 이야기하는데 장숙은 아우의 기색이 심상치 않은 것을 보고 마음에 의혹을 품었다.

그러자 장송이 술을 내다가 형과 함께 마시는데 술잔을 주고받고 하는 사이에 소매 속의 편지가 홀연 땅에 떨어진 것을 장숙의 종인이 줍고 말았다.

자리를 파한 뒤에 종인이 그 글월을 장숙에게 바쳐서 장숙이 펴 보니 내용이 대강 다음과 같다.

송이 앞서 황숙께 사뢴 바는 결단코 허망한 말씀이 아니온데 어찌하여 지체하시고 나오지 아니 하십니까. 역으로 취해서 순리로 지키는 것은 옛사람의 귀히 여기는 바라, 이제 대사가 이미 장중에 들어 있는 터에 어찌하여 이를 버리시고 형주로 돌아가려 하시나이까. 송으로 하여금 듣고 잃은 바가 있는 것 같게 하나이다.

글월이 이르는 날에 속속히 진병하시라. 송이 마땅히 내응하오리니 행여나 스스로 일을 그르치시지 마옵소서.

장숙은 보고 나자 크게 놀라 '내 아우가 멸문을 당할 짓을 하고 있으니 내 가서 고변 아니 할 수 없다' 하고 그 밤으로 편지를 들고 가서 유장에게 보이고, 아우 장송이 유비와 더불어 공모하고 서천을 바치려 하고 있음을 자세히 이야기하였다.

유장이 대로하여

"내가 평일에 저를 박대한 적이 없는데 제 어찌하여 모반하려 하는고."

하고 드디어 영을 내려서 장송의 전 가족을 잡아 모조리 저자에 내다가 목을 베게 하였다.

후세 사람이 이를 탄식하여 지은 시가 있다.

　　일람첩기(一覽輒記)는 자고로 드문 재주
　　천기(天機)가 한 장 글로 누설될 줄 뉘 알았으랴.
　　현덕의 왕업 이룸을 저는 미처 못 보고서
　　장송은 제 피로써 제 옷을 물들였네.

유장이 장송을 베고 나서 문무 관원들을 모아 놓고
"유비가 내 기업을 뺏으려 드니 장차 어찌하였으면 좋을꼬."
하고 물으니, 황권이
"일이 지체되어서는 아니 되겠소이다. 이 길로 곧 각처 관액에 영을 돌리시되, 군사 수효를 늘려서 파수하고 형주병은 일인일기도 관 안에 들지 못하게 하라 이르십시오."
하고 말한다.

유장은 그 말을 좇아서 밤을 도와 각처 관액에 격문을 돌리게 하였다.

한편 현덕은 군사를 거느리고 부성에 이르러 먼저 사람을 부수 관으로 보내서 양회와 고패에게 관에서 나와 작별하기를 청하게 하였다.

양회·고패 두 장수가 이 말을 듣고 서로 상의한다.

"현덕이 이번에 어쩌려는 것일까."

하고 양회가 묻자, 고패가

"현덕은 죽었네. 우리가 각기 몸에 칼을 품고 가서 작별하는 마당에서 저를 찔러 죽여 우리 주공의 후환을 없이 하세."

하고 말해서, 양회는

"그 계교가 아주 묘하이."

하고, 두 사람은 다만 수행 군사 이백 명만 데리고 현덕을 배웅하러 관에서 나가고 나머지 군사들은 모두 관에다 남겨 두었다.

이때 현덕의 내군이 모두 와서 부수 가에 이르렀는데, 방통이 마상에서 현덕을 보고

"양회와 고패가 만약에 흔연히 온다면 반드시 방비를 해야 하고, 만약에 저희가 오지 않는다면 곧 군사를 일으켜서 바로 관을 뺏되 일을 더디게 해서는 아니 될 것입니다."

하고 바야흐로 이야기하는 중에 홀연 일진 서풍이 일어나더니 말 앞에 수자기를 쓰러뜨린다.

현덕이 방통에게

"이게 무슨 조짐이오."

하고 물으니, 방통이

"이는 곧 경보입니다. 양회·고패 두 사람이 필연 자객질을 할 뜻을 가지고 있는 것이니 단단히 방비를 하시는 것이 좋겠습니다."

하고 대답한다.

현덕은 곧 몸에 두꺼운 갑옷을 입고 친히 보검을 허리에 차고 방비하기로 하였다.

그러자 사람이 보하되 양회와 고패 두 장수가 전송하러 나왔다

고 한다.

현덕이 영을 내려 군마를 멈추어 세우니 방통은 위연과 황충에게 분부한다.

"관상에서 오는 군사는 다소를 불문하고 마군이건 보군이건 한 놈도 놓아 보내지 마라."

두 장수는 영을 받고 물러갔다.

이때 양회와 고패 두 사람이 각각 몸에 칼을 감추고 이백 명 군사들에게 술 지우고 양 잡아 돌려 군전에 이르렀는데, 칼 품은 가슴 두근거리며 주위를 살피니 아무 방비가 없는 것 같다. 그들은 심중으로 저희 계교가 들어맞아 감을 은근히 기뻐하였다.

안으로 들어가 장하에 이르러 보니 현덕이 바로 방통과 함께 장중에 앉아 있다.

두 장수는 예를 하고

"황숙께서 먼 길에 돌아가신다는 말씀을 듣잡고 특히 박한 예물이나마 갖추어 전송 차 왔나이다."

하고 드디어 술을 따라 현덕에게 권하였다.

현덕은

"두 분 장군이 관을 지키시느라 수고가 적지 않은 터이니 이 잔을 먼저 드시오"

하여, 두 장수가 술을 마시고 나자 그는 다시

"내가 비밀히 두 분 장군과 상의할 일이 있으니 다른 사람들을 다 물려 주시오."

하고 청해서 마침내 그들이 데리고 온 이백 명 군사를 모조리 중

47

군장에서 물린 다음, 현덕은 곧

"좌우는 나를 위해 두 도적을 잡아 내려라."

하고 호령하였다.

장막 뒤로부터 유봉과 관평이 소리에 응해서 뛰쳐나온다.

양회·고패 두 사람은 급히 손을 놀려 항거하려 하였으나 그럴 겨를이 없었다. 유봉과 관평은 각기 한 사람씩 사로잡아 버렸다.

현덕이 곧

"내 너희 주인과 동종 형제인데 너희 두 놈이 어찌하여 공모하고 우리 사이를 이간하느냐."

하고 호령하자, 방통이 좌우를 꾸짖어 그들의 몸을 뒤지게 하니 과연 칼 한 자루씩이 나온다.

방통은 곧 두 사람을 참하라고 호령하였다. 그러나 현덕이 마음에 주저하여 결단하지 못한다.

방통은 그를 보고

"두 놈의 본의가 주공을 모살하려 한 것이매 실로 죽여도 오히려 부족한 대죄입니다."

하고 드디어 도부수를 꾸짖어 양회와 고패를 장전에서 참하게 하였다.

이보다 앞서 황충과 위연은 이백 명 종인들을 한 명 놓치지 않고 모조리 잡아 놓았던 터라, 현덕은 그들을 불러들여 각각 술을 주어서 놀란 가슴을 진정하게 한 다음

"양회와 고패가 우리 형제 사이를 이간하고 또 칼을 몸에 품고 들어와서 나를 찌르려 하였기에 목을 벤 것이다. 너희들이야 아무 죄가 없으니 놀랄 것 없다."

하고 이르니 모든 무리가 다 절하여 사례한다.

방통이 말하였다.

"내 이제 너희들을 쓰려고 하니 너희는 우리 군사를 인도해 가지고 가서 관을 취하게 해라. 그러면 각각 중상을 내리리라."

그들은 모두 응낙하였다.

이날 밤 이백 명은 앞을 서고 대군이 그 뒤를 따르는데, 앞선 군사들이 관 아래 이르러

"두 장군이 급한 일이 있으셔서 돌아오셨으니 빨리 관문을 열라."

하고 외치니 성 위에서는 저희 편 군사라 의심 없이 즉시 관문을 열어 준다.

대군은 일시에 밀고 들어가서 칼에 피 한 점 묻히지 않고 부관을 얻었다. 서촉 군사가 모두 항복한다.

현덕은 각각 중상을 내리고 드디어 군사를 나누어서 전후로 파수하게 하였다.

그 이튿날 군사들을 호궤하고 공청에다 연석을 배설하였는데, 현덕이 술이 취해 방통을 돌아보며

"오늘 이 모임이 가히 즐겁다고 할까."

하고 말하는 것을, 방통이 있다가

"남의 나라를 치면서 즐겁다고 하는 것은 어진 사람의 군사가 아니외다."

하니, 현덕이

"내 들으매 옛적에 무왕이 주(紂)를 치고 풍류를 지어서 전공을 표시했다던데, 이것도 어진 사람의 군사가 아니란 말이냐. 네 말이 어째 도리에 맞지 않느냐. 네 빨리 물러가라."

하고 꾸짖는다.

　방통이 크게 웃고 일어나자 좌우는 현덕을 부축해서 후당으로 들어간다.

　현덕은 그대로 잠이 들어 야반에야 술이 깨었는데, 좌우가 그에게 방통을 쫓아내던 말을 고하니 현덕이 크게 후회한다.

　이튿날 아침 일찍이 현덕은 옷을 입고 당상에 나가서, 방통을 청해 오라 하여 사죄하였다.

　"어제는 술이 취해 말씀을 함부로 하였으니 부디 어찌 알지 마시오."

　방통이 태연히 웃는다.

　현덕이 다시

　"어제 말씀은 내 큰 실수외다."

하니, 방통이

　"군신이 다 함께 실수를 했는데 어찌 주공뿐입니까."

하고 말한다.

　현덕이 또한 크게 웃고 그 즐거움이 전과 같았다.

　한편 유장은 현덕이 양회·고패 두 장수를 죽이고 부관을 뺏었다는 말을 듣고 크게 놀랐다.

　"오늘 과연 이 일이 있을 줄을 누가 알았으랴."

하고 드디어 문무 관원들을 모아 놓고 형주 군사를 물리칠 방책을 물으니, 황권이 나서서

　"밤을 도와 군사를 보내서 낙현(雒縣)에 둔치고 성도로 들어오는 길목을 막게 하시면 유비에게 비록 정병 맹장이 있더라도 들

어오지 못하오리다."

하고 말한다.

　유장이 드디어 유궤 · 냉포 · 장임 · 등현 네 장수로 하여금 오만 대군을 거느리고 밤을 도와 가서 낙현을 지켜 유비를 막게 하였다.

　네 장수가 행군하는 길에 유궤가 세 사람을 보고

　"내 들으매 금병산 속에 한 이인(異人)이 있어 도호를 자허상인(紫虛上人)이라 하며 사람의 생사귀천을 안다고 합디다. 우리가 오늘 행군하는데 바로 금병산을 지나게 되니 한 번 가서 물어보는 것이 어떠하오."

하고 말을 내니, 장임이

　"대장부가 군사를 거느리고 적을 막으러 가는 터에 산야에 숨어 사는 사람에게 물을 일이 무엇이오."

하고 말한다.

　그러나 유궤는

　"그렇지 않소. 성인께서도 지성지도(至誠之道)는 가히 써 먼저 알리라 하셨으니 우리 한 번 고명한 사람에게 물어서 흉을 피하고 길한 데로 나가도록 합시다."

하고 고집해서, 이에 네 사람은 오륙십 기를 거느리고 산 아래로 갔다.

　나무꾼에게 길을 물으니 나무꾼이 높은 산마루터기를 가리키며 그곳이 곧 자허상인의 거처하는 곳이라고 일러 준다.

　네 사람은 산 위로 올라가서 암자 앞에 이르렀다.

　도동(道童) 하나가 나와서 맞으며 그들의 성명을 물은 다음에 암자 안으로 끌고 들어간다.

보니 자허상인이 방석 위에 앉아 있다. 네 사람은 절을 하고 그에게 앞일을 물었다.

자허상인이

"빈도는 산야의 폐인(廢人)인데 어찌 길흉화복을 알겠소."

하는 것을 유궤가 재삼 절하고 물으니, 그는 그제야 도동에게 분부해서 지필을 가져오라 하여 글귀를 써서 유궤에게 준다.

그 글은 다음과 같다.

좌편의 용, 우편의 봉이	左龍右鳳
서천으로 날아든다.	飛入西川
봉의 새끼 떨어지고	離鳳墜地
와룡은 승천하네.	臥龍升天
하나 얻고 하나 잃으니	一得一失
천수가 당연하다	天數當然
기미를 알아 하여	見機而作
구천으로 가지 마라.	勿喪九泉

유궤가 다시

"우리 네 사람의 기수는 어떠합니까."

하고 물으니, 자허상인의 말이

"정한 수는 도망하기 어려운데 다시 물을 일이 무엇이오."

할 뿐이다.

유궤가 다시 물어보는데 이때 자허상인은 고요히 눈을 감고 흡사 잠든 것처럼 아무 대답이 없다.

네 사람은 산에서 내려왔다.

유궤는

"신선의 말씀을 믿지 않을 수 없소."

하고 말하였으나, 장임은

"그건 미친 늙은이요. 그 말을 들어서 무슨 유익할 데가 있단 말이오."

할 뿐이었다.

네 사람은 다시 말 타고 행군하여 낙현에 이르자 군사를 나누어 각처 애구를 막기로 하는데, 유궤가 먼저 말을 내어

"낙성은 곧 성도의 보장이라 이곳을 잃으면 성도를 보전하기 어렵소. 그러니 우리 네 사람이 공론해서 두 사람은 성을 지키고 두 사람은 낙현 앞으로 나가 산을 의지하고 험한 곳을 가려서 영채 둘을 세워 적으로 하여금 성으로 가까이 다가들지 못하게 하십시다."

하니, 냉포와 등현이

"우리가 가서 영채를 세우겠소."

하고 자원해 나선다.

유궤는 크게 기뻐하여 군사 이만 명을 나누어 냉포·등현 두 사람에게 주어 성에서 육십 리 떨어진 곳에 하채하게 하고 자기는 장임과 더불어 낙성을 지키기로 하였다.

이때 현덕이 이미 부수관을 얻고 다시 나아가 낙성을 취하려 방통과 상의하는데, 사람이 보하되 유장이 네 장수를 보내 와서 그날로 냉포와 등현이 이만 군을 거느리고 성에서 육십 리 떨어진

곳에 대채 두 개를 세워 놓았다고 한다.

현덕이 여러 장수들을 모아 놓고

"뉘 감히 으뜸가는 공을 세워 두 장수의 영채를 가서 칠꼬."

하고 물으니, 노장 황충이 소리에 응해서

"이 늙은 사람이 한 번 가겠소이다."

하고 자원해 나선다.

현덕은 말하였다.

"노장군은 본부 인마를 영솔하고 낙성으로 가되, 만약에 냉포와 등현의 영채를 수중에 넣는다면 중상을 내리리다."

황충이 크게 기뻐하여 즉시 본부 병마를 거느려 하직하고 떠나려 하는데, 홀연 장하의 한 사람이 나서며

"노장군은 연세가 높으신데 어떻게 가시겠소. 소장이 재주는 없으나 가기를 원합니다."

하고 말한다. 현덕이 보니 바로 위연이다.

황충이

"내 이미 장령을 받들었거늘 네 어찌 이리 외람되이 군단 말이냐."

하니, 위연은

"노장께서는 이미 힘이 쇠하였고, 내 들으매 냉포와 등현은 촉중 명장으로 혈기방장하다 하니 아마도 노장군으로서는 당해 내시지 못하리다. 그러니 주공의 대사를 그르치느니, 내가 대신 가겠다는 것으로 본시 호의에서 하는 말씀이오."

하고 말한다.

듣고 나자 황충이 대로하여

"네가 나더러 늙었다고 하니, 한 번 나 하고 무예를 시험해 보겠느냐."

하니, 위연이

"좋소. 바로 주공 앞에서 한 번 겨루어 봅시다. 그래서 이긴 사람이 가기로 하는 것이 어떻소이까."

하고 맞대꾸를 하고 나선다. 황충은 곧 뚜벅뚜벅 섬돌 아래로 내려가며 군교를 보고

"칼을 가져오너라."

하고 분부하였다.

이 광경을 보고 현덕이 급히 손을 내저으며

"아니 된다. 내 이제 군사를 거느리고 서천을 취하매 온전히 너희 두 사람의 힘만 믿는 터인데 이제 두 호랑이가 서로 다투다 보면 반드시 하나가 상해서 내 대사를 그르치고 말 것이라, 내 너희 두 사람에게 권하는 바이니 부디 다투지 마라."

하니, 방통이 또 나서며

"두 사람은 서로 다툴 것이 없소. 지금 냉포와 등현이 영채 둘을 세워 놓고 있으니 두 사람이 본부 군마들을 거느리고 가서 각기 한 채씩 치기로 하되 먼저 뺏어 얻는 자로 첫째가는 군공을 세운 것으로 쳐 주겠소."

하고 말하고, 몫을 지어 주되 황충으로는 냉포의 영채를 치게 하고 위연으로는 등현의 영채를 치게 하였다.

두 사람이 각기 명을 받고 물러가자, 방통이 현덕을 보고

"이 두 사람이 가면서 또 노상에서 다투기가 쉬우니 주공께서 몸소 군사를 거느리고 후응하시는 것이 좋을까 봅니다."

하고 말해서, 현덕은 방통을 남겨 두어 성을 지키고 있게 하고 자기는 유봉·관평과 함께 오천 군을 거느리고 뒤따라 나가기로 하였다.

한편 황충은 자기 영채로 돌아오자 영을 전해서 내일 사경에 밥을 짓고 오경에 결속(結束)하고 평명(平明)에 진병하여 좌편 산골짜기로 길을 잡아 나가게 하라 하였다.

이때 위연이 몰래 사람을 시켜서 황충이 언제 기병하나 소식을 알아보게 하였더니 탐지하러 갔던 자가 돌아와 보하되

"내일 사경에 밥을 짓고 오경에 기병한다 합니다."

한다.

위연은 속으로 은근히 기뻐하며 수하 군사들에게 분부하여 이경에 밥 지어 먹고 삼경에 기병해서 평명에 등현의 영채까지 득달하게 하라 하였다.

군사들은 영을 받자 모두들 배불리 먹어 든든히 차린 다음 말목에서 방울 떼고 사람 입에는 매(枚)³⁾를 물고 기를 말고 갑옷을 싸서 가만히 겁채하러 나섰다.

삼경 전후해서 영채를 떠나 앞으로 나아가는데, 위연이 마상에서 다시 생각하기를 '단지 등현의 영채만 가서 친다면 장할 것이 무에 있나. 그보다는 먼저 냉포의 영채를 가서 치고 싸움에 이긴 군사를 다시 돌려 등현의 영채를 칠 말이면 두 곳 공로가 다 내 것이 될 게 아닌가' 하고 즉시 마상에서 영을 전해 군사들로 하여

---

3) 행군할 때 말이나 군사들이 소리를 내지 못하게 하기 위해서 입에 물리는 짧은 나무토막.

금 모조리 좌편 산길로 들어가게 하였다.

　이리하여 동이 겨우 터 올 무렵에 냉포의 영채에서 멀지 않은 곳에 다다랐는데 이곳에서 위연은 군사들을 잠시 쉬기로 하고 징과 북, 기치와 창검들을 다 벌려 세우게 하였다.

　그러나 복로소군(伏路小軍)이 어느 틈에 이것을 탐지해다가 나는 듯이 영채로 돌아가 보해서 냉포는 이때 벌써 준비를 다해 놓고 있었다. 일성포향(一聲砲響)에 삼군이 일시에 말에 올라 짓쳐 나온다.

　위연은 칼 들고 말을 달려 마주 나가서 냉포와 싸웠다.

　두 장수가 서로 어우러져 싸우기 삼십 합에 이르렀을 때 사천 군사가 두 길로 나뉘어서 형주 군사를 엄습해 들어왔다.

　형주 군사는 반밤을 행군해 오느라 사람이나 말이나 다 지쳐서 능히 막아 내지 못하고 몸을 돌쳐 달아났다.

　위연은 배후의 진각(陳脚)이 어지러운 것을 보자 냉포를 버리고 말을 돌려 달아났다. 그 뒤로 서천 군사들이 쫓아와서 형주병은 대패하였다.

　위연이 말을 돌려 오 리도 채 못 갔을 때 산 뒤로부터 북소리가 천지를 진동하며 등현의 일표군이 산골짜기에서 길을 막고 나오며

"위연은 빨리 말에서 내려 항복하라."

하고 크게 외친다. 위연이 말을 채쳐 달아나는데 그 말이 홀지에 앞굽을 꿇고 넘어지는 바람에 위연이 그대로 땅에 떨어졌다.

　이것을 보고 등현이 말을 달려 들어오며 창을 꼬나 잡고 위연을 찌르려 든다.

　그러나 창이 미처 들어오기 전에 시위 소리가 크게 울리며 등

黃忠　　황충

老將說黃忠　노장 하면 황충을 말하는데
收川立大功　서천을 거두는 데 큰 공을 세웠도다
重披金鏁甲　금쇄갑을 걸쳐 입고
雙挽鐵胎弓　철태궁을 거듭 당기었네
膽氣驚河北　담력은 하북땅을 뒤덮고
威名鎭蜀中　명성은 촉땅을 제압했도다

현이 말에서 거꾸로 떨어졌다.

이것을 보고 냉포가 막 구하러 들어오는데 일원 대장이 산언덕 위로부터 말을 달려 내려오며 소리를 가다듬어

"노장 황충이 예 있다."

하고 크게 외치고 칼을 춤추며 냉포에게로 달려든다.

냉포가 당해 내지 못하여 뒤를 바라고 달아나는데 황충이 승세해서 그 뒤를 쫓으니 서천 군사는 대혼란에 빠지고 말았다.

황충은 일지군 거느리고 위연을 구하며 등현을 죽인 다음 바로 냉포의 뒤를 쫓아 그의 영채 앞에 이르렀다.

냉포가 말을 돌려 황충과 다시 싸운다. 그러나 십여 합이 못 되어 뒤에서 군사들이 일시에 몰려 들어왔다.

냉포는 하는 수 없이 좌편 영채를 버리고 패군을 이끌어 우편 영채로 갔다.

그러나 어찌 된 일인가, 영채 안의 기치가 전연 다른 것이다.

냉포가 크게 놀라 말을 멈추어 세우고 살펴보니, 그 안의 금갑 금포 입은 일원 대장은 바로 유현덕이요, 좌편에는 유봉 우편에는 관평이 모시고 섰는 것이다.

현덕이 큰 소리로

"영채는 내 이미 뺏었는데 네 어디로 가려 하느냐."

하고 호통한다.

원래 현덕이 군사를 이끌고 뒤에서 접응하다가 바로 승세해서 등현의 새 영채를 뺏은 것이다.

냉포는 영채 둘을 다 잃고 갈 데가 없이 산벽 소로로 해서 낙성으로 돌아가려 들었다.

그러나 십 리를 채 못 가서 좁은 길에 복병이 홀연 일어나더니 일제히 갈고리로 걸어서 냉포를 사로잡아 버렸다.

이것이 웬일인고 하면 원래 위연이 스스로 죄를 범하고 속죄할 길이 없음을 아는 까닭에 후군을 수습해서 서촉 군사로 길을 인도하게 하여 여기서 기다리고 있다가 바로 냉포를 만난 것이다. 위연은 곧 냉포를 묶어서 현덕의 영채로 압령해 가지고 갔다.

이때 현덕은 면사기(免死旗)를 세워 놓고 서천 군사로 창을 거꾸로 잡고 갑옷 벗고 오는 자는 일절 살해하지 못하게 하되 만일에 해치는 자가 있으면 제 목숨으로써 갚게 하고 또 항복한 군사들에게 효유하되

"너희 서천 사람들이 모두 부모처자가 있으리니 항복하기를 원하는 자는 군총에 넣을 것이요 항복하기를 원하지 않는 자는 다 놓아 보내겠다."

하니 이에 환성이 천지를 진동한다.

이때 황충은 영채를 안돈한 다음에 바로 현덕에게로 와서 위연이 군령을 어기었으니 참해 마땅하다고 고하였다. 현덕이 급히 위연을 부르니 위연이 냉포를 압령해 가지고 이른다.

현덕이 보고

"위연이 비록 죄가 있으나 이 공으로 속(贖)함즉 하다."

하고 위연으로 하여금 황충에게 저의 목숨 구해 준 은혜를 사례하게 한 다음 이 뒤로는 서로 다투는 일이 없게 하라 이르니, 위연이 머리를 조아려 죄에 복종한다. 현덕은 황충에게 중상을 내렸다.

곧 사람을 시켜서 냉포를 장하로 압령해 들이게 하여, 현덕이

그 묶은 것을 풀어 주고 술을 내려 놀란 가슴을 진정하게 한 다음

"그대는 항복하겠는가."

하고 물으니, 냉포가 대답하되

"이미 죽음을 면하게 해 주셨으니 어찌 항복하지 않겠습니까. 유궤와 장임이 저와 생사지교(生死之交)가 있는 터이니 만약에 저를 놓아 주신다면 돌아가 두 사람을 달래 와서 항복하고 곧 낙성을 바치게 하오리다."

한다.

현덕이 크게 기뻐하여 즉시 의복과 말을 내어 주고 낙성으로 돌아가게 하니, 위연이

"이 사람을 놓아 보내서는 아니 됩니다. 제가 한 번 가면 다시 오지 않을 것입니다."

하고 말한다.

그러나 현덕은

"내가 인의로써 사람을 대하거니, 남도 나를 저버리지는 않을 테지."

하고 듣지 않았다.

이때 냉포는 낙성으로 돌아가자 유궤 · 장임을 보고 제가 한 번 잡혔다가 놓여 온 일은 이야기하지 않고, 다만 십여 인을 죽이고 말을 뺏어 타고 돌아왔노라고만 말하였다. 유궤는 황망히 사람을 성도로 보내서 구원을 청하게 하였다.

유장은 등현이 전사하였다는 말을 듣고 크게 놀라 황망히 여러 사람을 모아 놓고 상의하였다.

그의 맏아들 유순이 나서며

"소자가 군사를 거느리고 가서 낙성을 지키고 싶습니다."
하고 자원한다.

유장이

"내 아이가 가겠다고 하니 저를 보좌해 줄 사람으로 누구를 함께 보냈으면 좋을꼬."
하고 물으니,

"이 사람이 가겠소이다."
하고 한 사람이 나선다. 유장이 보니 곧 자기 장인 되는 오의(吳懿)였다.

"악부께서 가 주시면 가장 좋은데 누구를 부장으로 삼아 데리고 가시겠습니까."
하고 유장이 물으니, 오의는 오란(吳蘭)과 뇌동(雷銅) 두 사람을 천거해서 부장을 삼고 군사 이만 명을 거느리고서 낙성으로 나갔다.

유궤와 장임이 맞아들여 지난 일을 자세히 고하니, 오의가 듣고 나서

"적병이 성 아래까지 들어와 있어 대적하기 어려운데 공들에게 어떤 고견이 있소."
하고 묻는다.

냉포가 계책을 말하였다.

"이곳 일대가 바로 부강을 끼고 있고 강물이 심히 급한데, 전면의 영채가 산기슭에 있어 지세가 심히 낮으니 제가 오천 군을 거느려 괭이와 호미를 들려 가지고 가서 부강의 물을 한 번 터놓고 보면 유비의 군사가 모조리 물에 들어 죽고 마오리다."

오의가 그 계책을 좇아 곧 냉포로 하여금 나가서 강물을 트게

하고 오란 · 뇌동으로 군사를 데리고 접응하게 하니 냉포는 영을 받고 물러나와 강물 틀 연장들을 준비하였다.

한편 현덕이 황충과 위연으로 하여금 각기 영채 하나씩 맡아서 지키게 하고 자기는 부성으로 돌아와서 군사 방통과 더불어 일을 의논하는데, 문득 세작이 보하되

"동오 손권이 사람을 보내서 동천 장노와 정의를 맺고 장차 가맹관을 와서 치려고 합니다."

한다.

현덕이 놀라

"만약 가맹관을 잃으면 뒷길이 끊겨 내가 진퇴양난이 되고 말겠으니 장차 어찌하면 좋겠소."

하고 물으니, 방통은 맹달을 돌아보며

"공은 바로 서촉 사람이라 지리를 잘 아실 터이니 한 번 가서 가맹관을 지켜 보시는 것이 어떻소."

하고 말하였다.

맹달이

"내가 한 사람을 천거하겠는데 그와 함께 가서 관을 지키면 만에 하나도 실수가 없으리다."

한다.

현덕이 누구냐고 물으니, 맹달이

"그 사람이 중왕에 형주 유표 수하에서 중랑장을 지낸 일이 있으니 곧 남군 지강(枝江) 사람으로 성은 곽(霍)이요 이름은 준(峻)이요 자를 중막(仲邈)이라 합니다."

하고 대답한다.

현덕은 크게 기뻐하여 즉시 맹달과 곽준을 보내서 가맹관을 지키게 하였다.

방통이 자기 처소로 돌아와 있노라니, 문리가 홀연 보하되

"웬 손님이 한 분 찾아오셨습니다."

한다.

방통이 영접하러 나가 보니 그 사람은 신장이 팔 척이요 상모가 기걸하게 생겼는데 머리는 짧게 깎아 목을 겨우 덮었고 의복은 정제하지 못했다. 방통이

"선생은 누구십니까."

하고 물었으나, 그 사람은 대답하지 않고 바로 당상으로 올라와 와상 위에 가 번듯이 눕는다.

방통이 마음에 자못 의아해서 재삼 물으니, 그 사람이

"좀 가만히 있소. 내 이제 공에게 천하 대사를 일러 줄 테니."

하고 말한다.

방통이 듣고 더욱 의아해서 좌우에 명하여 주식을 드리게 하였더니 그 사람이 일어나서 곧 먹는데 겸사하는 빛이란 조금도 없이 먹고 마시기도 곧 많이 하고 다 먹고 나서는 또 누워 자는 것이다.

방통은 아무리 하여도 의혹을 풀 길이 없어 사람을 보내서 법정을 청해다가 보게 하였다. 마음에 혹시 세작이나 아닌가 생각한 것이다.

법정이 황망히 이르자 방통은 나가 영접하고

"웬 사람이 하나 왔는데 여차여차하다."

64

하며 그에게 말하니, 법정이 듣고

　"팽영언(彭永言)이 아닌지 모르겠소."

하고 그를 보려고 섬돌 위로 올라서는데, 그 사람이 자리에서 벌떡 뛰어 일어나며

　"효직이 별래 무량하오."

하고 알은체한다.

　　서천 사람이 옛 친구를 만나서
　　부강의 거친 물결을 잠재우고 마는구나.

　필경 이 사람이 누군고.

제갈량은 방통을 통곡하고
장익덕은 엄안을 의로 놓아 주다

| *63* |

이때 법정이 그 사람과 서로 보고 손뼉들을 치며 웃어서 방통
이 물으니, 법정이

"이분은 광한(廣漢) 사람으로 성은 팽(彭)이요 이름은 양(襄)이요
자는 영언(永言)이니 촉중의 호걸이오. 바른말을 했다가 유장에게
촉노(觸怒)되어 곤겸형(髡鉗刑)[1]을 받고 천민이 된 까닭에 머리가 저
렇게 짧다오."

하고 말한다.

방통은 그를 상빈을 대하는 예로 정중하게 대접하며 무슨 일로
왔느냐고 물었다.

팽양이

---

1) 중국 고대의 형벌의 하나로, 머리 깎는 것을 곤(髡)이라 하고 목에다 쇠고리를 끼
는 것을 겸(鉗)이라 한다.

"내 특히 공들 수만의 목숨을 구하러 온 바인데, 유 장군을 뵈어야 말하겠소."

하고 한다. 법정은 황망히 현덕에게 보하였다.

현덕이 친히 와서 만나 보고 그 까닭을 물으니, 팽양이

"장군은 전채(前寨)에 군마를 얼마나 두셨습니까."

하고 묻고, 현덕이

"황충과 위연이 거기 있소이다."

하고 사실대로 대답하자, 팽양이 비로소

"장수 된 사람의 도리로서 어찌 지리를 모르십니까. 전채가 부강 쪽에 바짝 다가 있으니 만약에 강물을 터놓고 군사로 앞뒤를 꽉 막고 볼 말이면 단 한 명도 도망해 나갈 길이 없습니다."

하고 일러 준다. 현덕은 크게 깨닳은 바가 있었다.

팽양이 다시 말한다.

"지금 강성(罡星)[2]이 서방에 있고 태백이 이 땅에 임했으니 반드시 불길한 일이 있을 것입니다. 부디 삼가도록 하십시오."

현덕은 곧 팽양으로 막빈을 삼고 사람을 시켜서 황충과 위연에게 가만히 일러 주되, 조석으로 마음을 써서 순경을 돌아 적병이 강물 트는 것을 방비하라 하였다.

이에 황충과 위연은 서로 의논하고, 두 사람이 각각 하루건너 번차례로 돌되 만일에 적병이 이르렀을 때는 서로 통보하기로 하였다.

---

2) 북두성(北斗星).

한편 냉포는 이날 밤에 풍우가 대작하는 것을 보자 오천 군사를 거느리고 강변으로 따라 내려와서 강물을 트려 드는데 문득 뒤에서 함성이 어지러이 일어났다.

냉포가 준비 있음을 알고 급급히 회군하는데 뒤에서 위연이 군사를 거느리고 쫓아와서 서천 군사는 혼란에 빠져 서로를 짓밟는다.

냉포가 한창 말을 달려 도망하는 중에 위연과 딱 마주쳤다. 곧 어우러져 싸웠으나 두어 합이 못 되어 위연에게 사로잡히고 말았고, 뒤미처 오란과 뇌동이 접응하러 왔으나 그 역시 황충의 군사에게 격퇴당하고 말았다.

위연이 냉포를 압령하여 부관으로 가니, 현덕은 냉포를 보자

"내가 너를 인의로써 상대하여 모처럼 놓아 보냈는데 언감 나를 배반한단 말이냐. 이번에는 용서하기 어렵다."

하고 꾸짖은 다음 냉포를 몰아내어 목을 베게 하고 위연에게는 중상을 내렸다.

현덕이 연석을 배설하고 팽양을 대접하는데 문득 보하는 말이, 형주에서 제갈량 군사가 특히 마량을 시켜서 글을 보내 왔다고 한다.

현덕이 불러들여서 물으니, 마량이 예를 마친 다음

"형주에는 별 연고 없으니 주공께서는 아무 염려 마십시오."

하고 드디어 군사의 서신을 바친다.

현덕이 펴 보니 사연은 대강 다음과 같은 것이었다.

량이 밤에 태을수(太乙數)[3]를 헤아려 보오매 금년이 바로 계사

(癸巳)라 강성이 서방에 있고, 또 건상(乾象)⁴⁾을 보오매 태백이 낙성 땅에 임해 있으니 주장수(主將帥) 신상에 흉이 많고 길은 적을 수입니다. 부디 매사에 근신하옵소서.

현덕은 글월을 보고 나자, 곧 마량을 먼저 돌아가게 한 다음
"내 장차 형주로 돌아가서 이 일을 의논하겠소."
라고 하니, 방통이 가만히 속으로 '공명이 내가 서천을 취해서 공을 세우는 것이 두려워 짐짓 이 글월을 보내서 해살을 놓는 것이려니' 생각하고, 이에 현덕을 대하여
"저도 태을수를 헤아려 이미 강성이 서방에 있는 줄 알거니와 이는 주공께서 서천을 얻으실 징조라 달리 흉사가 있을 것을 가리키는 것은 아니요, 저도 역시 천문을 점쳐서 태백이 낙성 땅에 임해 있음을 보았으나 이는 앞서 촉장 냉포를 참해서 이미 흉조를 막았습니다. 주공은 의심하지 마시고 급히 진병하도록 하십시오."
하고 말하였다.
현덕은 방통이 재삼 재촉하는 것을 보고 마침내 군사를 이끌고 앞으로 나아갔다.
황충이 위연과 함께 나와서 영채로 맞아들인다.
영채에 들어 방통은 법정에게
"예서 낙성을 가려면 길이 몇이나 있소."
하고 물으니, 법정이 땅에다 줄을 그어 그려 놓는데 현덕이 전일

3) 주(周)나라 때 술수칠대가(術數七大家) 중 한 파가 재복(災福)과 치란(治亂)을 점치는 법을 적은 것.
4) 하늘의 기상(氣象).

장송에게서 받은 지도를 꺼내서 서로 대조해 보니 조금도 틀리지 않는다.

법정은

"산 북쪽에 대로가 하나 있으니 그 길로 가면 바로 낙성 동문을 취하게 되고, 산 남쪽에는 소로가 하나 있으니 그 길로 가면 낙성 서문을 취하게 되는데, 이 두 길이 모두 행군할 만하오."

하고 말한다.

방통은 현덕을 보고

"저는 이제 위연으로 선봉을 삼아 남쪽 소로로 갈 것이니 주공께서는 황충으로 선봉을 삼아 북쪽 대로로 나가셔서 낙성에서 함께 만나시기로 하시지요."

하니, 현덕이

"내가 소싯적부터 궁마(弓馬)에 익어서 소로로 많이 다녀 보았으니 군사가 대로로 가서 동문을 취하시오. 서문은 내가 취하겠소."

하였으나, 방통이

"대로에는 반드시 막는 군사가 있을 것이라 그것은 주공께서 담당해 주십시오. 저는 소로로 가겠습니다."

한다.

현덕이

"군사는 그러지 마오. 내가 간밤에 꿈을 꾸니 신령 한 분이 손에 철봉을 들고 내 오른팔을 치는데 꿈을 깬 뒤에도 팔이 그대로 아프니 이번 길이 아무래도 좋지는 않은 것 같소."

하니, 방통이

"장사가 싸움터에 나가매 죽지 않으면 상처를 입는 것이 사리에 자연한데 어찌 꿈꾸신 것을 가지고 그처럼 의심하십니까."

하여, 현덕이 다시

"내가 의심하는 것은 공명의 서신이오. 군사는 돌아가서 부관을 지키는 것이 어떻겠소."

하고 권하니, 방통은 크게 웃으며

"주공은 공명에게 속으셨습니다. 공명은 저로 하여금 홀로 대공을 세우게 하고 싶지 않은 까닭에 짐짓 그런 말을 지어 내어 주공께 의혹을 품으시게 한 것입니다. 사람이 마음에 의혹이 있은즉 꿈을 꾸는 것인데 무슨 흉사가 있으리라고 그러십니까. 제가 나라 일에 몸을 바칠 수 있다면 바야흐로 평생소원을 이루었다고 하겠습니다. 주공께서는 다시 여러 말씀 마시고 내일 아침 떠나도록 하십시오."

한다.

이리하여 이날 호령을 전해서 군사들로 하여금 오경에 밥 지어 먹고 해 뜰 무렵에는 말에 오르게 하고 황충과 위연으로 군사를 거느려 먼저 떠나게 한 다음, 현덕이 다시 방통과 더불어 만날 일을 약속하는데 이때 방통이 타고 있던 말이 홀지에 앞을 못 보아 발을 헛디디고 쓰러져서 방통이 하마터면 낙마를 할 뻔하였다.

현덕은 곧 말에서 뛰어내려 그 말을 잡아 일으키며

"군사는 어찌하여 이 따위 말을 타고 다니시오."

하니, 방통은

"이 말을 타고 다닌 지가 오랜데 일찍이 이런 일은 없었습니다."

하였으나, 현덕은

"싸움터에 나가서 이런 일이 있다가는 사람의 목숨을 그르치고 말 것이오. 내 타고 있는 백마가 성질이 극히 온순하니 군사가 타시면 만에 하나도 실수가 없으리다. 이 말은 내가 타겠소."

하고 드디어 방통과 서로 말을 바꾸어 타기로 하니, 방통은

"주공의 두터우신 은혜에 오직 감격할 뿐입니다. 비록 만 번 죽더라도 능히 보답할 길이 없을까 하나이다."

하고 사례하였다.

이리하여 두 사람은 각기 말에 올라 길을 나누어 떠났는데, 현덕은 방통을 보내 놓고 웬일인지 언짢은 생각이 들어 앙앙한 마음으로 길을 갔다.

한편 낙성 안에서는 오의와 유궤가 냉포 죽은 소식을 듣고 드디어 여러 사람을 모아 놓고 상의한다.

이때 장임이 나서서

"성 동남쪽 산중에 소로가 하나 있는데 아주 요긴한 곳이라 내가 몸소 일지군을 거느리고 가서 지킬 것이니 제공은 낙성을 굳게 지켜 실수함이 없도록 하시오."

하고 말하는데, 홀연 보하되 형주 군사가 두 길로 나누어 성을 치러 온다고 한다.

장임이 급히 삼천 군을 거느리고 소로로 나가서 매복하고 있노라니 위연의 군사가 지나간다.

장임이 군사를 단속해서 그대로 지나가게 두고 경동하지 못하게 하는데 그 뒤로 방통의 군사가 나온다.

장임의 군사가 보고 멀리 군중의 대장을 손으로 가리키며

"저 백마를 타고 오는 자가 필시 유비일 것입니다."

하고 말한다.

장임은 크게 기뻐하여 영을 전해서 이리이리 하라고 일렀다.

이때 방통이 전대의 뒤를 이어 길을 따라 나가며 머리를 들어 살펴보니 양녘의 산이 바짝 다가들어 골짜기는 좁은데 나무는 빽빽이 들어서고 때마침 여름이 다 가고 가을에 잡아들어 가지와 잎새가 심히 무성하다.

방통이 마음에 못내 의심하여 말을 멈추어 세우고

"여기가 어딘고."

하고 물으니, 새로 항복한 군사가 있다가

"이곳 지명이 낙봉파(落鳳坡)올시다."

하고 대답한다.

방통이 깜짝 놀라

"내 도호가 봉추인데 이곳 이름이 낙봉파라니 내게 이롭지 않구나."

하고 곧 후군으로 하여금 빨리 물러나게 할 때 홀연 산언덕으로 호포소리 한 번 크게 일며 화살이 빗발치듯하는데 오직 백마 탄 사람만 바라고 쏘니, 가엾다 방통이 필경 난전 아래 목숨을 잃고 말았구나. 때에 그의 나이 겨우 삼십육 세였다.

후세 사람이 탄식해서 지은 시가 있다.

현산(峴山) 연봉(連峰)이 첩첩이 둘렸는데
산굽이 돌아들면 바로 사원(士元) 댁이로다.
비둘기 부르는 소리 아이들은 늘 들었고

뛰어난 그의 재주 촌중이 다 안다네.
삼분천하를 미리 다 셈쳐 두고
만리장정에 제 홀로 배회터니
그 누가 알았으리 장성(將星)이 떨어지며
장군의 금의환향 끝내 보지 못할 줄이야.

이보다 앞서 동남 지방에는 다음과 같은 동요(童謠)가 있었다.

봉 한 마리 용 한 마리 서촉으로 들어갈 제
중로까지 겨우 와서 언덕 아래 봉은 죽네.
비 따라 바람 불고 바람 따라 비는 오고
한나라 일어날 제 촉도가 통하는데
촉도가 통했을 젠 다만 용이 남았구나.
一鳳并一龍 相將到蜀中
纔到半路裏 鳳死落坡東
風送雨 雨隨風
隆漢興時蜀道通
蜀道通時只有龍

이날 장임이 방통을 쏘아 죽이니 형주 군사들이 앞뒤가 꽉 막
혀 나가지도 물러나지도 못하고 죽는 자가 태반이다.
전군이 나는 듯이 위연에게 보해서 위연이 황망히 군사를 돌려
세웠으나, 어찌하랴 산길이 협착해서 시살할 수가 없을뿐더러 장
임이 또 돌아갈 길을 끊고 높은 언덕 위에 자리 잡고 강궁(強弓)과
경뇌(硬弩)로 함부로 들이 쏘아대는 것이다.
위연의 마음이 자못 황황할 때 새로 항복한 서촉 군사가

"차라리 낙성 아래로 짓쳐 들어가서 큰 길로 나가는 편이 좋을 까 보이다."

하고 일러 주어서, 위연은 그 말을 좇아 앞을 서서 길을 트고 낙 성을 향해 짓쳐 나갔다.

그러자 티끌이 자욱하게 일어나며 앞에서 일표군이 달려 들어 오니 이는 곧 낙성을 지키고 있던 오란 · 뇌동 두 장수요 뒤에서 는 장임이 군사를 몰아 쫓아 나온다.

전후에서 끼고 쳐서 위연을 몇 겹으로 에워싸니 위연이 죽기로 써 싸우나 능히 벗어나지를 못한다.

그러자 문득 오란 · 뇌동의 후군이 제풀에 어지러워져서 두 장 수가 위연을 놓아두고 급히 말을 돌려 구하러 간다

이것을 보고 위연이 승세해서 뒤를 쫓는데 저편으로서 한 장수 가 앞을 서서 칼을 춤추고 말을 달려 나오며 큰 소리로

"문장아, 내 특히 너를 구하러 왔다."

하고 외친다. 보니 바로 노장 황충이다.

두 사람이 협공해서 오란 · 뇌동 두 장수를 쳐 물리치고 바로 낙 성 아래까지 짓쳐 들어갔는데 이때 유궤가 성에서 군사를 거느 리고 달려 나왔다.

그러나 현덕이 뒤에서 마침 접응해 주어 황충과 위연은 몸을 돌쳐 돌아왔다.

현덕의 군마가 분주히 달려서 영채에 이르렀을 무렵에 장임의 군마가 또 소로로부터 달려 나오고 유궤와 오란 · 뇌동이 앞을 서 서 쫓아들어 왔다.

현덕이 두 영채를 지켜 내지 못하고 일변 싸우며 일변 달아나

며 부관으로 돌아가는데 서촉 군사가 승세해서 그대로 뒤를 쫓아 온다.

현덕의 인마가 모두 지쳤으니 무슨 수로 시살할 생각을 먹어 보겠느냐. 오직 말을 달려 도망할 뿐이다.

거의거의 부관에 다 왔을 때 장임의 군사가 뒤를 바짝 쫓아 들어왔다. 그러나 다행히 좌편의 유봉과 우편의 관평 두 장수가 삼만 명 생력병(生力兵)을 거느리고 끊고 나와서 장임을 격퇴하고 이십 리를 도로 쫓아가서 전마(戰馬)를 무수하게 뺏었다.

현덕의 일행 인마가 다시 부관으로 들어와서 방통의 소식을 물으니 낙봉파에서 목숨을 도망해 온 군사가 보하되

"군사께서 말을 타신 채 난전에 맞아 언덕 앞에서 전사하셨소이다."

한다. 이 말을 듣고 현덕은 통곡하기를 마지않고 그를 위해 초혼제(招魂祭)를 지내니 모든 장수들이 다 울었다.

황충이 말한다.

"이번에 방통 군사가 전사하였으매 장임이 반드시 와서 부관을 칠 터이니 어찌하면 좋습니까. 아무래도 형주로 사람을 보내서 제갈량 군사를 청해다가 서천 취할 계책을 의논하실밖에 없을까 보이다."

이렇듯이 이야기하고 있을 때, 사람이 보하되 장임이 군사를 이끌고 바로 성 아래 와서 싸움을 청한다고 한다.

황충과 위연은 모두 나가서 싸우겠다 하였으나, 현덕이

"예기가 갓 꺾였으니 굳게 지키면서 군사가 올 때까지 기다리는 것이 좋을 듯하오."

하고 말해서 황충과 위연은 영을 받고 다만 성을 지키기로만 위주로 하였다.

현덕은 일봉 서찰을 써서 관평에게 주며

"네 나를 위해 형주로 가서 군사를 청해 오너라."

하고 분부하였다.

관평은 글월을 받아 가지고 밤을 도와 형주로 갔다. 현덕은 스스로 부관을 지키며 도무지 나가 싸우려 하지 않았다.

한편 공명은 형주에서 마침 칠석 명절을 당하여 모든 관원들을 모아 놓고 야연(夜宴)을 하며 함께 서천 칠 일을 이야기하고 있었는데, 문득 보니 정서 쪽에 있는 별 하나의 크기는 말[斗]만 한데 하늘로부터 떨어지며 그 찬란한 빛이 사방으로 흩어진다.

공명이 보고 소스라쳐 놀라 술잔을 던지며

"슬프구나, 애달프구나."

하더니 낯을 가리고 운다.

모든 관원이 황망히 그 연고를 물으니, 공명이

"내 전자에 헤아려 보매 금년에는 강성이 서방에 있어서 군사(軍師)에게 불리하고, 천구(天狗)[5]가 우리 군사를 범하고 태백이 낙성에 임하였기에 이미 주공께 글월을 올려 삼가 방비하십사 여쭈었는데, 오늘 저녁에 서방의 별이 떨어질 줄을 누가 생각이나 했겠소. 필연 방사원이 돌아가신 게요."

하고 말을 마치자, 다시

---

5) 북두칠성.

"이제 우리 주공께서 한 팔을 잃으셨구나."

하고 대성통곡한다.

여러 관원들이 모두 놀라면서도 그 말을 믿지는 않는다. 공명은

"수일 안으로 반드시 소식이 있으리다."

하고 말하였다.

이리하여 이날 밤은 술을 흥이 깨쳐 즐겁게들 마시지 못한 채 자리를 파하고 말았다. 그로써 수일이 지나 공명이 운장의 무리와 함께 앉아 있는데 사람이 들어와서 관평이 이르렀다고 보한다. 모든 관원들이 다 놀랐다.

이윽고 관평이 들어와서 현덕의 서신을 올린다.

공명이 보니 그 안에

금년 칠월 초칠일에 방 군사가 낙봉파 앞에서 장임의 손에 화살을 맞아 전사하셨소.

하고 씌어 있다. 공명이 대성통곡하니 모든 관원들도 다들 따라 운다.

공명이

"이미 주공이 부관에서 진퇴양난에 빠져 계시다고 하니 내 불가불 가 보아야만 하겠소."

하니, 운장이

"군사가 가시면 형주는 누가 지킨단 말씀이오. 형주는 중요한 곳인데 함부로 비울 수는 없을까 하오."

하여, 공명은 다시 입을 열어

"주공의 하서(下書) 속에는 분명히 누구라고 밝히시지는 아니 하였으나 내 이미 주공의 의중을 알고 있소."

하고, 곧 현덕의 글월을 내어 여러 사람들에게 보이며

"주공의 하서 속에는 형주를 내게 부탁하니 인재를 자량해서 위임하도록 하라 하셨소. 비록 그러하나 이제 주공께서 관평에게 글을 들려 보내셨으니 그 뜻인즉 운장공에게 이 중임을 맡기시려는 것이오. 운장은 도원결의의 정의를 생각하여 힘을 다해서 이 땅을 지키되 그 책임이 가볍지 않음을 부디 명심하시오."

하고 말하니 운장이 별로 사양도 아니 하고 개연히 응낙한다.

공명이 연석을 배설하고 인수를 내어 주니 운장이 두 손으로 받는다.

공명은 인을 손에 받들고 한 번 더 당부한다.

"이제 형주는 도시 장군의 손에 달려 있소."

운장은

"대장부가 이 중임을 맡았으니 죽기 전에야 소홀히 할 리 있사오리까."

한다.

공명은 운장이 '죽는다'는 말을 꺼낸 것을 보고 심중에 좋지 않아 인을 주지 말까 하였으나 말을 이미 낸 뒤라 그는 한마디 물었다.

"만약에 조조가 군사를 거느리고 오면 어떻게 하시겠소."

운장이

"힘을 다해서 막겠소이다."

하니, 공명이 다시

"만약에 조조와 손권이 일제히 군사를 일으켜 가지고 오면 어찌 하시겠소."

하고 물으니, 운장이 또

"군사를 나누어서 막지요."

하고 답한다.

공명은 듣고

"만약에 그렇게 한다면 형주는 위태하오. 내게 글자 여덟 개로 형주를 지킬 계책이 있으니 장군은 필히 기억해 두어야 형주를 보전할 수 있으리다."

하니, 운장이

"여덟 개 글자가 무엇이오니까."

하고 묻는다. 공명이 일러 준다.

"북거조조(北拒曹操), 동화손권(東和孫權)이오. 곧 북으로 조조를 막고 동으로 손권과 화친하라는 말이오."

운장은 듣고

"군사의 말씀을 마땅히 폐부에 새겨 잊지 않고 행하오리다."

하고 말하였다.

공명은 드디어 그에게 인수를 넘겨주고 문관 마량·이적·향랑(向朗)·미축과 무장 미방·요화·관평·주창 등 일반 문무 관원들로 하여금 운장을 보좌해서 함께 형주를 지키게 하고 일변 몸소 군사를 거느리고 서천으로 들어가는데, 먼저 정병 일만을 장비에게 주어 대로로 해서 파주·낙성의 서쪽으로 들어가되 먼저 당도하는 것으로써 첫째가는 군공을 삼기로 하고, 다시 일지병을 내어 조운으로 선봉을 삼아 강을 거슬러 올라가 낙성에서 만나기로 하고, 공명은 그 뒤를 따라 간옹과 장완(蔣琬)의 무리를 데리고 길을 떠나기로 하니, 장완의 자는 공염(公琰)이요 영능 상향(湘鄉) 사람으로 형양 지방의 명사라, 그로서 서기(書記)를 삼았다.

대군이 움직이는 날 공명이 군사 일만 오천을 거느리고 떠나는데, 장비가 떠날 때 공명은 그를 보고

"서천에 호걸이 심히 많으니 결코 적을 우습게보아서는 아니 되리다. 삼군에 약속해서 행여나 백성을 노략해서 민심을 잃는 일이 없게 하며, 이르는 곳마다 백성을 어루만지고 구휼(救恤)하며, 함부로 군사들을 닦달하지 마오. 바라건대 장군은 두공(頭功)을 세우고 낙성으로 오되 일에 낭패가 없도록 하오."
하고 간곡히 당부하였다.

장비는 흔연히 응낙하고 말에 올라 길을 따라서 나아갔다.

이르는 곳마다 항복하는 자는 추호도 범하지 않는다.

바로 한중·서천 길로 나가 파군(巴郡)에 이르렀는데, 세작이 돌아와서 보하되

"파군태수 엄안(嚴顔)은 촉중 명장이라 나이는 비록 많으나 정력이 아직 쇠하지 않아 능히 강궁을 잘 다루고 대도를 쓰매 만부부당지용이 있는데 지금 성 안에 버티고 앉아서 항기(降旗)를 내걸지 않았소이다."
한다.

장비는 성에서 십 리 떨어진 곳에 하채하고, 사람을 엄안에게로 보내는데

"네 성에 들어가서 그 늙은 놈을 보고 빨리 나와서 항복하면 성

중 백성의 목숨을 다 살려 줄 것이요, 만약에 귀순하지 않으면 곧 성을 허물어 버린 다음 늙은 것이고 어린 것이고 하나도 남겨 두지 않을 테라고 일러라."

하고 말했다.

한편 엄안이 파군에 있으면서 유장이 법정을 보내 현덕을 서천으로 청해 들인다는 말을 듣고는 가슴에 손을 얹고

"이것이 소위, 홀로 빈산에 앉아 범더러 와서 호위해 달라는 것이렷다."

하고 탄식했는데, 그 뒤에 다시 현덕이 부관을 점거했다는 말을 듣고는 대로하여 몇 번인가 군사를 거느리고 가서 싸워 보려 하면서도 혹시 파주 길로 군사가 또 들어오지나 않을까 염려가 되어 못했던 것이다.

그러자 그날 장비의 군사가 왔다는 말을 듣고 즉시 본부 인마 오륙천 명을 일으켜 적을 맞아서 싸울 준비를 하는데, 누가 있다가

"장비는 당양 장판교에서 한 번 호통 쳐 조조의 백만 대병을 물리친 장수입니다. 조조도 그 이름만 들으면 피하는 터라, 적을 우습게보셔서는 아니 되니 다만 해자를 깊이 파고 성을 높이 쌓아 굳게 지키고 나가지 말도록 하십시오. 저들의 군사가 양식이 넉넉지 않아 불과 한 달이 못 돼 자연 물러가 버릴 것이오, 게다가 장비의 성미가 열화 같아서 군사들을 매질하기가 일쑤라 만일 우리가 싸워 주지 않으면 제가 필시 노할 것이요, 노한즉 성미 나는 대로 군사들을 닦달할 것이라 군심이 흔들릴 때 승세해서 치면 장비를 쉽게 사로잡을 수 있을 것입니다."

하고 계책을 드린다.

엄안은 그 말을 좇아 군사들로 하여금 모두 성에 올라 굳게 지키게 하였다.

그러자 홀연 한 군사가 와서 큰 소리로

"성문을 열어라."

하고 외친다.

엄안이 들어오게 하라 해서 물어 보니 그 군사가 자기는 장 장군이 보낸 사람이라 하면서 장비가 한 말을 일러 준 대로 전갈하였다.

엄안은 듣고 대로하여

"제 놈이 어찌 이렇듯 무례한고. 엄 장군이 대체 도적에게 항복할 사람이냐. 네 가서 장비에게 이대로 전해라."

하고 꾸짖은 후에 무사를 불러서 그 군사의 귀와 코를 베게 하여 영채로 들려 보냈다.

군사가 돌아와 장비를 보고 울면서 엄안이 사람을 이 꼴을 만들고 욕을 하더란 말을 하니, 장비는 대로해서 이를 갈며 고리눈 부릅뜨고 갑옷투구 하고서 말에 올라 수백 기를 이끌고 파군 성 아래로 와서 싸움을 청하였다.

성 위에서 군사들이 백 가지로 욕설을 퍼붓는다.

장비가 성급히 몇 번인가 조교 앞까지 짓쳐 들어가 호성하(護城河)[6]를 건너려 하였으나 그때마다 성 위에서 난전이 비 오듯 하는 통에 그대로 물러서곤 하는데 날이 저물도록 누구 하나 싸우러 나

---

6) 성 밖에 파 놓은 해자, 즉 외호(外濠).

오는 자가 없다. 장비는 화가 머리끝까지 나서 견딜 수 없는 것을 가까스로 참고 영채로 돌아왔다.

이튿날 이른 아침에 그는 또 군사를 끌고 가서 싸움을 청하는데, 엄안이 적루 위에 있다가 활을 쏘아서 장비의 투구를 맞히었다.

장비는 손으로 그를 가리키며

"만약에 네 늙은 놈을 잡는 날에는 내가 친히 네 살점을 뜯어먹겠다."

하고 한하였다. 이날도 날이 저물자 또 그대로 돌아왔다.

사흘째 되는 날이다.

장비는 또 군사를 거느리고 성가로 가서 욕설을 퍼부었다.

원래 이 파군성은 산성으로 그 주위의 산세가 심히 험악하다.

장비가 말을 타고 산 위에 올라가서 성중을 굽어보니 군사들이 모조리 무장을 갖추고 대오를 나누어 성 안에들 있으며 나오려고는 아니 하고, 또 보니 인부들이 연송 왕래하며 벽돌과 돌을 운반하여 성의 방비를 굳히고 있다.

장비는 영을 내려 마군은 말에서 내리고 보군은 모두 땅바닥에 앉게 해서 적을 밖으로 꾀어내려 하였다.

그러나 성에서는 아무런 동정이 없다. 또 하루를 욕만 하다가 전날이나 한가지로 공치고 돌아왔다.

장비는 영채 안에 앉아서 혼자 생각해 보았다. '종일 욕을 퍼부어도 저것들이 나오지 않으니 어찌하면 좋을꼬.'

그러다가 그는 문득 한 계교를 생각해 내고 모든 군사들에게 일러서 밖에 나가 싸움을 청하려 말고 다들 결속하고 영채 안에서 대기하게 하고, 단지 사오십 명 군사들만 내보내 바로 성 아래로 가서 어지러이 욕을 하게 하였다. 이리하여 엄안의 군사가 나오기만 하면 곧 나가서 시살할 작정이다.

장비는 주먹을 어루만지고 손바닥을 비비며 오직 적병이 나오기만 기다렸다.

그러나 군사들이 연달아 사흘을 두고 가서 욕을 해도 전연 나올 기미가 안 보인다.

장비는 미간을 찡그리고 궁리하다가 또 한 계교를 생각해 내고 영을 전해서 군사들로 하여금 밖에 나가 사면으로 흩어져 나무를 하며 길을 찾아보게 하고는 싸움을 청하러 가지 않았다.

엄안은 성중에서 연일 장비의 동정을 보지 못하여 마음에 버썩 의혹이 들었다. 그래 그는 십여 명 군사들을 장비의 나무하는 군사 모양으로 꾸며 가만히 성에서 나가 그 틈에 섞여서 소식을 알아 오게 하였다.

그날 나무하러 갔던 군사들이 영채로 돌아오자 장비가 영채 안에 앉아서 발을 구르며

"엄안 늙은 것이 기를 올려 나를 곧 죽이려 드는구나."

하고 욕을 하니, 장전의 서너 명 군사가

"장군께서는 고정하소서. 소로 하나를 찾아냈으니 파군을 넘어가기가 수월할까 하나이다."

하고 아뢴다.

이 말을 듣자 장비가 큰 소리로 꾸짖는다.

"네 이놈들, 이미 그런 곳이 있었으면 어째서 빨리 와 보하지 않았느냐."

여러 사람이

"오늘에서야 겨우 찾아내었답니다."

하고 대답하니, 장비는

"일을 지체해서는 아니 되겠다. 오늘밤 이경에 밥 지어 먹고 삼경에 달빛을 이용하여 일시에 나가되, 사람은 매를 물고 말은 방울을 떼어 소리를 죽여 나가도록 해라. 내 몸소 앞장을 서 길을 열어 나갈 것이매 너희들은 차례로 나를 따르라."

하고 영을 전해서 온 영채 안이 다 알게 하였다.

탐지하러 나왔던 군사들이 이 소식을 얻어 듣고 다들 성중으로 돌아가서 엄안에게 보하니, 엄안은 듣고 크게 기뻐하여

"네놈이 그대로 배겨 내지 못할 줄을 내 알았더니라. 네가 소로로 몰래 돌아가려고 하니 필시 양초와 치중은 뒤를 따를 것이라, 내가 뒷길을 끊어 버리면 네놈이 어떻게 가겠단 말이냐. 참으로 꾀 없는 놈이 내 계교에 속고 말았구나."

하고 즉시 영을 전해서 군사들로 하여금 싸우러 나갈 준비를 하게 하되

"오늘밤 이경에 밥 지어 먹고 삼경에 성을 나가 나무가 빽빽하게 들어선 곳을 찾아 매복하고 있다가, 장비가 소로 길목을 지나가고 뒤에서 수레들이 나올 때를 기다려서 북소리를 듣고 일제히 내달아라."

하고 명령을 내렸다.

호령이 돈 뒤 어느덧 밤이 되자 엄안의 전군이 모두들 배불리 먹고 든든히 차린 다음에 가만히 성에서 나와 사면으로 흩어져 매복하고 오직 북소리 나기만을 기다린다.

86

이때 엄안은 스스로 비장(裨將) 십여 명을 거느리고 말에서 내려 숲속에 몸을 숨기고 있었다.

삼경이 지났을 무렵이다.

멀리 바라보니 장비가 몸소 앞을 서서 창을 비껴 잡고 말을 놓아 가만히 군사를 거느리고 지나더니 서너 마장도 못 다 갔을까 하여 그 뒤로 수레와 인마들이 육속 따라 나온다.

엄안이 똑똑히 보고 나서 일제히 북을 울리니 사면에서 복병이 모조리 일어난다.

바야흐로 수레로들 달려들어 겁략하려 할 때 등 뒤로서 징소리 한 번 크게 울리더니 일표군이 짓쳐 나오며

"늙은 도적은 도망하지 마라. 내 마침 너를 기다리고 있었다." 하고 벽력같이 호통을 친다.

엄안이 황급히 머리를 돌리니, 눈앞에 선 일원 대장이 표범의 머리, 고리눈에 제비 턱, 범의 나룻으로 손에 장팔사모를 빗겨들고 심오마를 탔으니 그가 바로 장비가 아닌가.

이때 사면에서는 북소리가 크게 진동하고 모든 군사들이 짓쳐 들어왔다.

엄안은 장비를 보고 어찌할 바를 몰라 하며 그대로 말을 어우러져 싸운다. 서로 싸우기 십 합이 채 못 되어서 장비는 짐짓 파탄을 보였다.

엄안이 옳다구나 하고 바로 그에게 한 칼을 먹이려 든다.

이때 장비는 번개같이 몸을 비키며 앞으로 와락 달려들어 엄안의 갑옷 끈을 낚아채어 땅에 내어 던진다.

군사들이 우 앞으로 달려 나와서 그를 잡아 묶는다.

원래 앞서 지나간 것은 장비가 아니었다. 장비는 엄안이 북을 쳐서 군호를 삼을 요량하고 자기는 징을 쳐서 군호를 삼기로 하였으니, 징소리가 울리자 모든 군사들이 다 왔던 것이다.

서천 군사들이 태반이나 갑옷을 버리고 창을 거꾸로 잡아 항복을 드린다.

장비가 파군성 아래로 짓쳐 들어가니 후군은 이미 성내에 들어가 있었다. 장비는 백성을 죽이지 말라 이르고 방을 내다 붙여 백성의 마음을 위로하였다.

이때 여러 도수들이 엄안을 끌고 들어왔다.

장비가 공청 위에 좌기하고 있는데 끌려나온 엄안이 그의 앞에 무릎을 꿇으려 않는다.

장비는 눈을 부릅뜨고 이를 갈며 크게 꾸짖었다.

"대장이 여기 이르렀는데 네 어찌하여 항복하지 않고 감히 항거하느냐."

그러나 엄안은 전혀 두려워하는 빛이 없이 장비를 꾸짖는다.

"너희들이 의리 없이 우리 땅을 침범하며 도리어 그런 말을 하느냐. 다만 단두장군(斷頭將軍)이 있을 따름이지 항장군(降將軍)이란 없느니라."

장비가 대로하여 좌우를 꾸짖어 당장 목을 베어 오라 하니, 엄안이 또한

"이 도적놈아, 목을 자르겠으면 바로 자를 것이지 성은 왜 내느냐."

하고 마주 꾸짖는다.

장비는 그 엄안의 목소리가 웅장하고 안색이 조금도 변하지 않

는 것을 보자 곧 노여움을 풀고 기쁜 낯으로 섬돌을 내려서서 좌우를 꾸짖어 물리치고 친히 그 묶은 것을 풀어 주고 옷을 가져다 입힌 다음에 팔을 잡아 당상 한가운데 올려 앉히고 공손히 절을 하며

"이제까지 말씀을 함부로 했소이다마는 행여 어찌 아시지 마시오. 내 본래 노장군이 호걸이심을 알고 있었소이다."

하고 말하였다.

엄안은 그 은혜와 의기에 감동되어 마침내 항복을 드렸다.

후세 사람이 엄안을 칭찬해서 지은 시가 있다.

서촉 땅의 백발 장군 그 이름이 높고 높다.
충성은 밝은 달이요 기개는 장강이라.
죽으면 내 죽었지 항복이 왜 있으랴
파군의 노장 엄안 천하에 짝이 없다.

또 장비를 칭찬해서 지은 시가 있다.

절륜할사 그의 용맹 엄안을 생금하고
의기도 장하거니 군민(軍民)이 복종한다.
오늘에도 파촉 땅에 그의 사당 남아 있어
주과포(酒果脯) 갖추어서 백성은 제지내네.

장비가 서천으로 들어갈 계책을 물으니, 엄안이

"패군지장이 장군의 후은을 입었사오나 갚을 길이 없으니 견마의 수고나 다할까 하거니와, 구태여 화살 한 대도 쏠 것 없이 바

로 성도까지 들어갈 도리가 있소이다.”
하고 말한다.

한 장수를 어루만져 심복을 삼아 노니
여러 성이 연달아서 항복을 드리누나.

대체 그 계책이란 어떠한 것인고.

공명은 계책을 정해서 장임을 사로잡고
양부는 군사를 빌려 마초를 격파하다

| *64* |

　이때 장비가 엄안에게 계책을 물으니, 엄안이

　"이로부터 낙성을 취하는데 무릇 방어하는 관액들이 도시 이 늙은 사람의 소관이라, 관군이 다 내 수중에 있는 셈이오다. 이제 장군의 은혜에 감격하나 보답할 길이 없으니 이 늙은 사람이 한 번 전부(前部)가 되어 이르는 곳마다 모조리 불러내어 항복을 드리게 하오리다."

하고 말한다.

　장비는 엄안의 손을 잡고 그에게 칭사하기를 마지않았다.

　이에 엄안이 전부가 되고 장비는 군사를 거느려 뒤를 따라 나가는데, 무릇 이르는 곳마다 모두 엄안의 소관이라 다 불러내서 항복을 시키는데 간혹 마음에 주저하여 결단하지 못하는 자가 있으면 으레 엄안이

"나도 오히려 항복을 했는데 자네가 무얼 그러나."

하고 말하니, 이로부터 모두 소문을 듣고 귀순해서 한 번도 접전이 없었다.

한편 공명이 이미 길 떠날 날짜를 현덕에게 보하고 모두 낙성에서 모이자고 말해 둔 터라, 현덕이 여러 관원들을 모아 놓고

"이제 공명과 익덕이 두 길로 나뉘어 서천으로 들어오는데 낙성에서 모여 함께 성도로 들어가자는 것이요, 수로와 육로로 배와 수레가 이미 칠월 스무날에 떠났다고 하니 수일 안에 당도할 모양이니 우리도 곧 진병해야겠소."

하고 말을 내니, 황충이 나서서

"장임이 매일 와서 싸움을 청하건만 성에서 도무지 나오지 않으니까 마음이 해이해져서 아무 준비가 없는 모양이니 오늘밤에 군사를 나누어 겁채를 하기로 하시지요. 그것이 백주에 시살하는 것보다 나을까 보이다."

하고 계책을 드린다.

현덕은 그 말을 좇아서 황충으로는 군사를 거느려 좌편 길로 나가게 하고 위연으로는 군사를 거느려 우편 길로 나가게 하고 현덕 자기는 중로를 취하기로 하였다.

이날 밤 이경에 삼로 군마가 일제히 나가는데 장임이 과연 방비를 하지 않고 있었다.

형주 군사들이 대채로 밀고 들어가며 곧 불을 놓으니 시뻘건 불길이 하늘을 찌른다.

서촉 군사들이 도망하는 뒤를 쫓아 그 밤으로 낙성까지 갔는데

성중에서 군사들이 나와 장임의 군사를 접응해 가지고 들어가서 현덕은 중로에다 하채하였다.

이튿날 현덕이 군사를 이끌고 바로 낙성으로 가서 성을 에우고 치는데 장임은 군사를 머물러 두고 나오지 않았다.

성을 치기 시작한 지 나흘째 되는 날 현덕은 몸소 일지군을 거느리고 서문을 치고 황충과 위연은 동문을 치고 남문과 북문은 그대로 버려두어 적병이 임의로 출입하게 하였다.

원래 남문 일대는 도시 산길이요 북문에는 부강이 있는 까닭에 포위하지 않은 것이다.

장임이 바라보니 현덕이 서문에서 말 타고 왕래하며 성 치는 것을 지휘하고 있는데 진시로부터 미시에 이르도록 이렇다 할 싸움 없이 시간만 가니, 인마가 점점 기력이 쇠해 가는 듯 보인다.

장임은 곧 오란 · 뇌동 두 장수로 하여금 군사를 이끌고 북문으로 나가서 동문으로 돌아 황충과 위연을 대적하게 하고, 자기는 군사를 거느리고 남문으로 나가서 서문으로 돌아 현덕을 맞아 싸우기로 하되, 성내의 민병들을 모조리 풀어서 성 위에 올라가 북치고 고함질러 위세를 돕게 하였다.

한편 현덕이 해가 서편으로 기운 것을 보고 후군으로 하여금 먼저 물러가게 해서 군사들이 막 돌아서려 하는데 성 위에서 함성이 일어나더니 남문 안에서 군마가 뛰어나오며 장임이 말을 달려 군중에 들어와 현덕을 잡으려 든다.

현덕의 군중이 일대 혼란에 빠졌는데 이때 황충과 위연은 또 오란과 뇌동에게 엄습을 당해 그들을 대적하느라 양편에서 서로 돌아볼 경황이 없다.

현덕은 장임을 당해 내지 못하고 곧 말을 돌쳐 산벽 소로로 달아났다.

장임이 바로 그 뒤를 쫓아서 차츰차츰 가까이 다가 들어온다.

현덕은 혼자뿐이요, 장임은 수하에 그래도 사오 기를 거느리고 쫓아온다.

현덕이 한창 앞만 바라보고 힘을 다하여 닫는 말에 채찍질을 부지런히 해서 갈 때 문득 산길에서 한 떼의 군사가 몰려 나왔다.

현덕이 마상에서

"앞에는 복병이 있고 뒤에는 추병이 있으니 이는 하늘이 나를 버리시는 거로구나."

하고 한탄하여 고개를 들어 앞을 보니 앞선 일원 대장은 바로 장비다.

원래 장비가 엄안으로 더불어 그 길을 쫓아서 오던 중에 멀리서 티끌이 자욱하게 일어나는 것을 바라보고, 서천 군사와 교전하는 것을 알고서 곧 앞장서 오다가 바로 장임과 마주친 것이었다.

두 사람이 곧 말을 어우러져 서로 싸워 십여 합에 이르렀을 때 등 뒤에서 엄안이 또 군사를 몰고 나왔다.

장임은 황망히 몸을 돌쳐 달아났다. 장비는 바로 그 뒤를 쫓아서 성 아래까지 갔다. 그러나 장임은 성 안으로 들어가며 곧 조교를 올려 버리고 말았다.

장비가 돌아가서 현덕을 보고

"군사는 강을 거슬러 오는데도 그저 못 오고 도리어 내게 첫째 군공을 뺏기고 말았구려."

하고 말하니, 현덕이

"산길이 험하고 막는 군사들도 있었을 텐데 어떻게 이처럼 거침없이 여기를 먼저 왔느냐."

하고 묻는다.

장비는 그 말에 대답하여

"연로의 관액 마흔다섯 군데를 모두 노장 엄안의 공로로 해서 한 푼의 힘도 들이지 않고 두루 항복을 받으며 무사히 지나 왔소."

하고 드디어 엄안을 의기로 살려 준 일을 처음부터 쭉 한 번 내리 이야기하고 나서, 엄안을 불러다가 현덕에게 보이니 현덕은 그를 대하여

"만약에 노장군이 아니었다면 내 아우가 무슨 수로 예까지 왔겠소."

하고 사례하고 즉시 몸에 입고 있던 황금(黃金) 쇄자갑(鎖子甲)을 벗어서 그에게 내리니, 엄안이 절하여 사례한다.

바야흐로 주연을 배설하려고 할 때 문득 초마가 돌아와 보하는 말이

"황 장군과 위 장군이 서천 장수 오란·뇌동과 서로 싸우는 중에 성에서 오의와 유궤가 또 군사를 거느리고 나와서 싸움을 도와 양편에서 협공하는 통에 우리 군사가 당해 내지 못하고 위연·황충 두 장군은 패해서 동쪽으로 가셨습니다."

하고 전한다.

장비가 듣고 나서 곧 현덕에게 청하여 군사를 두 길로 나누어 가지고 구원하러 가자고 한다.

이에 장비는 좌군이 되고 현덕은 우군이 되어 함께 앞으로 짓

쳐 나갔다. 오의와 유궤가 뒤에서 함성이 일어나는 것을 듣고는 황망히 군사를 물려서 성중으로 들어가 버린다.

그러나 오란과 뇌동은 그대로 군사를 휘몰아서 황충과 위연의 뒤를 쫓다가 그만 현덕과 장비에게 돌아갈 길을 끊기고 말았다.

황충과 위연이 또한 말을 돌려서 몰아친다.

오란과 뇌동은 도저히 대적 못할 것을 알고 본부 군마를 영솔하고 항복하였다.

현덕은 그들의 항복을 받아 준 다음에 군사를 거두어 가지고 성 가까이 가서 하채하였다.

이때 장임이 두 장수를 잃고 마음속에 걱정이 태산 같다. 오의 · 유궤가 있다가

"형세가 심히 급하니 한 번 죽기로써 싸워 보지 않고는 적병을 물리칠 도리가 없을 것이오. 한편으로는 사람을 성도로 보내서 주공께 급한 것을 고해 구원을 청하고 또 한편으로는 계책을 써서 적을 깨뜨리도록 하십시다."
하고 말한다.

장임이 계책을 내었다.

"내가 내일 일지군을 거느리고 나가서 싸움을 청하고, 짐짓 패해서 적병을 꾀어 성 북쪽으로 돌아갈 테니 이때 성내에서 다시 일지군이 짓쳐 나와 그 중간을 끊고 보면 가히 적을 이길 수 있을 것입니다."

계책을 듣고 오의가

"유 장군은 공자를 보좌해서 성을 지키고 계시오. 내가 군사를

거느리고 내달아 싸움을 도우리다.”

하고 말해서 약속이 정해졌다.

그 이튿날이다.

장임이 군사 수천 명을 거느리고 기를 흔들며 고함치고 성에서 나와 싸움을 청하니 장비는 곧 말 타고 나가서 그를 맞아 제 잡담하고 창끝을 어울렀다.

그러나 서로 싸우기 십여 합이 못 되어 장임은 거짓 패해서 성을 끼고 달아났다. 장비는 힘을 다해서 그 뒤를 쫓았다.

바로 이때 오의가 거느리는 군사가 내달아 길을 끊고, 장임이 또한 군사를 끌고 돌아와서 장비를 몇 겹으로 에워싸니 나가려도 길이 없고 물러나려도 길이 없다.

바야흐로 어찌할 도리가 없을 때 홀지에 한 떼의 군마가 강변으로부터 짓쳐 나오며 앞을 선 일원 대장이 창을 꼬나 잡고 말을 달려와서 오의와 창끝을 어우르자 단지 한 합에 그를 생금하고 적군을 쳐 물리친 다음 장비를 구해 낸다. 보니 바로 조운이다.

장비가

“군사는 어디 계신가.”

하고 물으니, 조운이

“군사도 오셨소. 아마 지금쯤 이미 주공을 만나 뵈셨을 게요.”

하고 대답한다.

두 사람이 오의를 생금해 가지고 영채로 돌아가니 장임은 동문으로 해서 도로 성으로 들어가 버렸다.

장비와 조운이 영채로 돌아왔을 때 공명·간옹·장완은 이미 장중에 와 있었다.

장비가 말에서 내려 군사에게 뵈니, 공명이 놀라서

"어떻게 먼저 왔소."

하고 묻는다.

현덕은 장비가 엄안을 의기로써 살려 준 일을 일장 다 이야기하였다. 듣고 나자 공명은 현덕을 향하여

"장 장군이 능히 꾀를 쓸 줄 아니 이도 모두가 주공의 홍복이십니다."

하고 하례하였다.

이때 조운이 오의를 압령해 가지고 들어와서 현덕을 뵌다. 현덕이

"네 항복하겠느냐."

하고 물으니, 오의가 여공불급하게

"이미 잡혔는데 어찌 항복 않겠습니까."

한다.

현덕은 크게 기뻐하여 친히 그 묶은 것을 풀어 주었다. 공명이 오의를 보고

"지금 성중에는 몇 사람이나 성을 지키고 있소."

하고 물으니, 오의가

"유계옥의 아들 유순과 보장 유궤와 장임이 있는데, 유궤는 족히 말할 것이 못 되나 장임은 촉군 사람으로서 극히 담략이 있으니 우습게보지 못하오리다."

하고 말한다.

공명은

"우선 장임부터 잡아 놓고 나서 낙성을 취해야겠군."

하고, 다시 오의에게

"성 동쪽에 있는 다리를 무슨 다리라고 하오."

하고 물으니,

"금안교(金雁橋)라 합니다."

하고 대답한다.

공명은 드디어 말을 타고 다리 가까지 가서 강변을 들러 한 차례 살펴본 다음에 영채로 돌아와서 황충과 위연을 불러 영을 내렸다.

"금안교에서 남쪽으로 오륙 리 떨어진 곳의 양쪽 언덕 아래는 도시 갈대밭이라 가히 군사를 매복할 만하니 위연은 창수(槍手) 일천 명을 거느리고 가서 좌편에 매복하고 있다가 적병이 오거든 단지 말 위의 사람만 창으로 찌르고, 황충은 도수(刀手) 일천 명을 거느리고 가서 우편에 매복하고 있다가 단지 타고 있는 말들만 칼로 찍어 넘기도록 하라. 군사들을 다 무찔러 놓으면 장임이 반드시 산 동쪽 소로로 해서 도망할 것이매 장익덕이 일천 군 거느리고 그곳에 매복해 있다가 그 자리에서 장임을 사로잡도록 하라."

공명은 또 조운을 불러서 금안교 북쪽에 가서 매복하게 하되

"내가 장임을 유인해서 금안교를 건너거든 네 곧 나서서 다리를 끊어 버리고 다리 북쪽에 군사를 머물러 두어 멀리서 위세를 보여, 장임으로 하여금 감히 북쪽으로 달아나지 못하고 남쪽으로 물러가다가 내 계교에 떨어지게 하라."

라고 분별하기를 마치자 군사는 친히 나가서 유적하기로 한다.

이때 유장은 성도에서 낙성이 위태롭다는 소식을 듣자 탁응(卓

膺)·장익(張翼) 두 장수를 낙성으로 보내서 싸움을 돕게 한다.

장임은 장익으로 하여금 유궤와 함께 성을 지키고 있게 하고 자기는 탁응과 전후 두 대가 되어 장임 자기는 전대가 되고 탁응으로는 후대를 삼아 성에서 나가 적을 물리치기로 하였다.

공명이 군사 한 대를 거느리고 나오는데 대오도 제대로 바로잡히지 않은 군사다.

금안교를 건너와 장임과 마주 대해서 진을 치고 나자 공명이 머리에 윤건 쓰고 손에 우선(羽扇) 들고 사륜거를 타고 나오니 양편에 말 탄 군사 백여 기가 옹위한다.

멀리 장임을 가리키며 공명은 말하였다.

"조조가 백만의 무리를 가지고도 내 이름만 들으면 곧 도망하는 터에 네가 대체 어떤 사람이건대 감히 항복을 않느냐."

장임은 공명의 군사가 대오조차 정제하지 못한 것을 보고 마상에서 냉소하며

"사람들이 이르기를 제갈량이 군사 쓰기를 귀신같이 한다고 하더니 이제 보니 원래가 유명무실하구나."

하고 한 번 창을 들어 부르니, 대소 군교들이 일시에 앞으로 짓쳐 나온다.

이것을 보고 공명이 곧 사륜거에서 내려 말에 오르자 뒤를 바라고 달아나 다리를 건넌다.

장임은 곧 그 뒤를 쫓아갔다.

그러나 금안교를 건너 놓고 보니 좌편에서는 현덕의 군사, 우편에서는 엄안의 군사가 일시에 짓쳐 나온다.

장임이 그제야 계책임을 알고 급히 군사를 돌렸을 때 다리는 이

미 끊어진 뒤였다.

북쪽으로 갈까 하였으나 보니 언덕 너머에 조운의 군사가 벌려 서 있어서 감히 그리로는 못 가고 장임은 드디어 남쪽으로 강을 끼고 달아났다.

그러자 오륙 리를 못 다 가서 갈대가 어지러이 우거진 곳에 이르렀는데, 위연의 일지군이 홀지에 일어나서 저마다 긴 창을 들어 함부로 사람을 찌르고, 또 황충의 일지군이 갈대밭에 엎드려서 긴 칼로 말 다리만 노리고 찍어 넘긴다.

마군이 모조리 땅에 쓰러져 다 결박을 당하고 마니 보군이 어디를 감히 오겠느냐.

장임은 수십 기를 이끌고서 산길을 바라고 달아나다가 바로 장비와 마주쳤다.

장임은 곧 말머리를 돌려 달아나려 하였으나, 장비가 한 번 크게 호통 치자 수하 군사들이 일제히 달려들어 장임을 사로잡아 버렸다.

원래 탁응은 장임이 계교에 떨어진 것을 보자 이미 조운 군에 가서 항복을 해 버렸던 것이다.

모두들 일시에 대채로 돌아갔다.

현덕이 탁응에게 상을 내리고 났을 때 장비가 장임을 압령해 가지고 이르렀다.

이때 공명도 또한 장중에 앉아 있었는데, 현덕이 장임을 보고

"촉 땅의 모든 장수들이 풍문을 듣고 다 항복하는데 그대는 어찌하여 항복하지 않는고."

하고 말하니, 장임이 노기등등해서 눈을 부릅뜨고

"충신이 어찌 두 주인을 섬길 법이 있단 말이냐."

하고 대답한다.

"그대는 천시를 모르는도다. 항복을 하면 죽음을 면하리라."

하고 현덕이 다시 권하였으나, 장임은

"오늘 당장 항복한대도 오랜 뒤에는 항복하지 않을 것이니 빨리 나를 죽여라."

하고 듣지 않는다.

현덕이 그래도 차마 죽이지 못하는데 장임은 그대로 소리를 가다듬어 꾸짖는다.

공명은 좌우에 명하여 그의 목을 베어 그 이름을 온전하게 하여 주었다.

후세 사람이 장임을 칭찬해서 지은 시가 있다.

어찌 열사(烈士)가 두 주인을 섬길쏘냐
장 장군의 충의 용맹 죽어서도 살아 있네.
높고 또 밝아라 중천의 저 달처럼
밤마다 흐르는 빛이 낙성을 비춰 주네.

현덕은 감탄하기를 마지않으며 영을 내려 그의 시수를 거두어서 금안교 가에 장사지내 주어 그 충성을 표하게 하였다.

그 이튿날 현덕은 엄안·오의 등 촉중 항장들로 전부를 삼아 바로 낙성으로 가서

"빨리 성문을 열고 항복을 해서 온 성내 백성으로 하여금 괴로움을 덜게 하라."

하고 크게 외치게 하니, 유궤가 성 위에서 욕을 들이퍼붓는다.

엄안이 막 화살을 뽑아 들고 쏘려고 하는데 문득 성 위의 한 장수가 칼을 빼어 유궤를 찍어 넘어뜨리고 성문을 열고 나와서 항복을 드린다.

현덕의 군마가 낙성으로 들어가니 유순은 서문을 열고 성에서 빠져나가 성도를 바라고 달아나 버렸다.

현덕은 방을 내 붙여 백성의 마음을 위로하였다. 유궤를 죽인 것은 곧 무양(武陽) 사람 장익이다.

현덕은 낙성을 얻고 여러 장수들에게 중상을 내렸는데 이때 공명이 말하였다.

"낙성을 이미 깨쳤으니 성도는 바로 눈앞에 있는데 다만 바깥 주군들이 불안할 것이 걱정이라, 장익·오의로는 조운을 인도해서 외수·강양·건위 등 소속 주군의 백성을 위무하게 하고, 엄안·탁응으로는 장비를 인도해서 파서·덕양 소속 주군의 백성을 위무하게 하되 관원들을 시켜서 모두 편안하게 다스리게 한 다음에 곧 군사를 돌려 성도로 일제히 모이게 하시는 것이 좋을까 보이다."

이리하여 장비와 조운은 영을 받고서 각자 군사들을 거느리고 떠났다.

공명이

"이제 앞으로 나가면 또 어디 관액이 있노."

하고 물으니, 촉중 항장이

"오직 면죽(綿竹)에 중병(重兵)이 있어 지킬 뿐이니 만약 면죽을 얻고 보면 성도는 타수가득(唾手可得)[1]이올시다."

하고 대답한다.

공명이 곧 진병할 일을 의논하려 하는데, 이때 법정이 나서서

"낙성이 이미 깨어졌으니 촉중이 위태하게 되었습니다. 주공께서 인의로써 사람들을 복종시키려 하실진대 아직 진병하지 마십시오. 제가 일봉 서찰을 유장에게 보내서 이해를 자세히 말하면 유장이 자연 항복할 것입니다."

하고 말하였다.

공명이 듣고

"효직의 말씀이 가장 좋습니다."

하고 말해서 현덕은 곧 법정으로 하여금 편지를 쓰게 해서 사람을 시켜 바로 성도로 가지고 가게 하였다.

이때 유순이 도망하여 돌아가 부친을 보고 낙성이 이미 함몰하였음을 이야기하니 유장이 황망히 관원들을 모아 놓고 상의하는데, 종사 정도(鄭度)가 나서서

"이제 유비가 비록 성을 치고 땅을 뺏었으나 군사가 썩 많지는 못하고 백성이 아직 심복하고 있지 않으며, 저희가 오직 들곡식을 믿을 뿐이요 군중에 치중도 없는 형편이라, 이제 파서와 재동 백성을 부강 이서로 모조리 옮겨 놓고 창고와 들곡식들을 전부 불살라 버린 다음에 해자를 깊이 파고 성을 높이 쌓아 가만히 앉아 기다리기로 하되, 제가 와서 싸움을 청해도 나가지 않고 보면 마침내 먹을 것이 없어 백 일이 못 되어서 저희 군사가 제풀에 달아나고 말 것이니 우리가 그때를 타서 들이치면 가히 유비를 사로잡

---

1) 아주 용이하게 얻을 수 있다는 말.

을 수가 있사오리다."

하고 계책을 드린다.

그러나 유장은

"그렇지 않소. 내가 들으니 적을 막아서 백성을 편안하게 한다고는 합디다마는 백성을 움직여서 적을 방비한다는 말은 듣지 못하였소. 그것은 결코 보전하는 계책이 아니리다."

하고 그 말을 듣지 않았다.

이렇듯 상의하고 있는 중에 사람이 보하되 법정으로부터 글월을 보내 왔다고 한다. 유장이 불러들이니 사자가 글월을 올린다. 펴 보니 글 뜻은 대강 다음과 같았다.

전자에 사명을 띠고 형주와 좋은 정의를 맺으려고 왔사옵더니 뜻밖에도 주공께서 좌우에 사람을 얻지 못하셔서 사세가 이와 같이 되고 말았사외다. 이제 형주께서 옛날 정분을 생각하시고 동족의 의리를 잊지 않으시니 만약에 주공께서 한 번 마음을 돌려 귀순하시고 보면 요량컨대 박대는 아니 하시리이다. 바라옵건대 세 번 생각하셔서 재결하시옵소서.

보고 나자 유장은 대로하여 그 글월을 찢고

"법정이 주인을 팔아서 영화를 구하니 실로 은혜를 잊고 의리를 배반하는 도적놈이로구나."

하고 크게 꾸짖으며 그 사자를 성 밖으로 몰아낸 다음, 즉시 자기의 처남 되는 비관(費觀)에게 군사를 주어 나가서 면죽을 지키게 하니 비관이, 남양 사람으로 성은 이(李)요 이름은 엄(嚴)이요 자는 정방(正方)이라 하는 장수를 천거해서 함께 군사를 거느리겠다고 한다. 이리하여 비관과 이엄은 군사 삼만을 거느리고 면죽을 지키러 나갔다.

이때 익주태수 동화(董和)의 자는 유재(幼宰)라 남군 지강(枝江) 사람인데 글월을 유장에게 올려, 한중에 가서 군사를 빌리자고 권하였다.

유장이

"장노가 나와 세수(世讐)[2]가 있는데 제가 나를 구해 줄 까닭이 있겠소."

하니, 동화가

"비록 우리가 원수지간이라지만 유비의 군사가 낙성에 있어서 형세가 자못 위급하니 입술이 없어지면 이가 시린 법이라 만약 이해로써 설복하면 제가 반드시 들어줄 것이외다."

하고 말한다.

유장은 마침내 글월을 닦아서 사자에게 주어 한중으로 가게 하였다.

한편 마초는 그때 조조에게 패해서 강(羌)으로 들어갔는데 그 뒤 이 년 남짓한 사이에 강병(羌兵)들과 정의를 맺어서 농서의 여러 고을을 쳐 뺏었다.

이르는 곳마다 모두 그에게 항복하건만 오직 기주만은 아직 항복을 받지 못하고 있었다.

---

[2] 대대로의 원수.

이때 기주자사 위강(韋康)이 여러 차례 하후연에게로 사람을 보내서 구원을 청하였건만 하후연이 조조의 말을 듣지 못해서 감히 군사를 동하지 못하고 있었던 것이다.

위강이 구원병이 오지 않는 것을 보고 여러 사람과 상의하며

"아무래도 마초에게 항복을 해야 할까 보오."

하고 말하니, 참군 양부(楊阜)가 울면서

"마초는 인군을 배반하는 무리인데 어찌 항복을 하신단 말씀입니까."

하고 간한다.

"사세가 이에 이르렀는데 항복 않고 또 무엇을 기다리겠소."

양부는 그래도 굳이 간하였으나 위강은 끝내 듣지 않고 성문을 크게 열고 나가서 마초에게 배알하였다.

그러나 마초는 대로하여

"네가 이제 사세가 급해서 항복을 청하니 진심이 아니다."

하고 위강 이하 사십여 명을 모조리 죽여 한 사람도 남겨 놓지 않았다.

이때 어떤 사람이 있다가

"양부가 위강더러 항복하지 말라고 권했으니 참해야 합니다."

하고 말했으나, 마초는

"이 사람이 의리를 지켰으니 참해서는 아니 될 것이오."

하고 다시 양부로 참군을 삼았다.

양부는 마초에게 양관(梁寬)과 조구(趙衢) 두 사람을 천거했는데 마초는 그들을 다 등용해서 군관을 삼았다.

양부가 다시 마초를 보고

"저의 처가 임조에서 죽었는데 두 달 말미를 주셨으면 가서 처를 감장하고 즉시 돌아오겠소이다."

하고 청하니, 마초가 선선히 허락해 준다.

양부는 그 길로 역성(歷城)으로 가서 무이장군(撫彝將軍) 강서(姜敍)를 찾아보았다.

강서와 양부는 내외종간이니 강서의 어머니가 곧 양부의 고모라 이때 나이 이미 팔십이 세였다.

이날 양부가 강서의 집 내실로 들어가서 고모에게 절하여 뵈고 울며 아뢰는데

"제가 성을 지킨다면서 능히 보전하지 못하고 주인이 돌아가셨는데도 능히 죽지 못하였으니 실로 참괴하와 고모님을 뵈올 면목이 없습니다. 마초가 인군을 배반하고 함부로 군수를 죽이니 온 고을 안의 백성이 한을 품지 않은 자가 없는 터에 이제 형은 역성에 가만히 들어앉아서 끝내 도적을 칠 마음이 없으니 이것이 어찌 남의 신하 된 자의 도리이겠습니까."

하고 말을 마치자 눈에서 피눈물이 흘렀다.

강서의 노모는 그의 말을 듣고 나자 강서를 불러들여

"위 사군이 해를 입으신 것은 역시 네 죄다."

하고 아들을 책망하고, 다시 양부를 대하여

"네가 이미 남에게 항복해서 그 녹을 먹고 있으면서 어찌하여 또 그를 칠 마음이 생겼느냐."

하고 묻는다.

양부가

"제가 도적에게 몸을 붙여 있는 것은 아직 잔명을 남겨 두어 주

인을 위해서 원수를 갚기 위함입니다."

하고 대답하니, 강서가 있다가

"마초가 원체 영용해서 졸연히 도모하기가 어려울까 보이."

하고 한마디 한다.

양부는 말하였다.

"용맹은 있어도 꾀가 없으니까 도모하기 쉽습니다. 내 이미 양간·조구와 가만히 약속을 해 놓았으니까 형님이 만약에 군사만 일으키신다면 두 사람이 반드시 내응할 것입니다."

강서의 모친은 그 말을 듣고 아들을 타일렀다.

"네 빨리 도모하지 않고 다시 어느 때를 기다리느냐. 죽지 않는 사람이 어디 있으랴. 충의에 죽으면 죽어도 죽을 곳을 얻은 것이다. 행여나 내 걱정일랑 마라. 네가 만약 의산의 말을 듣지 않는다면 내 마땅히 먼저 죽어 네 근심을 없애 주겠다."

이에 강서는 통병교위 윤봉(尹奉)·조앙(趙昻)과 일을 의논하였는데, 원래 조앙의 아들 조월(趙月)이 이때 마초 수하에서 비장 노릇을 하고 있던 터이라, 조앙이 이날 응낙하고 돌아와서 그 아내 왕씨(王氏)를 대하여

"내 오늘 강서와 양부·윤봉과 한자리에 모여 의논하고 위강의 원수를 갚기로 하였으나, 생각해 보매 조월이가 지금 마초 수하에 있으니 이제 만약 군사를 일으켰다가는 마초가 반드시 내 아이부터 죽일 텐데 이 노릇을 어찌하면 좋겠소."

하고 말하니, 왕씨가 소리를 가다듬어

"군부(君父)의 치욕을 씻기 위해서는 제 몸을 버리는 것도 또한 아깝지 않으려든 항차 자식 하나겠습니까. 나으리가 만약에 자식

을 돌아보아 이 일을 행하시지 않는다면 내가 마땅히 먼저 죽겠습니다."

하고 말하는 것이다. 조앙은 마침내 뜻을 결하였다.

이튿날 일동은 군사를 일으켰다.

강서와 양부는 군사를 역성에 둔치고 윤봉과 조앙은 군사를 기산에 둔치니, 조앙의 부인 왕씨는 지녔던 패물과 피륙 등속을 모조리 팔아 술과 고기를 장만하여 몸소 기산 군중으로 가서 군사들을 찾아가니 진중의 군사들이 깊이 감동하였다.

이때 마초는 강서와 양부가 윤봉 · 조앙과 모여서 거사했단 말을 듣고 대로하여 곧 조월의 목을 치고 방덕과 마대로 하여금 모조리 군마를 일으키게 하여 역성으로 쳐들어갔다.

강서와 양부가 군사를 거느리고 나온다.

양편이 진을 치고 마주 대하자 양부와 강서는 백포를 입고 나와서

"이 인군을 배반하며 의리라곤 한 푼어치도 없는 도적놈아."

하고 큰 소리로 꾸짖었다.

마초가 대로하여 군사를 끌고 짓쳐 들어가서 양편 군사가 한데 어우러져 싸우는데 강서와 양부가 어찌 마초를 당해 내랴. 크게 패해서 달아나니 마초가 군사를 휘몰아 그 뒤를 쫓아온다.

그러자 이때 등 뒤에서 함성이 크게 일어나며 윤봉과 조앙이 군사를 거느리고 짓쳐 들어왔다.

마초가 급히 돌쳐 섰다. 그러나 전후로 협공을 받아서 머리와 꼬리가 서로 돌아 볼 재간이 없다.

한창 싸우는 중에 한옆으로부터 대대 군마가 몰려 들어오니 이는 원래 하후연이 조조의 군령을 얻어 바야흐로 군사를 거느리고 마초를 깨치려고 온 것이다.

마초가 어떻게 삼로 군마를 당해 낼 것이랴. 마침내 대패해서 달아나는데 하룻밤을 줄곧 달려 날이 훤히 밝을 녘에 기성에 득달하였다.

성문을 열라고 외치는데 뜻밖에도 성 위에서 난전을 쏘아 내리며 양관과 조구가 성 위에 나서서 한바탕 마초를 욕하고 나더니, 마초의 아내 양씨(楊氏)를 성 위에서 한 칼에 베어 수급과 시신을 성 아래로 내던지며 또 마초의 어린 아들 삼형제와 일가친척 십여 명을 모두 성 위로 끌어내어다가 한 칼에 한 명씩 베어 아래로 떨어뜨린다.

마초가 이 광경을 눈으로 보고 기가 질리고 가슴이 꽉 막혀 거의 말에서 떨어질 뻔하는데 등 뒤에서 또 하후연이 군사를 몰고 쫓아 들어왔다.

마초는 그 형세가 큰 것을 보자 감히 싸울 엄두가 나지 않아 방덕·마대로 더불어 일조혈로(一條血路)를 뚫고 달아나는데 중로에서 또 강서·양부와 마주쳐서 한바탕 싸우고, 겨우 떼치고 나오자 다시 윤봉·조앙과 마주쳐서 또 한바탕 싸우고 나니 군사를 모두 잃어 남은 것이라고는 고작 오륙십 기뿐이다.

밤을 도와 그대로 달아나는데 사경 전후하여 역성 아래 당도하니 문을 지키는 자가 강서가 돌아온 줄만 여겨서 활짝 문을 열고 맞아들인다. 마초는 성 남문 가에서부터 시작해서 성내 백성을 모조리 죽이는데 강서의 집에 이르러 노모를 잡아내니, 그는 조금도 두려워하는 빛이 없이 손으로 마초를 가리키며 크게 꾸짖는다. 마초는 대로하여 친히 칼을 들어 그를 죽였다.

이때 윤봉과 조앙의 일가 노소가 역시 마초 손에 모두 죽었는데 오직 조앙의 아내 왕씨만은 군중에 있었으므로 화를 면하였던 것이다.

그 이튿날 하후연의 대군이 당도하였다.

마초는 성을 버리고 뛰어나와 서편을 바라고 달아났다. 그러나 이십 리를 채 못 가서 전면에 한 떼의 군마가 길을 막아 벌려 서니 머리에 선 사람은 곧 양부다.

마초는 양부를 보자 이를 갈고 한하여 말을 몰아 쫓아 들어가며 창을 들어 찔렀다.

이때 양부의 형제 일곱 명이 일제히 내달아서 싸움을 돕는다. 마대와 방덕은 후군을 막아 싸웠다.

양부의 형제 일곱 명이 다 마초 손에 죽고 양부도 몸에 다섯 군데나 창을 맞았으면서도 오히려 죽기로써 싸우는 판에 뒤로서 하후연의 대군이 오는 통에 목숨만은 건졌다.

마초는 하후연의 대군에 쫓기어 달아나니, 이제 그의 뒤를 따르는 것은 방덕·마대 등 육칠 기에 불과하였다.

하후연은 몸소 농서 각 군을 돌아 백성을 안무하고 강서 등으로 하여금 각각 나누어 지키게 한 다음 양부를 수레에 태워 허도로 보내서 조조를 만나 보게 하였다.

조조가 양부로 관내후(關內侯)를 봉하니, 양부가

"제게는 국난을 막아 낸 공로도 없고 국난에 죽은 절개도 없으니 밑으로 보면 마땅히 죽음을 받아야 할 사람인데 무슨 낯으로 벼슬을 받겠습니까."

하고 사양한다.

조조는 가상히 여겨서 마침내 작을 주었다.

한편 마초는 방덕·마대와 상의하고 그 길로 한중으로 가서 장노를 보았다. 장노는 크게 기뻐하며 마초만 얻으면 서쪽으로는 가히 익주를 삼키고 동쪽으로는 가히 조조를 막을 수 있다고 생각하고, 곧 의논하여 마초로 사위를 삼으려 하였다.

이때 대장 양백(楊柏)이 나서서

"마초의 처자가 참혹한 화를 입은 것은 모두 마초 때문이외다. 그런데 주공은 어찌 따님을 저에게 주려 하십니까."

하고 간한다.

장노는 그 말을 옳게 여겨 드디어 사위 삼을 일은 파의하고 말았다.

누가 있다가 양백의 한 말을 마초에게 이야기해 주니 마초는 대로하여 양백을 죽일 마음을 먹었는데, 양백이 이것을 알자 저의 형 양송(楊松)과 상의하고 역시 마초를 도모할 생각을 품었다.

이 무렵에 바로 유장이 장노에게 사자를 보내서 구원을 청했는데 장노는 듣지 않았던 것이다.

그러자 문득 보하되 유장이 또 황권을 보내 왔다고 한다.

황권은 먼저 양송을 찾아보고

"동서 양천(兩川)이 실로 순치지세라 서천이 만약 깨어지고 보면 동천도 또한 보전하기 어려울 것이라, 이제 만약에 구해 주신다면 이십 주를 떼서 그 수고를 갚아 드리오리다."

하고 말하였다.

양송은 크게 기뻐하여 즉시 황권을 데리고 장노를 보러 들어 갔다.

양송이 순치의 이해를 말하고 다시 이십 주로써 사례하리라는 이야기를 하니, 장노는 듣고 그 이(利)를 탐내서 허락한다.

이것을 보고 파서 염포(閻圃)가 나서서

"유장이 주공과는 누대에 걸쳐 원수지간인데 이제 일이 급하매 구원을 청하며 거짓 땅을 베어 주겠다고 하는 것이니 그 청을 들어 주셔서는 아니 되오리다."

하고 간하는데, 이때 문득 계하에서 한 사람이 썩 나서며

"제가 비록 재주는 없으나 일려지사(一旅之師)[3]를 빌려 주시면 가서 유비를 생금하고 반드시 땅을 베어 가지고 돌아오겠나이다."

하고 말한다.

참말 주인이 서촉으로 들어오자
정예한 군사가 또 한중에서 나오누나.

대체 그 사람이 누군고.

---

3) 많지 않은 군대. 여(旅)는 고대의 군제(軍制)로서 군사 오백 명을 말한다.

마초와 장비가 가맹관에서 크게 싸우고
유비는 스스로 익주목을 거느리다

| 65 |

염포가 바야흐로 장노를 보고 유장을 돕지 말라고 권하는데,
문득 마초가 앞으로 나와서

"제가 주공의 은혜에 감격하오나 보답할 길이 없사오니, 원컨대
일지군을 거느리고 나가 가맹관을 쳐서 뺏고 유비를 생금하여 기
필코 유장에게서 이십 주를 떼어 내다가 주공께 바칠까 하옵니다."
하고 말한다.

장노는 크게 기뻐하여 먼저 황권을 소로로 해서 돌아가게 하고
뒤미처 군사 이만 명을 점고해서 마초에게 주었다.

이때 방덕은 병으로 몸져누워 따라가지 못하고 그대로 한중에
남아 있었다.

장노가 양백을 시켜서 군사를 감찰하게 한다. 마초는 아우 마
대로 더불어 택일하여 길을 떠났다.

한편 현덕이 군사를 거느리고 낙성에 있는데 법정의 편지를 가지고 갔던 사람이 돌아와서

"정도가 유장을 보고, 들곡식과 각처에 있는 창고를 모조리 불살라 버린 다음 파서 백성을 이끌고 부수 서편으로 피해 가서 해자를 깊이 파며 성을 높이 쌓아 놓고서 싸우지 말라고 권하더군요."

하고 보한다.

현덕과 공명이 듣고 깜짝 놀라

"만약에 이 말대로 한다면 우리 형세가 위태롭게 되는 게 아닌가."

하고 근심하니, 법정이 웃으며

"주공은 아무 염려 마십시오. 저들의 계책이 비록 독하기는 하나 유장으로선 필시 쓰지 못하리다."

하고 말한다.

과연 하루가 못 되어서 소문이 들려오는데 유장이 차마 백성을 천동하고 싶지 않아서 정도의 말을 듣지 않았다고 한다. 현덕은 그 말을 듣고 비로소 마음을 놓았다.

공명은

"속히 진병해서 면죽을 취해야 하겠습니다. 만일 이곳만 얻고 보면 성도를 취하기는 용이할 것이리다."

하고 드디어 황충과 위연으로 하여금 군사를 거느리고 앞으로 나아가게 하였다.

비관이 현덕의 군사가 온 것을 알고 이엄더러 나가서 맞으라 하여 이엄은 삼천 병을 거느리고 나왔다.

각기 진을 치고 나자 황충이 말을 내어 이엄과 싸우는데 사오

십 합을 싸워도 승부가 나뉘지 않는다.

공명이 장중에 있다가 징을 치게 해서 군사를 거두니, 황충이 진으로 돌아와서

"내 바야흐로 이엄을 사로잡으려 하는데 군사께서는 왜 군사를 거두셨습니까."

하고 묻는다.

공명이 이에 대답하여

"내가 보니 이엄의 무예가 출중해서 힘으로 취하려 들어서는 아니 되겠습디다. 내일 다시 나가 싸울 때 장군은 짐짓 패해 저를 산골짜기로 끌어 들였다가 기병(奇兵)을 써서 사로잡도록 하십시다."

하고 말하였다. 황충은 계책을 받았다.

이튿날 이엄이 다시 군사를 거느리고 나왔다.

황충이 나가서 또 싸우다가 십 합이 못 되어 짐짓 패해서 군사를 이끌고 달아나니 이엄이 곧 그 뒤를 쫓는다.

군사를 끌고 산골짜기로 들어와서 한동안 황충의 뒤를 쫓다가 이엄은 홀연 깨닫고 급히 군사를 돌리려 하였다.

그러나 전면에는 이미 위연이 군사를 벌려 세워 놓아 길이 막혔는데, 이때 공명이 몸소 산머리에 나서서

"공이 만일에 항복하지 않는다면 양녘에는 이미 강뇌를 깔아 놓았으매 내 방사원을 위해서 원수를 갚겠소."

하고 호령한다.

이엄은 황망히 말에서 내려 갑옷을 벗고 항복을 하였다. 이 통에 군사는 단 한 명도 상하지 않았다.

공명은 이엄을 데리고 돌아와 현덕에게 보였다. 현덕이 그를

심히 후하게 대접하니 이엄이 말한다.

"비관이 비록 유 익주의 처남 되는 사람이나, 저와 대단히 막역한 사이이니 가서 항복하도록 권해 보겠습니다."

현덕은 즉시 이엄에게 명해서 돌아가 비관을 초항(招降)하게 하였다.

이엄이 면죽 성으로 들어가서 비관을 보고 현덕이 이렇듯 어질고 덕이 있다 칭찬하고 이제 만약 항복하지 않는다면 반드시 큰 화가 있으리라고 말하자 비관이 그 말을 좇아서 성문을 열고 나와서 항복을 드린다.

현덕이 드디어 면죽으로 들어가서 장차 군사를 나누어 성도를 취할 일을 의논하는데, 문득 유성마가 들어와서 급히 보하되,

"맹달과 곽준이 가맹관을 지키고 있는 중에 동천 장노가 마초와 양백·마대를 보내서 관을 치게 하여 형세가 심히 급하니 구원이 늦었다가는 관은 깨어지고 마오리다."
한다.

난데없는 마초의 출현에 현덕은 크게 놀랐다.

공명이 말한다.

"반드시 장비나 조운 두 장수라야만 그를 대적할 수가 있을 것입니다."

현덕이 그러히 여기며

"자룡은 군사를 거느리고 밖에 나가서 아직 돌아오지 않았고, 익덕은 마침 여기 있으니 그를 곧 보내도록 합시다."
하니, 공명이

"주공은 아직 아무 말씀 마십시오. 량이 한 번 익덕을 격동해

보겠습니다."

하고 말하였다.

　이때 장비는 마초가 와서 관을 친다는 말을 듣자

　"마초 그놈이 왔다지요. 내 곧 가서 마초와 싸우겠소."

하고 큰 소리로 외치며 장중으로 들어왔다.

　그러나 공명은 짐짓 그 말은 전혀 못 들은 체하고 현덕을 대하여

　"이제 마초가 가맹관을 와서 범하는데 아무도 대적할 사람이 없으니 아무래도 형주에 가서 관운장을 불러 와야만 할까 봅니다."

하고 말하였다.

　장비가 듣고

　"군사는 어째서 나를 우습게보시오. 내 일찍이 조조의 백만 대병을 장판파에서 혼자서 막아 냈는데 그까짓 마초 한 놈을 근심하리까."

하고 말하니, 공명이 다시

　"익덕이 물을 막고 다리를 끊은 것은 단지 조조가 허실을 몰랐기 때문이오. 만일에 허실을 알았다면야 장군이 어찌 무사할 수가 있었겠소. 이제 마초의 용맹은 천하가 다 아는 바, 위교에서의 여섯 번 싸움에 조조가 수염까지 깎고 전포를 벗어 버려 구차히 목숨을 건진 것을 생각하면 운장도 꼭 마초를 이긴다고는 장담 못하리다."

하고 그의 기를 올린다.

　장비는 분연히 말하였다.

　"나는 이제 곧 떠나오. 만약 마초를 이기지 못하면 군령을 달게

받으리다."

공명이 듣고 나서

"장군이 군령장을 두고 가겠다면 선봉을 삼으리다. 주공께서도 친히 한 번 가 보시지요. 량은 남아서 면죽을 지키고 있다가 자룡이 돌아오거든 달리 의논하겠습니다."

하고 말하는데, 위연이 있다가

"저도 가고 싶습니다."

하고 말해서 공명은 위연으로 하여금 초마 오백 기를 거느려 먼저 떠나게 하고 장비로 제이대, 현덕으로 후대를 삼아 가맹관을 바라고 나아가게 하였다.

위연의 초마가 먼저 관 아래 이르러 곧바로 양백과 만났다. 위연은 곧 양백과 싸우는데, 서로 싸우기 십 합이 못 되어 양백이 패해서 달아난다. 위연은 장비의 군공을 제가 뺏어 볼 양으로 승세해서 그 뒤를 쫓아간다.

이때 앞길을 막고 한 떼의 군사가 나오니 머리에 선 장수는 곧 마대다.

위연은 그를 마초로만 여겨서 칼을 춤추며 말을 달려 마대에게로 달려들었다.

서로 싸우기 십 합이 못 되어 마대가 패해서 달아난다.

위연이 그 뒤를 쫓아가는데 홀지에 마대가 몸을 돌려 한 살로 위연의 왼쪽 팔을 쏘아 맞히었다. 위연은 급히 말을 돌려 달아났다.

마대가 그 뒤를 쫓아서 관 앞까지 들어왔을 때 한 장수가 벽력같이 호통 치며 관 위로부터 말을 달려 그의 면전으로 나왔다.

원래 장비가 막 관 위에 이르러 관 앞에서 시살하는 소리를 듣고 내려다보다가 위연이 화살에 맞은 것을 보고는 곧 말을 달려 관에서 내려와 위연을 구한 것이다.

장비는 마대를 보고 호통을 친다.

"네 어떤 사람이냐. 먼저 성명을 통한 연후에 싸우자."

마대가

"나는 곧 서량 마대다."

하고 답하니, 장비는

"네 원래 마초가 아니었구나. 너는 내 적수가 아니니 빨리 돌아가서 마초 그놈더러 나오라고 하되 연인 장비가 예 왔다고 일러라."

하고 또 호령하였다.

마대는 대로하여

"네가 언감생심 나를 우습게보느냐."

하고 곧 창을 꼬나 잡고 말을 놓아 바로 장비에게로 달려든다.

그러나 서로 싸우기 십 합이 못 되어 마대가 패해서 달아난다.

장비가 곧 그 뒤를 쫓으려 할 때 관상에 일기마(一騎馬)가 당도하여

"아우는 가지 마라."

하고 외친다. 장비가 돌아다보니 현덕이었다. 장비는 드디어 뒤를 쫓지 않고 함께들 관으로 돌아왔다.

현덕이 그를 보고 말한다.

"네 성미 급한 것이 걱정이 되어서 그래 내가 뒤따라 여기를 왔다. 이미 마대와 싸워서 이겼으니 하룻밤 쉬고 내일 마초하고 싸

우려무나."

그 이튿날이다.

날이 밝자 관 아래 북소리가 크게 진동하며 마초의 군사가 이르렀다.

현덕이 관 위에서 바라보니 문기 아래로 마초가 말을 놓아 창을 들고 나오는데, 머리에 사궤(獅盔) 쓰고 허리에 수대(獸帶) 띠고 몸에 은갑백포(銀甲白袍)를 입었으니 첫째는 차림차림이 비범하고 둘째는 인물이 출중하다.

현덕이 보고

"남들이 '금마초(錦馬超)'라 하더니 명불허전(名不虛傳)이로다."

하고 탄식하니 장비가 곧 관에서 내려가려 한다.

그러나 현덕은

"아직 나가 싸우지 마라. 먼저 그 예기를 피하는 것이 좋겠다."

하고 그를 만류하였다.

관 아래서는 마초가 장비더러 어서 나오라고 싸움을 돋우고 관 위에서는 장비가 마초를 곧 집어삼키지 못해서 한하며 사오 차나 뛰쳐나가려 들었으나 그때마다 현덕이 붙들어서 못하고 있다.

이러구러 낮때가 지났다.

현덕이 바라보니 마초 진상의 인마들이 모두 느른해하는 꼴이다. 그는 드디어 오백 기를 뽑아 장비에게 내어 주고 관에서 나가 싸우게 하였다.

마초는 장비의 군사가 나오는 것을 보자 창을 들어 뒤를 바라고 한 번 휘둘러서 군사를 활 한 바탕쯤 뒤로 물렸다.

장비의 군마가 일제히 그 자리에 멈추어 서자 관상에서 군마가 육속 내려왔다.

장비는 창을 꼬나 잡고 앞으로 나아가며 큰 소리로 외쳤다.

"네 연인 장익덕을 알아보느냐."

마초가 대꾸한다.

"내 집은 대대로 공후의 집안인데 어찌 촌구석의 상놈을 알겠느냐."

장비는 대로하였다.

마침내 두 필 말은 일제히 내달아 마주 붙고 두 자루 창은 서로 어우러졌다.

둘이 맞붙어 싸우기를 백여 합에 좀처를 승부를 나누지 못한다.

현덕은 보다가

"참으로 범 같은 장수로고."

하고 탄식하며 혹시 장비에게 실수가 있을까 저어하여 급히 징을 쳐서 군사를 거두었다. 두 장수는 각각 제 진으로 돌아갔다.

장비가 진중으로 돌아와서 잠시 말을 쉬어 가지고, 이번에는 투구를 쓰지 않고 단지 수건으로 머리를 싸맨 채 다시 진전으로 나가 마초더러 어서 싸우러 나오라 외쳤다.

마초가 또한 나와서 두 사람은 다시 한바탕 어우러져 싸웠다.

현덕은 종시 장비에게 실수가 있을까 염려하여 자기도 갑옷투구하고 관에서 내려와 바로 진전에 나서서 지켜본다.

장비와 마초는 또다시 백여 합을 겨뤘는데 두 사람이 모두 싸울수록 정신은 도리어 배가하는 듯싶었다.

현덕이 징을 쳐서 군사를 거두게 하여 두 장수는 서로 헤어져 각기 본진으로 돌아갔는데 이때 날이 이미 저물었다.

현덕은 장비를 보고

"마초가 영용하니 우습게 대해서는 아니 되겠다. 관에 올라갔다가 내일 다시 싸우도록 해라."

하고 일렀으나 장비는 잔뜩 승벽이 일어나서 그 말을 들으려 아니 하고 큰 소리로 외친다.

"난 죽어도 안 돌아가겠소."

현덕이

"오늘은 이미 어두웠으니 더 싸우지 못한다."

하고 말하니. 장비는

"횃불을 많이 잡혀 놓고 야전(夜戰)을 준비하게 해 주우."

한다.

바로 이때 마초가 또한 말을 바꾸어 타고 다시 진전에 나서서 큰 소리로

"장비야, 네 감히 야전을 해 보겠느냐."

하고 외쳤다.

장비가 화가 나서 곧 현덕과 말을 바꾸어 타고 진전으로 달려나가며

"내 너를 잡지 못하면 맹세코 관에 올라가지 않겠다."

하고 소리치니, 마초가 또한

"나도 너를 이기지 못하면 맹세코 영채로 돌아가지 않겠다."

하고 마주 소리를 지른다.

양편 군사들이 일제히 고함을 지르고 홰 천여 자루에 불을 댕겨 놓으니 그 밝기가 바로 대낮 같다.

두 장수는 또 진전에서 어지러이 싸운다.

그러자 이십여 합에 이르러 마초가 홀지에 말머리를 돌려서 달아난다.

장비는 크게 외친다.

"네 어디로 도망가느냐."

원래 마초는 아무래도 장비를 이기지 못할 것을 알자 마음에 한 꾀를 생각해 내고 거짓 패해 달아나 장비로 하여금 뒤를 쫓아오게 해 가지고 슬그머니 동추(銅鎚)를 손에 들고 있다가 홱 몸을 돌치며 장비를 겨누어 내리치자는 것이다.

그러나 장비는 마초가 달아나는 것을 보고 마음에 은근히 방비를 하고 있었으므로 마초가 동추로 후려칠 때 번개같이 몸을 피하니 동추는 바로 귓전을 아슬아슬하게 스치고 지난다.

장비가 곧 말을 돌려 돌아오니 이번에는 마초 편에서 그의 뒤를 쫓아온다.

장비는 말을 뚝 멈추어 세우자 활에 살을 먹여 마초를 겨누고 쏘았다. 마초가 몸을 틀어 살을 피한다.

두 장수가 각기 자기 진으로 돌아가는데 현덕은 몸소 진전에 나서서 외쳤다.

"내 인의로써 사람을 대하고 휼계(譎計)를 쓰지 않는 터이니, 마맹기야 네 군사를 거두어 편히 가 쉬어라. 내 승세해서 너를 쫓지는 않을 것이다."

마초는 그 말을 듣자 몸소 뒤를 끊고 모든 군사들이 차례로 다 물러갔다. 현덕도 또한 군사를 거두어 가지고 관으로 올라왔다.

그 이튿날이다.

장비가 또 마초와 싸우겠다고 관에서 내려가려 하는데 사람이 들어와서 군사가 당도하였다고 보하였다. 현덕은 공명을 맞아들였다.

공명이 말한다.

"량이 들으매 맹기는 천하에 범 같은 장수라고 하는데 만약에 익덕과 죽기로써 싸우면 반드시 하나가 상하고 말겠기에, 그래 자룡과 한승으로 면죽을 지키게 하고서 밤을 도와 여기를 온 것입니다. 이제 계책을 하나 써서 마초로 하여금 주공께 항복을 드리도록 하겠습니다."

현덕은 물었다.

"내가 마초의 영용한 것을 보고 못내 사랑하는데 어찌하면 그를 얻을 수 있겠소."

공명이 계책을 말한다.

"량이 들으매 동천의 장노가 자립해서 한녕왕이 되고 싶어 한다는데 그 수하에 모사로 있는 양송이는 극히 뇌물을 탐내는 자이니, 이제 사람을 시켜 소로로 해서 바로 한중으로 들어가 먼저 은금보화로 양송과 정의를 맺게 한 다음, 장노에게 글월을 전하게 하시되 그 글의 사연인즉 '내가 유장과 서천을 다투는 것은 곧 그대를 위해서 원수를 갚는 것이니 남의 이간하는 말을 청신해서는 아니 되리라. 일이 이루어진 뒤에는 내 그대를 천자께 보주하여 동녕왕이 되게 하리라' 해서 저로 하여금 마초의 군사를 도로 거두어들이게 하고 그때를 기다려서 곧 계책을 써 마초를 초항하자는 것입니다."

현덕은 크게 기뻐하여 즉시 편지를 써서 손건에게 주고 금은주옥을 가지고 소로로 해서 바로 한중으로 들어가게 하였다.

손건이 먼저 양송을 가 보고 이 일을 이야기한 다음에 금은주옥을 주니, 양송은 크게 기뻐하여 곧 손건을 데리고 들어가서 장노를 보고 모든 방편을 이야기하였다.

장노가 한마디 묻는다.

"현덕은 좌장군일 뿐인데 어떻게 나를 보주해서 한녕왕이 되게 한단 말인고."

양송이 대답한다.

"그분은 바로 대한(大漢) 황숙이니 당당히 보주할 수 있습니다."

장노는 크게 기뻐하여 곧 사람을 보내서 마초더러 군사를 파하라고 이르게 하였다. 손건은 그대로 양송의 집에 머물러 있으면서 회보를 기다렸다. 하루가 못 되어 사자가 돌아와서 보하되

"마초 말이 아직 공을 이루지 못해서 군사를 물릴 수가 없다고 합니다."

고 한다.

장노는 또 사람을 보내서 그를 불렀다. 그래도 마초는 돌아오려고 아니 한다. 다시 연거푸 세 번을 불렀으나 그는 종시 오지 않는 것이다.

양송은 생각하기를 '이 사람이 본디 신(信)이 없는데 이제 군사를 파하려고 아니 하니 반드시 모반할 생각이 있는 게다' 하고 드디어 사람을 시켜서 말을 퍼뜨리게 하되,

"마초가 본래 생각이 서천을 뺏어서 제가 촉 땅의 주인이 되어가지고 아비 원수를 갚아 볼 작정이라, 한중에서 남의 신하 노릇을 할 생각은 없다더라."

하니, 장노가 듣고 양송에게 계책을 묻는다.

양송은 말하였다.

"한편으로 사람을 마초에게 보내서 이르게 하시되, '네가 이미 공을 이루려 한다면 네게 한 달 기한을 줄 터이니 내가 말하는 세 가지 일을 꼭 해 놓아라. 그래서 만약에 해 놓으면 곧 상급이 있으려니와 못해 놓으면 반드시 목을 벨 것이니, 첫째는 서천을 뺏어야 하고, 둘째는 유장의 수급을 가져와야 하고, 셋째는 형주 군사를 물리쳐야 하는데 이 세 가지 일을 못하면 네 머리를 갖다 바쳐라' 하고, 또 한편으로는 장위를 시켜서 군사를 거느리고 관액을 지켜 마초의 병변을 방비하게 하십시오."

장노는 그 말을 좇아서 사람을 마초의 영채로 보내 이 세 가지 일을 전하게 하였다.

마초는 듣고 크게 놀랐다.

"내 무슨 수로 이 일들을 다 한단 말인고."

하고 곧 마대와 상의하여 아무래도 군사를 파할밖에는 없다고 작정하였다.

이때 양송은 다시 말을 퍼뜨려서

"마초가 회군해 오니 반드시 딴 마음을 품었느니라."

하였다.

이에 장위가 군사를 칠로로 나누어서 애구를 굳게 지키고 마초의 군사를 들이지 않는다.

마초는 마침내 나가지도 못하고 물러나지도 못하고 아무 계책이 없이 되어 버렸다.

이때 공명이 현덕을 보고

"이제 마초가 바야흐로 진퇴양난에 빠져 있으니 량이 삼촌불란지설(三寸不爛之舌)[1]로 친히 마초의 영채로 가 마초를 달래서 항복을 받아 오겠습니다."

하고 말하니, 현덕이

"선생은 곧 내 고굉심복(股肱心腹)이신데 만일에 무슨 변이라도 있으면 어찌하려고 손수 가시겠다고 하오."

하고 만류한다. 그래도 공명은 굳이 가겠노라고 한다. 그러나 현덕은 재삼 붙들고 보내지를 않는다.

한창 주저하고 있을 때 문득 보하는 말이, 조운의 천거하는 글을 가지고 서천 사람 하나가 항복하러 왔다고 한다.

현덕이 곧 불러들여서 물어보니, 그는 바로 건녕 유원(俞元) 사람으로서 성은 이(李)요 이름은 회(恢)요 자는 덕앙(德昻)이었다.

현덕은 물었다.

"내 전일에 공이 유장을 간곡히 간했다는 말을 들었는데 이제 어찌하여 내게로 오셨소."

이회가 대답한다.

"제가 들으니 '약은 새는 나무를 보아서 깃들이고, 어진 신하는 주인을 가려서 섬긴다' 하오이다. 제가 앞서 유 익주를 간한 것은 남의 신하된 마음을 다한 것인데 이미 써 주지 않으매 반드시 그 패할 것을 알지라, 이제 장군께서는 어지신 덕이 촉 땅을 덮었으니 일이 반드시 이루어질 것을 아는 까닭에 찾아온 것이외다."

현덕이 다시

---

1) 언변(言辯)이 좋은 것을 비유해서 하는 말.

"선생이 이렇게 오셨으니 필연 유비에게 유익한 일이 있을까 보이다."

라고 한마디 하니, 이회가 그 말에 대답하여

"이제 들으니 마초가 진퇴양난에 빠져 있다고 합디다. 제가 전일에 농서에서 그와 일면지교가 있는 터이라, 한 번 가서 마초를 달래어 항복을 드리게 할까 하옵는데 어찌 생각하시오니까."

한다.

공명이 곁에 있다가

"그러지 않아도 내 대신 한 번 가 줄 사람을 얻고 싶어 하던 차요. 마초를 어떻게 달래시려나 어디 한 번 공의 말씀을 들어 봅시다."

하고 말하니, 이회가 공명의 귀에 입을 대고 이러이러하다고 한참을 속삭인다. 공명은 크게 기뻐하여 즉시 그를 가게 하였다.

이회가 마초의 영채로 가서 먼저 사람을 시켜서 성명을 통하게 하였더니, 마초는

"내 이회를 알거니와 그는 변사(辯士)라, 이번에 필시 나를 달래러 온 것일 게다."

하고, 먼저 도부수 이십 명을 불러서 장하에 매복해 놓고

"내 너희들더러 치라고 이르거든 곧 난도질을 해서 죽여 버려라."

하고 분부하였다.

조금 있다 이회가 앙연히 들어오자 마초는 그대로 장중에 단정히 앉은 채

"네 내게 무슨 볼일이 있어 왔느냐."

하고 이회를 힐난한다. 이회가 대답한다.

"특히 세객(說客)²⁾ 노릇을 하러 온 길이오."

마초가 다시

"내 갑 속의 보검을 새로 갈아 놓았으니 네 어디 말해 보아라. 그래서 만약에 말이 통하지 않는 때는 내 곧 보검을 시험해 볼 테다."

하고 말하니, 이회가 웃으며

"장군의 화(禍)가 머지않았으니 아마도 새로 갈아 놓았다는 보검을 내 머리에다 시험해 보지 못하고 도리어 장군 머리에다 시험하게 될까 보오."

하니, 마초가

"내게 무슨 화가 있단 말이냐."

하고 묻는다.

이회는 말하였다.

"내 들으니 월나라의 서시(西施)³⁾는 남을 헐뜯기 잘하는 사람도 그 아름다움을 감출 수는 없고, 제나라의 무염(無鹽)⁴⁾은 남의 칭찬을 잘하는 사람도 그 추함을 덮어 주지는 못한다고 하더이다. 해가 한낮이 되면 그때부터는 저물어 가고 달도 차면 기우는 것은 바로 천하의 떳떳한 이치라. 이제 장군이 조조와는 살부지수(殺父之讐)가 있는 터에 다시 농서에 골수에 맺힌 원한이 있고, 앞으로는 유장을 구해서 형주 군사를 물리치지 못하며 뒤로는 능히 양

---

2) 말 잘 하는 사람. 각처로 다니며 자기의 의견을 말하는 사람.
3) 중국 춘추시대 월나라의 미인으로 오왕 부차의 총희(寵姬)가 되었던 여자.
4) 중국 전국시대 제(齊)나라 무염(無鹽) 지방의 추녀. 원 이름은 종리춘(鐘離春).

馬超　　마초

西川馬孟起　　서천의 마맹기는
名譽振關中　　명성이 관중을 진동시켰네
孟德聞風懼　　소문 들은 조조도 두려워 떨었으니
關張可並雄　　관우와 장비에 버금가는 영웅이로다

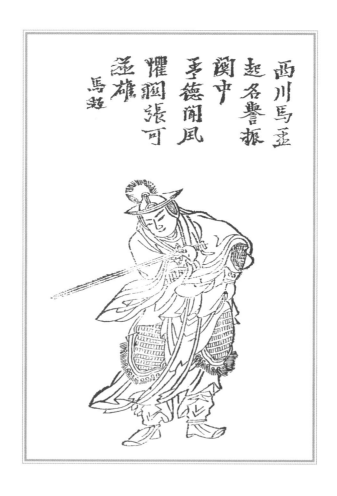

송을 제어하여 장노의 낯을 보지 못하니, 목하 사해에 몸 둘 곳이 없고 일신이 주인이 없는 형편이라. 만약에 다시 위교에서처럼 패하고 기성에서처럼 실수하는 일이 있다면 대체 그때는 무슨 면목으로 천하 사람들을 보실 작정이오."

마초가 머리를 숙여 사례하며

"공의 말씀이 참으로 옳소이다. 그러나 다만 내게는 지금 갈 길이 없소그려."

하고 말하자, 이회는 곧

"공이 이미 내 말을 들었으면 장막 밖에 도부수는 왜 매복해 놓고 있소."

하고 말하였다.

마초는 못내 부끄러이 여겨 즉시 도부수들을 모조리 꾸짖어 물리쳐 버렸다.

이회는 다시 말하였다.

"유황숙은 어진 이들을 예로써 대접하니 내가 그 반드시 성사할 줄을 아는 까닭에 유장을 버리고 그에게로 돌아간 것이오. 공의 선친께서도 전일에 황숙과 함께 역적을 치기로 언약하셨던 터인데 공은 어찌하여 어두운 것을 버리고 밝은 데로 나아가 위로는 아버님 원수를 갚고 아래로는 공명을 세우기를 도모하지 않는단 말씀이오."

듣고 나자 마초는 크게 기뻐하여 즉시 양백을 불러들여 한 칼에 목을 벤 다음에 그 수급을 가지고 이회와 함께 관으로 와서 현덕에게 항복을 드렸다.

현덕이 친히 그를 맞아들여 상빈의 예로 대접하니 마초는 땅에

머리를 대고 엎드려서

"이제 영명하신 주인을 만나 뵈오니 마치 운무를 헤치고 맑은 하늘을 보는 것 같습니다."

하고 사례하였다. 이때에 손건은 이미 돌아와 있었다.

현덕이 다시 곽준과 맹달에게 명해서 관을 지키게 한 다음 곧 군사를 거두어 가지고 성도를 취하기로 하였다.

현덕은 조운과 황충의 영접을 받아 면죽으로 들어갔는데, 이때 서촉 장수 유준(劉晙)과 마한(馬漢)이 군사를 거느리고 왔다고 기별이 들어와서 조운이

"제가 가서 그 두 사람을 사로잡겠습니다."

하고 말을 마치자 곧 말에 올라 군사를 거느리고 밖으로 나갔다.

현덕이 성상에서 마초에게 술대접을 하기로 하여 아직 자리도 채 안돈되지 않았을 때 자룡이 어느 틈에 두 사람의 머리를 베어 가지고 돌아와서 연석 앞에 바친다. 마초가 또한 놀라서 조운을 더욱 공경하였다.

마초는 말하였다.

"구태여 주공께서 시살하실 것도 없이 제가 유장을 불러내어 항복을 드리게 하겠습니다. 만일에 항복하려 아니 하거든 제가 아우 마대와 함께 성도를 취해다가 두 손으로 바치오리다."

현덕은 이 말을 듣고 크게 기뻐하였다. 이날 술자리가 즐겁기 짝이 없었다.

한편 패병이 익주로 돌아가서 유장에게 보하자 유장은 소스라쳐 놀라 문을 닫고 나오지 않았다.

그러자 사람이 보하되 마초의 구원병이 당도하였다고 한다. 유장은 그제야 성 위로 올라가서 바라보았다.

마초와 마대가 성 아래 서서 큰 소리로

"유계옥은 나와서 대답하시라."

하고 부른다.

유장이 성 위에 나서서 들으니 마초가 마상에서 채찍을 들어 그를 가리키며

"내가 본디 장노의 군사를 거느리고 익주를 구하러 왔는데 장노가 양송의 참소하는 말을 믿고 도리어 나를 해치려 들 줄이야 누가 알았겠소. 내 이제 이미 유황숙에게 항복하였으니 공은 땅을 바치고 항복을 드려서 백성이 괴로움을 받지 않게 하시오. 만일에 말을 듣지 않고 고집만 부린다면 내가 먼저 성을 치겠소."

하고 어른다.

유장은 이 말을 듣고 너무 놀라 얼굴이 흙빛으로 변하더니 성 위에 기절해 버렸다.

여러 관원들이 구원해서 깨어나자 유장은

"내가 밝지 못한 탓이니 후회하면 무얼 하겠소. 성문을 열고 항복을 해서 성내 백성을 구하느니만 못할까 보오."

하고 말하였다.

동화가 있다가

"지금 성중에 군사가 오히려 삼만여 명이나 있고 전백(錢帛)과 양초가 일 년은 지탱할 만한데 왜 항복을 하시겠답니까."

하고 위로하니, 유장이 다시 말한다.

"우리 부자가 촉 땅에 있은 지 이십여 년에 아무 은덕도 백성에

게 내린 것이 없고, 공전(攻戰) 삼 년에 많은 생령이 목숨을 초야에 버렸으니 이는 모두 나의 죄라, 어찌 내 마음이 편안하겠소. 차라리 항복을 해서 백성이나 평안히 해 주어야겠소."

모든 사람이 듣고 눈물을 아니 흘리는 자가 없는데, 이때 홀연한 사람이 앞으로 나서며

"주공의 말씀이 바로 천의(天意)에 맞습니다."

하고 말한다. 보니 곧 파서 서충국(西充國) 사람으로 성은 초(譙)요 이름은 주(周)요 자는 윤남(允南)이니 이 사람이 본래 천문에 밝은 터이다.

유장이 물으니 초주는 대답한다.

"제가 밤에 건상(乾象)을 보니 뭇별들이 촉군에 모여 있는데 그 중에 가장 큰 별은 밝기가 달과 같으니 이는 바로 제왕의 기상이요, 또 바로 한 해 전에 아이들이 '새 밥을 먹겠으면 선주 오시기 기다려라(若要吃新飯 須待先主來)'하고 노래들을 불렀으니, 이것이 바로 그 조짐이라 천도는 거역하지 못하오리다."

황권과 유파가 이 말을 듣자 모두 대로해서 곧 초주를 죽이려 드는 것을 유장이 못하게 막는데, 문득 보하는 말이 촉군태수 허정(許靖)이 성을 넘어 나가서 유비에게 항복을 했다고 한다.

유장은 대성통곡하며 부중으로 돌아갔다.

그 이튿날 사람이 보하되 유황숙의 명을 받아 막빈 간옹이 성 아래 와서 문을 열란다고 한다.

유장은 성문을 열고 그를 맞아들이게 하였다.

간옹이 수레에 앉아 좌우를 둘러보며 그 태도가 심히 오만한데 이때 문득 한 사람이 칼을 뽑아들고 큰 소리로

"되지 않은 놈이 뜻을 얻어 방약무인(傍若無人)하니 네 감히 우리 촉중 인물을 우습게 보는 꼴이냐."

하고 꾸짖는다.

간옹이 황망히 수레에서 내려 그를 맞으니 그 사람은 곧 광한 면죽 사람으로 성은 진(秦)이요 이름은 복(宓)이요 자는 자측(子勅)이다.

간옹이 웃으며

"현형(賢兄)을 알아 뵙지 못하였으니 다행히 크게 나무람 마시지요."

하고 드디어 함께 유장을 들어가 보고, 현덕의 도량이 넓은 것과 털끝만큼도 해칠 뜻이 없는 것을 갖추 이야기하니 이에 유장은 마침내 항복하기로 뜻을 정하고 간옹을 후히 대접하였다.

그 이튿날이다.

유장은 친히 인수와 문적(文籍)을 가지고 간옹과 한 수레에 올라 성에서 나가 항복하였다.

현덕은 영채에서 나와 그를 영접하고 손을 잡고 눈물을 흘리며

"내가 인의를 행하지 않으려는 것이 아니라 사세가 부득이했던 때문이오."

하고 같이 영채 안으로 들어와서 인수와 문적을 교할(交割)한 다음에 함께 말 타고 성으로 들어갔다.

현덕이 성도로 들어가는데 백성이 향화 등촉으로 대문에들 나와 서서 영접한다. 현덕은 공청에 이르러 당상에 좌정하였다.

고을 안의 모든 관원들이 다 들어와 당하에서 절하는데 오직 황권과 유파만 문을 닫고 집에 앉아 나오지 않았다.

여러 장수들이 분노하여 곧 가서 죽이려고 하니, 현덕은 황망히 영을 전해서

"만일에 이 두 사람을 해치는 자가 있으면 그 삼족을 멸하리라."
하고 친히 두 사람의 집을 찾아가서 그들에게 출사하기를 청하였다.

두 사람은 현덕의 신하에 대한 은혜와 예절이 극진한 데 감동하여 마침내 나왔다.

공명이 현덕을 보고

"이제 서천이 평정되었으니 두 주인을 용납할 수 없습니다. 유장을 곧 형주로 보내도록 하시지요."
하고 청하니, 현덕이

"내가 촉군을 갓 얻은 터라, 아직 계옥을 멀리 보내서는 아니 되리라."
하고 말한다.

공명은 그에게 말하였다.

"유장이 기업을 잃은 것이 모두가 너무 나약했기 때문입니다. 주공이 만약에 부인의 인자함을 가지고 일을 당하여 결단하시지 못한다면 이 땅도 장구하기는 어려울까 봅니다."

현덕은 그의 말을 좇아서 성대하게 연석을 베풀어 유장을 대접한 다음, 그로 하여금 재물을 수습하고 진위장군(振威將軍)의 인수를 차고 처자 권속과 노비들을 모조리 이끌고서 남군 공안으로 가서 살게 하는데 그날로 당장 길을 떠나게 하였다.

현덕이 스스로 익주목을 거느린 다음에 항복한 문무 관원들에게 모조리 중상을 내리고 그 명호와 작위를 정하는데, 엄안으로

는 전장군(前將軍)을 삼고, 법정으로는 촉군태수를 삼고, 동화로는 장군중랑장(掌軍中郎將)을 삼고, 허정으로는 좌장군장사(左將軍長史)를 삼고, 방의로는 영중사마(營中司馬)를 삼고, 유파로는 좌장군을 삼고, 황권으로는 우장군을 삼으며, 그 밖의 오의 · 비관 · 팽양 · 탁응 · 이엄 · 오란 · 뇌동 · 이회 · 장익 · 진복 · 초주 · 여의 · 곽준 · 등지 · 양홍 · 주군 · 비위 · 비시 · 맹달 등 항복한 문무 관원 도합 육십여 명을 다 등용하며, 제갈량으로 군사를 삼고, 관운장으로 탕구장군(盪寇將軍) 한수정후(漢壽亭候)를 삼고, 장비로 정로장군(征虜將軍) 신정후(新亭候)를 삼고, 조운으로 진원장군(鎭遠將軍)을 삼고, 황충으로 정서장군(征西將軍)을 삼고, 위연으로 양무장군(揚武將軍)을 삼고, 마초로 평서장군(平西將軍)을 삼고, 손건 · 간옹 · 미축 · 미방 · 유봉 · 오반 · 관평 · 주창 · 요화 · 마량 · 마속 · 장완 · 이적과 지난날 형양의 일반 문무 관원들에게 모두 상을 내리고 벼슬을 올려 주었으며, 사자에게 황금 오백 근, 백은 일천 근, 전 오천만, 촉금(蜀錦) 일천 필을 주어서 운장에게 사급(賜給)하게 하고 그 나머지 관원과 장수들에게도 상을 내렸는데 차가 있었다.

그리고 소 잡고 말 잡아서 군사들을 크게 호궤하고 창고를 열어서 백성을 진휼하니 군민이 모두 크게 기뻐한다.

익주를 평정하고 나자 현덕이 성도의 유명한 전택(田宅)들을 나누어서 여러 관원들에게 사급하려 하니, 조운이 나서서

"익주 백성이 여러 차례 병화(兵火)를 만나 전택이 모두 비었으니 이제 마땅히 백성에게 돌려주셔서 편안히 살며 다시 생업에 힘쓰도록 해 주셔야 민심이 바야흐로 복종할 것이라, 그것을 뺏어서 사사로이 상 주실 거리를 삼으시는 것은 옳지 않을까 하나이다."

하고 간한다. 현덕은 크게 기뻐하여 그의 말을 순순히 들었다.

현덕이 제갈 군사를 시켜서 '치국조례(治國條例)'를 정하게 하였는데 형법이 매우 준엄하였다.

이것을 보고 법정이

"옛적에 고조께서 약법삼장(約法三章)[5]을 펴시매 백성이 모두 그 덕에 감화하였다 하옵니다. 원컨대 군사는 형벌을 너그럽게 하고 법규를 간단하게 해서 백성의 바라는 바를 위로해 주시지요."

하고 말하니, 공명이 이에 대답하여

"공은 그 하나만 아셨지 그 둘은 알지 못하셨소. 진나라가 법 쓰기를 포학하게 해서 만백성이 모두 원망한 까닭에 고조께서는 관인하게 하셔서 민심을 얻으셨던 것이오. 이제 유장으로 말하면 암약(闇弱)해서 어진 정사는 행해지지 않고 형벌은 엄하지가 못해서 군신의 도리가 점점 쇠미해진 것이고, 청실로서 직위를 주어 지위가 높아지니 사람이 잔악해지고 순종한다고 은혜를 베푸니 은혜가 다하면 마음이 해이해지는 것이라 나라의 폐막(弊瘼)이 실로 여기 근원이 있었던 것이오. 내 이제 위엄을 보이되 법으로써 하니 법이 행해지면 은혜를 알 것이고, 한도를 정하되 벼슬로써 하니 벼슬이 가해지면 영화로움을 알 것이라, 은혜와 영화가 함께 이루어지면 아래위 절도가 있으리니 나라를 다스리는 도리가 여기서 드러날 것이외다."

하고 말하였다. 법정은 그의 말에 경복(敬服)하였다. 이로부터 군사와 백성이 다 안도하니, 공명은 사십일 주에 군사를 나누어 민

---

5) 『사기』 「고조기(高祖記)」에, "부로(父老)들과 법을 가지고 약속하되 삼 장뿐이라, 살인한 자는 죽고 사람을 상한 자 및 도적질한 자는 처벌당한다"라고 씌어 있다.

심을 진정하며 위무해서 모두 평정하였다.

법정이 촉군태수가 되자 전일에 남에게서 받은 하치않은 은혜나 또는 제가 품었던 소소한 원한을 하나라서 갚지 않는 것이 없었다.

누가 있다 공명을 보고

"효직이 너무 횡포하니 좀 억제하시는 것이 좋겠습니다."

하고 말하니, 공명은

"전일에 주공께서 구차스럽게 형주를 지키고 계실 때 북으로는 조조를 두려워하시고 동으로는 손권을 꺼리셨는데 다행히 효직이 우익이 되어 드려 드디어 날개를 펼쳐서 훨훨 나시며 다시 남의 제어를 받지 않게 되셨으니, 이제 효직이 저하고 싶은 대로 좀 해 보는 것을 어떻게 막겠소."

하고 인하여 불문에 부쳐 버렸다.

법정도 이 말을 듣고는 역시 좀 삼가게 되었다.

어느 날 현덕이 공명과 한담하고 있으려니까 문득 보하되 운장이 사급받은 금백을 사례하러 관평을 보내 왔다고 한다.

현덕이 불러들이니 관평이 절을 하고 나서 운장의 서신을 올리며

"저의 부친이 마초의 무예가 과인(過人)한 것을 아시고 서천에 들어오셔서 한 번 고하를 시험해 보시겠다고 백부님께 품하라고 하십니다."

하고 고한다.

현덕이 듣고 크게 놀라

"만약 운장이 촉중에 들어와서 맹기와 무예를 겨룬다면 세불양

립(勢不兩立)[6]인데."

하고 근심하니, 공명이

"관계치 않습니다. 량이 회답을 써 보내지요."

하고 말한다.

현덕은 운장의 성미 급한 것을 걱정해서 곧 공명더러 답장을 쓰라 하여 관평에게 주고 밤을 도와 형주로 돌아가게 하였다.

관평이 형주로 돌아가니 운장이

"내가 마맹기와 무예를 겨루어 보려고 한다는 말씀을 네 가서 했더냐."

하고 묻는다. 관평은

"군사의 회서가 여기 있습니다."

하고 대답하였다.

운장이 받아서 뜯어보니 그 사연은 대강 다음과 같다.

량은 장군이 맹기와 고하를 다투어 보려 하신다는 말씀을 들었는바, 량이 요량컨대 맹기가 비록 그 영용함이 남에 뛰어난다 하나 역시 경포(鯨布)·팽월(彭越)[7]의 무리일 뿐이라 마땅히 익덕하고나 서로 앞을 다툴 것이요 미염공의 절륜함에는 채 미치지 못할 듯하외다.

이제 공이 중한 소임을 맡아 형주를 지키고 있는 터에 이를 중히 알지 않고 한 번 서천으로 들어왔다가 만일 형주에 무슨 일이라도 생긴다면 죄가 그에서 더 큰 것이 없으리니 밝히 살

6) 세력이 양립할 수 없는 것.
7) 경포 · 팽월은 한 고조를 도와서 항우를 멸한 대장이요 공신이다.

피심을 바라나이다.

운장은 글월을 보고 나자 수염을 쓰다듬으며 웃고
"공명이 내 마음을 아는군."
하고 그 글월을 빈객들에게 두루 보인 다음에 드디어 서천으로 들어갈 생각을 버렸다.

한편 동오 손권은 현덕이 서천을 병탄하고 유장을 공안으로 쫓았다는 말을 듣자 드디어 장소와 고옹을 불러 의논하였다.
"당초에 유비가 우리 형주를 빌릴 때 서천을 취하면 곧 형주를 돌려보내겠다고 했소. 이제 제가 이미 파·촉 사십일 주를 얻었은즉 모름지기 한상 제군(漢上諸軍)을 찾아와야만 하겠는데 만일에 제가 돌려보내지 않는다면 곧 군사를 들어서 쳐야겠소."
손권이 말하자, 장소가
"동오가 이제 좀 평온한데 군사를 동하는 것은 좋지 않습니다. 제게 한 계책이 있으니 유비로 하여금 형주를 쌍수로 받들어다가 주공께 바치도록 하오리다."
하고 장담한다.

서촉에는 바야흐로 새 일월이 열렸는데
동오에선 이제 다시 옛 산천을 찾으려 든다.

대체 그 계책이란 어떠한 것인고.

관운장은 칼 한 자루 들고서 모꼬지에 나가고
복 황후는 나라를 위하다가 목숨을 버리다

| *66* |

이때 손권이 형주를 찾으려고 하니 장소가 나서서 계책을 드리되,

"유비가 오직 믿고 있는 것은 제갈량뿐인데 그의 형 제갈근이 지금 동오에서 벼슬을 하고 있으니 그의 일가 노소를 잡아 가둔 다음에 제갈근으로 하여금 서천으로 들어가서 그 아우에게 사정을 말하고 유비를 권해서 형주를 돌려보내도록 하게 하시되, '만일 형주가 반환되지 않으면 반드시 우리 식구들에게 누가 미치고 말 것이라' 하면, 제갈량이 형제간 정의를 생각해서 필연 응낙할 것입니다."

한다.

손권이 듣고

"제갈근으로 말하면 성실군자(誠實君子)인데 내 어찌 차마 그 가솔을 잡아서 가두겠소."

하니, 장소가 다시

"이것이 계책임을 밝히 일러 주시면 제가 자연 마음을 놓을 것입니다."

하고 말한다.

손권은 그의 말을 좇아서 제갈근의 일가 노소를 부중으로 데려다가 감금한 양으로 하고, 일변 글을 닦아서 제갈근을 주고 곧 서천으로 떠나게 하였다.

그로써 수일이 못 되어 제갈근이 성도에 이르러 먼저 사람을 들여보내 자기의 온 바를 현덕에게 보하게 하니 현덕이 공명을 보고 묻는다.

"백씨가 무슨 일로 오셨소."

공명이 대답한다.

"형주를 찾으러 온 것입니다."

현덕이 다시

"그럼 어떻게 대답을 하면 좋겠소."

하고 물으니, 공명은

"이러이러하게 하시면 됩니다."

하고 말하였다.

이렇듯 계책을 정한 다음 공명이 성에서 나가 제갈근을 맞아들이는데 자택으로 인도하지 않고 바로 빈관으로 들어갔다.

공명이 형에게 절하고 나자 제갈근이 곧 목을 놓아 통곡한다.

공명은 물었다.

"형님께서 무슨 일이 있으시면 말씀을 하실 일이지 왜 이처럼 우십니까."

제갈근이 말한다.

"내 집안 식구들이 이제는 모두 죽었다."

말을 듣자 공명이 곧

"혹시 형주를 반환하지 않기 때문이 아닙니까. 저로 인해서 형님 댁 가솔이 잡혀가셨다니 제 마음이 어찌 편하겠습니까. 형님은 과도히 심려 마십시오. 제가 방도를 차려서 곧 형주를 반환하도록 하겠습니다."

하니, 제갈근은 크게 기뻐하여 즉시 공명과 함께 현덕을 들어가 보고 손권의 서신을 바쳤다.

현덕이 서신을 보고 나자 노기를 띠고

"손권이 이미 제 누이를 내게 주었으면서 내가 형주에 있지 않은 틈을 타서 몰래 도로 데려가 버렸으니 정으로나 도리로나 이럴 법이 어디 있겠소. 내 그러지 않아도 서천 군사를 크게 일으켜 강남으로 내려가서 내 원한을 풀까 하고 있는데 도리어 형주를 찾으러 오다니."

하고 말하는데, 이때 공명이 울며 땅에 엎드려 고하였다.

"오후가 량의 형의 식구들을 잡아 가두었으니 만일에 반환하지 않을 말이면 형의 집은 온 식구가 도륙을 당하고 맙니다. 형이 돌아가면 량이 어떻게 혼자 살아 있겠습니까. 바라옵건대 량의 낯을 보셔서 형주를 동오에 돌려보내시고 량의 형제간 정의를 온전하게 하도록 하여 주십시오."

그러나 현덕은 좀처럼 들어주려고 아니 한다.

그러는 것을 공명이 그대로 울면서 청하니, 현덕이 마침내

"이미 그렇다면 군사의 낯을 보아서 형주의 절반을 떼어 돌려보내기로 하고, 장사·영릉·계양의 세 고을을 저를 줍시다."

하고 말한다.

공명이 다시

"이미 허락을 내리셨으니 곧 글을 쓰셔서 운장에게 주시고 세 고을을 교할(交割)하게 하시지요."

하니, 현덕은 제갈근을 향하여

"자유는 거기를 가시거든 부디 좋은 말로 내 아우에게 청해 보시오. 내 아우가 원래 천성이 열화 같아서 나도 오히려 꺼리는 터이니 조심해 하시오."

하고 말을 일렀다.

제갈근은 글을 써서 받고 현덕에게 하직을 고하고 공명과 작별을 한 다음에 즉시 길을 떠나 바로 형주로 갔다.

운장이 그를 중당(中堂)으로 청해 들인다.

손과 주인 사이에 인사 수작이 끝나자 제갈근은 현덕의 글월을 내어 놓고

"황숙께서 우선 세 고을을 동오에 반환하시겠다고 허락하셨으니 장군이 즉일 교할해 주시면 이 사람이 돌아가서 우리 주공 앞에 낯이 서겠소이다."

하고 말하니, 운장이 낯빛을 변하며

"내가 우리 형님과 도원에서 결의할 때 함께 한실을 돕기로 맹세했소이다. 형주로 말하면 본래 대한 강토인데 어찌 한 치 땅일지라도 남에게 줄 법이 있으리까. '장수가 밖에 있으면 인군의 명령도 받지 않는 수가 있다'고 하였소. 비록 우리 형님의 글월을 가

지고 오시기는 하였으나 나는 돌려보낼 수 없소이다."

하고 딱 잘라 말한다.

제갈근이

"지금 오후께서 내 가솔들을 잡아 가두셨는데 만약 형주를 얻지 못하는 날에는 반드시 내 붙이가 도륙을 당하고 말겠으니 부디 장군은 유념하여 주시지요"

하고 다시 청했으나, 운장은

"그야 오후의 휼계인데 내가 왜 속겠소."

하고 듣지 않는다.

제갈근이 마침내

"장군은 어찌 그리 경우가 없으시오."

라고 한마디 하니, 운장이 손에 칼을 빼어 들며

"다시 말을 마라. 이 칼이야말로 경우가 없는 것이다."

하는데, 이때 관평이 있다가

"군사 낯을 보셔서 부친께서는 부디 고정하십시오."

하고 권해서, 운장은

"군사 낯을 보지 않으면 너는 강동으로 곱게 돌아가지 못했을 것이다."

하고 꾸짖었다.

제갈근은 만면에 부끄러운 빛을 띠고 급히 물러나와 배에 오르자 다시 서천으로 공명을 보러 갔다.

그러나 공명은 이미 순찰을 나가 버리고 없었다.

제갈근이 겨우 현덕만 다시 만나 보고 울면서 운장이 저를 죽이려고 하던 일을 이야기하니, 현덕이 듣고

"내 아우가 성미가 급해서 서로 이야기를 하기가 아주 어렵소. 자유는 잠시 돌아가 계시면 내가 동천 한중의 여러 고을을 취해 서문장을 그리로 보내 지키게 한 다음에 형주를 교부(交付)하도록 하리다."

하고 말한다.

제갈근은 하는 수 없이 그대로 동으로 돌아가서 손권을 보고, 지나온 일을 자세히 이야기하였다.

듣고 나자 손권이 대로하여

"자유가 이번 길에 헛수고만 하고 돌아다니게 된 것이 결국은 모두가 제갈량의 계교가 아니오."

하고 말한다.

제갈근이

"아니올시다. 제 아우도 역시 울면서 현덕에게 말해서 가까스로 세 고을을 먼저 반환하기로 허락이 내린 것인데 운장이 또 그처럼 고집을 부리고 듣지를 않습니다그려."

하니, 손권이 다시

"이미 유비가 세 고을을 먼저 반환하겠다고 말을 했다니 그럼 곧 관원들을 장사 · 영릉 · 계양 세 고을로 부임시켜서 동정을 보기로 합시다."

하고 말한다.

제갈근은

"주공의 말씀이 지당하십니다."

하고 말하였다.

손권은 제갈근으로 하여금 저의 가솔을 데려가게 하고 일변 관원들을 보내서 세 고을에 부임하게 하였는데 하루가 못 되어 세 고을에 갔던 관리들이 모조리 쫓겨 와서 손권을 보고

"관운장이 받아 주지 않고 밤으로 쫓아서 동오로 돌려보내는데 냉큼 떠나지 않는 자는 곧 죽이려 듭디다."

하고 고한다.

손권은 대로하여 사람을 보내서 노숙을 오라 하여 책망하였다.

"자경이 전일에 유비를 위해서 보를 서고 내 형주를 빌리지 않았소. 이제 유비가 이미 서천을 얻고도 돌려보내려고 아니 하는데 자경은 어째서 앉아 보고만 있단 말이오."

노숙이 대답한다.

"제가 이미 한 계교를 생각한 것이 있어서 그러지 않아도 주공께 말씀 올리려던 참입니다."

"어떤 계교요."

하고, 손권이 물으니

"이제 군사를 육구(陸口)에 둔쳐 놓고 사람을 보내서 관운장을 모꼬지에 청하기로 하는 것입니다. 그래서 만약에 관운장이 선선히 오면 좋은 말로 달래 보는데 그래서 제가 안 듣는 때에는 도부수를 매복해 두었다가 죽이고, 또 제가 처음부터 아예 오려 들지를 않는 경우에는 곧 군사를 들어 승부를 결단하고 형주를 뺏자는 것입니다."

하고 노숙이 계책을 말한다.

손권이 듣고

"바로 내 뜻과 같소. 곧 그대로 행하오."

하고 말하는데, 감택이 있다가 나서며

150

"아니 됩니다. 관운장은 천하에 범 같은 장수라 등한히 다루어서는 아니 되오리다. 잘못하다가 도리어 해를 입게나 되면 어찌합니까."

하고 만류한다.

손권은 노하여

"만일 그러다가는 형주를 언제나 얻는단 말이오."

하고, 곧 노숙에게 명해서 이 계교를 속히 행하게 하였다.

노숙은 곧 손권을 하직하고 육구로 가서 여몽과 감녕을 불러다 함께 의논한 다음에 육구 영채 밖에 있는 임강정(臨江亭) 위에다 연석을 배설하기로 하고, 잔치에 청하는 편지를 써서 장하에 있는 무리들 중에 구변 좋은 자 하나를 뽑아 사자를 삼아 배 타고 강을 건너게 하였다.

강어귀에서 관평이 온 뜻을 묻더니 형주로 데리고 들어간다. 사자는 운장에게 뵙기를 청한 다음 노숙이 모꼬지에 청하는 뜻을 갖추 고하고 가지고 온 청찰(請札)을 바쳤다.

운장은 글을 보고 나자 편지 가져온 사람에게

"이미 자경이 청했으매 내 내일 모꼬지에 나가겠다. 너는 먼저 돌아가거라."

하고 말을 일렀다.

사자가 하직하고 간 뒤에 관평이

"노숙이 청하는 것이 결코 호의가 아닌데 부친께서는 어찌하여 가신다고 하셨습니까."

하고 묻는다. 운장이 웃으며

"내 어찌 그것을 모르겠느냐. 이는 제갈근이 손권을 돌아가 보고 내가 세 고을을 돌려보내려 아니 하더라고 말한 까닭에 노숙을 시켜서 육구에 군사를 둔쳐 놓고 나를 모꼬지에 청해다가 형주를 찾자는 것이니, 내 만약 가지 않으면 나더러 겁쟁이라고 할 것이라 내 내일 혼자서 일엽편주에 몸을 실어 단지 종자 십여 인만 데리고 단도부회(單刀赴會)[1]해서, 노숙이 내게 어찌하려나 한 번 그 거동을 보겠다."

하고 말하니, 관평이

"부친께서는 왜 만금 같으신 몸으로 친히 호랑이 굴에 들려 하십니까. 이는 백부님의 부탁하신 바를 중히 여기시는 것이 아닐까 합니다."

하고 간한다.

운장이 다시

"내 천군만마 중에 시석이 비 오듯 할 때에도 필마단기로 횡행하기를 무인지경에 들듯 하였던 터에 어찌 강동의 쥐새끼 같은 무리를 무서워하겠느냐."

하고 말하자, 마량이 또한 나서서 간한다.

"노숙이 비록 장자의 풍도가 있기는 하나 이제 일이 급하게 되매 딴 생각을 먹지 않을 수가 없이 된 것이니 장군은 경선히 가셔서는 아니 되오리다."

그러나 운장은 종내 듣지 않는다.

"옛날 전국 시절에 조(趙)나라 사람 인상여(藺相如)[2]는 닭 한 마리

---

1) 군사를 데리지 않고 혼자서 칼 한 자루만 가지고 적지에 들어가 모꼬지에 참석한 다는 말.
2) 중국 전국시대 조(趙)나라의 신하. 조왕과 진(秦) 왕이 면지(沔池)에 서로 모였을

잡을 힘도 없었건만 진(秦)나라 군신을 초개같이 보았는데 항차 만인적(萬人敵)을 배운 나이겠소. 이미 허락을 했으니 실신(失信)할 수는 없소."

마량이 다시 한 마디

"장군께서 가시더라도 마땅히 준비는 있으셔야 하오리다."

하고 권하니, 운장은

"내 아이더러 쾌선 열 척에 수군 오백만 싣고 강상에서 등대하고 있다가 내 인기(認旗)를 보는 대로 곧 강을 건너오게 하겠소."

하고 말하여 관평은 영을 받고 물러가 준비를 하였다.

한편 사자가 돌아가서 노숙을 보고 운장이 개연히 응낙하며 내일 꼭 오겠다 하더라고 보하자 노숙은 곧 여몽과 의논하였다.

"이번에 어떻게 하시려오."

노숙이 물으니 여몽이 계책을 말한다.

"제가 군사를 데리고 오거든 내 감녕과 각기 일지군을 거느리고 강 언덕에 매복하고 있다가 포성으로 군호를 삼아 일시에 내달아서 운장을 시살하고, 만일에 군사를 데리고 오지 않거든 뜰 뒤에다 도부수 오십 명을 깔아 놓았다가 곧 술자리에서 죽여 버리도록 하십시다."

이렇게 의논이 정해졌다.

이튿날 노숙은 사람을 강 언덕으로 내보내서 배가 오나 바라보

때 진 왕이 조왕을 욕보이려고 조왕으로 하여금 슬(瑟)을 타게 하니 당시 상대부(上大夫)로서 조왕을 따라갔던 인상여가 또한 진왕에게 청해서 부(缶)를 치게 해서, 진왕은 드디어 조왕을 욕보이지 못하였다. '슬'은 거문고, '부'는 질장구이다.

게 하였다.

진시가 좀 지나서 강상으로 배가 한 척 떠 들어오니 사공과 키 잡이 해서 삼사 명에 홍기(紅旗)를 하나 내걸어 바람에 펄펄 날리는데 기에는 크게 '관(關)'자가 씌어 있었다.

배가 차츰 언덕으로 가까이 들어오는데 보니, 운장이 머리에 청건(靑巾) 쓰고 몸에 녹포(綠袍) 입고서 배 위에 앉아 있고, 곁에는 주창이 청룡도를 들고 모시고 섰으며, 관서 출신의 허우대 큰 장정들이 팔구 명 각각 요도(腰刀) 한 자루씩을 허리에 찌르고 수행할 뿐이다.

노숙은 마음에 놀라고 의심하며 그를 맞아서 정자로 들어가 피차 예를 베푼 다음에 자리에 나아가 술을 마시는데, 노숙은 다만 잔을 들어 연해 권할 뿐이요 감히 그를 우러러보지도 못하건만 운장은 담소자약(談笑自若)[3]한다.

술들이 거나해지자 노숙은 말을 꺼냈다.

"장군께 한마디 여쭐 말씀이 있으니 부디 들어주십시오. 전일에 백씨 유황숙께서 나더러 보를 서라 하시고 우리 주공에게서 형주를 빌려 임시 거접하시면서 약조하시기를, 서천을 취한 뒤에 돌려보내마고 하셨소이다. 그런데 이제 이미 서천을 얻으셨는데도 형주를 돌려보내시지 아니 하니 실신하시는 것이 아니겠습니까."

운장이 대답한다.

"이는 나라 일이라 술자리에서 말씀할 일이 아닐 것 같소이다."

노숙은 다시 말하였다.

---

3) 아무 근심이나 놀라운 일이 없는 것처럼 평시와 같이 웃고 이야기하는 것.

"우리 주공께서 대단찮은 강동 땅을 가지고 계시면서 선선히 형주를 빌려드리기는, 당시 여러분이 싸움에 패하고 멀리 오셔서 몸 붙일 곳들이 없음을 생각하셨기 때문입니다. 그러니 이제 익주를 이미 얻으셨은즉 형주는 당연히 돌려주셔야 할 일인데, 황숙께서는 단지 세 고을만 먼저 주겠다 하시고 또 장군은 그나마도 못하겠다 하시니 이것은 아무래도 도리에 맞지 않는 말씀인 것 같소이다."

운장이 또 대꾸한다.

"오림 싸움에 좌장군께서 친히 시석을 무릅쓰고 힘을 다해서 적을 깨뜨리셨는데, 어찌 척토라서 그냥 얻었다는 게 말이 되며, 족하는 이제 와서 또 땅을 찾겠다니 말이 되는 소리요."

노숙은 다시 말하였다.

"그것은 그렇지 않소이다. 장군께서 처음에 황숙과 함께 장판파에서 패하시고 계궁역진해서 장차 멀리 도망하려 하셨을 때, 우리 주공께서 황숙의 몸 둘 곳이 없어하시는 것을 민망히 생각하셔서 땅을 아끼지 않으시고 발붙이실 곳을 드려 후사를 도모하시게 한 것인데, 황숙께서 덕을 생각 않으시며 호의를 저버려 이미 서천을 얻으셨으면서도 그대로 형주를 차지하고 계시니 이는 이를 탐내서 의리를 저버리시는 것이라 아마도 남의 비웃음을 면치 못하실 것 같으니 장군께서는 한 번 더 생각해 보십시오."

운장이 대답할 말이 궁해서

"이는 다 우리 형님이 하시는 일이오. 이 사람이 아랑곳할 바가 아니외다."

하니, 노숙이 다시

"내 들으매 장군께서 황숙과 도원결의하실 때 생사를 한가지
하기로 맹세하셨다 하니 황숙이 곧 장군이신데 어찌 그렇게 말씀
하십니까."

하고 추궁한다.

운장이 그 말에 미처 대답을 못할 때 주창이 계하에 있다가 소
리를 가다듬어

"천하 토지는 오직 덕이 있는 사람이 갖는 것인데 어떻게 당신
네 동오에서만 차지하겠다고 하시오."

하고 외치니, 운장은 낯빛을 변하고 자리에서 일어나며 주창이
들고 있는 청룡도를 뺏어 들고 뜰로 내려서자 주창에게 눈짓하고

"이는 나랏일인데 네가 어찌 감히 여러 말을 한단 말이냐. 너는
빨리 가거라."

하고 꾸짖었다.

주창이 그 뜻을 알아차리고 먼저 강 언덕으로 나가서 홍기를 한
번 휘두르니 관평이 바라보고 곧 배를 내어 강동을 바라고 살같
이 건너온다.

이때 운장은 오른손에 칼을 들고 왼손으로는 노숙의 손을 잡아
끌며 짐짓 취한 체하고

"공이 이제 나를 모꼬지에 청하셨으니 형주 이야기는 꺼내지 마
십시다. 이제 내 이미 취했으매 옛 친구의 정의를 상할까 두렵소.
내 다른 날 모꼬지를 차려 놓고 사람을 보내 공을 형주로 청하겠
으니 그때 다시 의논하도록 하십시다."

하고 그대로 강변으로 끌고 가니 노숙은 혼백이 다 허공에 떴다.

여몽과 감녕이 각기 수하 군사들을 거느리고 나오려 하다 운장

이 손에 칼을 들고 노숙의 손을 붙잡고 있는 것을 보고는 노숙이 상할까 두려워서 감히 손들을 놀리지 못한다.

운장은 배 가까이에까지 와서야 비로소 노숙의 손을 놓고 선뜻 뱃머리에 올라서서 작별을 고하였다.

노숙은 얼빠진 사람처럼 서서 관공의 배가 순풍을 타고 멀리 사라지는 것을 멍하니 바라볼 뿐이었다.

후세 사람이 관공을 칭찬해서 지은 시가 있다.

동오의 신하들을 어린애로 보았구나
칼 한 자루 손에 들고 모꼬지에 나가다니.
그 당년 운장공의 영웅스런 그 기개야
면지의 상여보다도 오히려 더 높아라.

운장이 형주로 돌아간 뒤, 노숙이 여몽을 보고

"이 계교가 또 틀어지고 말았으니 나는 어찌하였으면 좋소."

하고 의논하니, 여몽이

"주공께 말씀을 올리고 군사를 일으켜 운장과 한 번 결전을 하십시다."

하고 말한다. 노숙은 즉시 사람을 보내서 손권에게 이 일을 보하였다.

손권이 듣고 대로하여 온 나라의 군사를 모조리 일으켜 형주를 뺏으러 갈 양으로 막 상의하고 있는 중에 홀연 보하는 말이

"조조가 또 삼십만 대군을 일으켜 가지고 온답니다."

한다.

손권은 깜짝 놀라 노숙에게 아직 형주 군사와 혼란을 일으키지 말고 군사를 합비와 유수로 옮겨 조조를 막게 하라고 일렀다.

한편 조조가 이때 군사를 일으켜 남정하려 하는데 참군 부간(傅幹)이 글을 올려서 조조를 간하였다. 부간의 자는 언재(彦材)다. 그 글의 내용은 대강 다음과 같다.

간이 들으니 무(武)를 쓰려면 위엄을 먼저 하고 문(文)을 쓰려면 덕을 먼저 하여 위엄과 덕이 서로 도운 후에야 왕업이 이루어진다 하더이다.

지난날에 천하가 크게 어지러우매 명공이 무를 써서 이를 물리쳐 열에 그 아홉을 평정하셨나이다. 이제 아직도 왕명을 받들지 않는 자는 오직 동오와 서촉뿐이거니와 동오에는 장강의 험함이 있고 서촉에는 숭산의 가로막힘이 있어서 위엄으로써 싸우기는 어려울까 하나이다.

간의 어리석은 소견에는 아직 문덕을 더욱 닦으시며 싸움을 마시고 군사를 쉬시며 선비를 기르셔서 때가 이르기를 기다려 동하시는 것이 마땅할까 하나이다.

이제 만약 수십만의 무리를 일으켜 장강 가로 건너셨다가 만약에 도적들이 험한 곳을 의지하고 깊이 숨어 있어, 우리 군사들로 하여금 그 능함을 다 보이지 못하게 하며 기이한 전술도 그 힘을 다 쓰지 못하게 한다면 임금의 위엄이 이에 끌리고 마오리니 다만 명공은 자세히 살피옵소서.

조조는 보고 나서 드디어 남정할 계획을 파해 버리고 학교(學校)를 일으키며 문사를 예로써 불렀다.

이에 시중 왕찬·두습(杜襲)·위개(衛凱)·화흡(和洽) 네 사람이 서로 의논하고 조조를 높여서 '위왕(魏王)'을 삼으려 하니, 중서령 순유는

"그는 옳지 않소. 승상께서 벼슬이 위공에 이르시고 영예가 구석을 더하셨으니 위(位)가 이미 지극한데 이제 또 왕위에 나가시는 것은 도리에 옳지 않소."

하고 반대하였다.

조조가 전하여 듣고

"이 사람이 순욱을 본받고 싶어서 이러나."

하고 말하니, 순유는 이를 알자 근심과 화기로 해서 병이 되어 누워 십여 일을 앓다가 죽으니 그때 그의 나이는 쉰여덟이다.

조조는 그를 후히 장사지내 주게 하고, 드디어 '위왕'이 되는 일은 파의하고 말았다.

하루는 조조가 칼을 차고 궁중으로 들어가니, 이때 헌제가 마침 복 황후와 함께 앉아 있었는데, 복 황후는 조조가 오는 것을 보고 황망히 자리에서 일어나고 헌제는 조조를 보고 떨기를 마지 않았다.

조조가 헌제에게

"손권과 유비가 각기 한 지방씩 웅거하여 조정을 받들지 않으니 장차 어찌하오리까."

하고 아뢰자, 헌제는

"모두 위공께서 알아 처리하시지요."
하고 말하였다.

조조가 노하여

"폐하께서 이리 말씀하시니 남이 들으면 반드시 나더러 기군망상한다고 할 것이 아닙니까."
하니, 헌제는

"공이 만약 나를 보좌해 주시겠으면 그만 다행이 없겠지만 그렇지 않거든 제발 덕분에 가만 내버려 두어 주시오."
한다.

조조는 그 말을 듣자 노한 눈으로 헌제를 노려보고는 한을 품고 나가 버렸다.

좌우 근시 중에 누가 있다가

"근자에 듣자오매 위공이 자립해서 왕이 되려 한다 하오니 머지않아 반드시 찬위(簒位)⁴⁾하려 들 것이 아니겠습니까."
하고 고한다. 헌제와 복 황후는 대성통곡하였다.

복 황후가 통곡을 하다가 문득 말한다.

"첩의 아비 복완(伏完)이 매양 조조 죽일 마음을 품고 있사오니 첩이 이제 일봉 서찰을 닦아서 가만히 아비에게 주어 도모하게 할까 보옵니다."

헌제가 듣고

"전일에 동승이 일을 비밀하게 못해서 도리어 큰 화를 입었는데 이제 또 누설될까 두렵소이다. 그랬다가는 짐이나 중전이나

---

4) 임금의 자리를 빼앗는 것. 찬탈(簒奪), 찬역(簒逆)과 같은 말이다.

다 그만이오."

하니, 복 황후는 그래도 고집하여

"조석으로 바늘방석에 앉아 있는 것 같으니 이러고 산대서야 일찍 죽느니만 못하지요. 첩이 보니 환관 가운데서 충의의 마음이 두터워 일을 부탁하염즉 한 자로 목순(穆順)만 한 인물이 없으니 그에게 이 글을 부탁해 보려 하옵니다."

하고 말하는 것이다.

이에 헌제는 즉시 목순을 불러 같이 병풍 뒤로 들어가서 좌우 근시들을 물러가게 한 다음, 복 황후와 함께 울면서 목순을 보고

"조조 도적놈이 '위왕'이 되려고 하니 머지않아 반드시 찬탈하려 들 것이라, 짐이 황장(皇丈) 복완에게 일러서 가만히 이 도적을 도모하게 하려 하나 짐의 좌우에 있는 자가 모두 도적의 심복이라 가히 부탁할 만한 자가 없기에 네게 황후의 밀서를 주어서 복완에게 전하려 하는 바이니 네 충의를 짐이 아는 터라 반드시 짐을 저버리지 않을 줄 믿는다."

하고 말하니, 목순이 울면서

"소인이 폐하의 대은을 받자온 터에 어찌 감히 죽음으로써 보답하지 않으리까. 소인은 곧 가겠사옵니다."

하고 아뢴다. 황후는 즉시 글을 써서 목순에게 주었다.

목순은 글월을 머리에 감추고 남 몰래 금궁을 나서자 바로 복완의 저택으로 가서 글을 올렸다.

복완이 보니 바로 복 황후의 친필이라, 이에 목순을 보고

"조조 도적놈이 심복이 원체 많아 놓아 졸연히 도모할 수가 없네. 아무래도 강동의 손권과 서천의 유비, 두 곳에서 군사를 일으

켜야만 조조가 반드시 친히 갈 것이니 이때 조정에 있는 충의지
신과 함께 안팎에서 협공해야 아마 일이 성사될 것 같으이."

하고 말하니, 목순이

"그럼 황장께서 천자와 중전마마께 답서를 올리시고 밀조를 구
하신 다음 가만히 사람을 동오와 서촉 두 곳에 보내셔서 기병하도
록 이르시고 함께 도적을 쳐서 천자를 구해 드리도록 하십시오."

하고 제 의견을 말한다.

복완은 곧 종이를 내다가 글월을 써서 목순에게 주었다. 목순은
그것을 다시 머리에 감춘 다음 복완에게 하직을 고하고 궁으로
돌아갔다.

그런데 이때 벌써 이 일을 조조에게 고해바친 사람이 있어서
조조는 먼저 궁문에 와서 기다리고 있었다.

목순이 돌아오다가 조조를 만났다.

"어디를 갔다 오느냐."

하고 조조가 물어서, 목순이

"황후께오서 환후가 계셔서 의원을 부르러 갔다 옵니다."

하고 대답하니,

"불러 온 의원은 어디 있느냐."

하고 채쳐 묻는다.

"아직 오지 않았소이다."

하고 대답하자, 조조는 곧 좌우를 꾸짖어 두루 그의 몸을 뒤져 보
게 하였다.

그러나 아무것도 몸에 지닌 것이 없어 그대로 놓아 보내는데
이때 홀연 바람이 불어 그의 쓰고 있던 모자가 땅에 뚝 떨어졌다.

조조는 곧 다시 오라고 불러서 모자를 손에 들고 보는데 안팎을 샅샅이 살펴보아도 종시 아무것도 없다.

모자를 돌려주고 쓰게 하니 목순이 두 손으로 받아서 머리에 쓴다는 것이 돌려쓰고 말았다.

조조가 마음에 의심해서 좌우로 하여금 그의 머리를 살펴보게 하였다. 좌우는 마침내 복완의 편지를 찾아내었다.

조조가 보니 그 글 속에 손권·유비와 결연해서 외응을 삼으려 한다는 말이 있다.

조조는 대로해서 곧 목순을 잡아다가 밀실에 넣고 문초하였다. 그러나 목순이 바른 대로 불려 아니 한다.

조조는 그 밤으로 갑병 삼천 명을 보내서 복완의 사택을 에워싸고 식구들을 다 붙들어 놓은 다음에 집안을 샅샅이 뒤져 복 황후가 친필로 쓴 글월을 찾아내고, 이어 복씨의 삼족을 모조리 하옥해 버렸다.

그리고 날이 밝자 어림장군 극려(郄慮)로 하여금 절(節)[5]을 가지고 궁으로 들어가서 먼저 황후의 새수(璽綬)[6]를 거두게 하였다.

이날 헌제가 외전(外殿)에 있으려니까 극려가 갑병 삼백 명을 거느리고 바로 들어온다.

"무슨 일인고."

하고 물으니, 그는

---

5) 부절(符節). 사자가 가지고 가서 신(信)을 삼는 것.
6) 옥새와 인끈. 옛날 관인(官印)에는 반드시 끈이 달려 있었으므로 관인을 새수라 한다.

"위공의 분부를 받들고 황후의 새를 거두러 왔소이다."

하고 대답한다.

헌제는 일이 누설된 줄 짐작하고 그만 가슴이 그대로 미어지는 듯하였다.

극려가 후궁(後宮)에 이르렀을 때 복 황후는 막 자리에서 일어난 길이었다.

극려는 곧 새수를 관리하는 사람을 불러서 옥새를 찾아 가지고 나가 버렸다.

복 황후는 일이 드러난 줄을 금세 알고 즉시 전각 뒤 초방(椒房)[7] 안 협벽(夾壁) 틈으로 들어가 몸을 숨겼다.

그로써 얼마 안 되어 상서령 화흠(華歆)이 갑병 오백 명을 데리고 후전(後殿)으로 들어와서 궁인을 보고

"복 황후가 어디 계시냐."

하고 물었다.

궁인들이 모두 모른다고 대답하자 화흠은 군사들을 시켜서 주호(朱戶)[8]를 열고 찾아보게 하였다.

그러나 아무 데도 없다.

화흠은 필시 협벽 속에 숨었으리라 요량하고 곧 갑사들을 호령해서 벽을 부수고 찾아보게 한 끝에 제가 친히 손을 놀려 황후의 머리채를 움켜쥐고 끌어내었다.

황후가 그를 보고

"제발 내 한 목숨을 살려 주십시오."

---

7) 황후가 거처하는 궁전.
8) 붉은 문.

하고 애걸하였으나, 화흠은

"네가 몸소 위공을 뵙고 말씀해 보렴."

하고 꾸짖을 뿐이다.

복 황후는 맨발에 흐트러진 머리를 해 가지고 갑사 두 명에게 끌려서 나갔다.

원래 이 화흠이란 자는 본디 재명(才名)이 있어서 전에 병원(邴原)·관녕(管寧)과 친하게 지내니 당시 사람들이 그들 셋을 합해서 한 마리 용(龍)으로 쳤다. 즉, 화흠은 용의 머리요, 병원은 용의 배요, 관녕은 용의 꼬리라는 것이다.

어느 날 관녕이 화흠으로 더불어 채마밭을 함께 가는데 호미질을 하다가 금이 나왔다. 관녕은 그대로 호미질을 하여 다시 돌아다도 보지 않건만 화흠은 집어 들고 이윽히 보다가 내어 던졌다.

또 어느 날은 관녕이 화흠과 함께 앉아서 책을 보고 있는데 문밖에서 벽제(辟除)[9] 소리가 요란하게 나며 한 귀인이 초헌(軺軒)을 타고 지나갔다. 관녕은 단정히 앉은 채 까딱하지 않았으나 화흠은 책을 내던지고 보러 나갔다.

관녕은 이로부터 화흠의 사람됨을 천히 여겨 드디어 자리를 갈라 따로 앉고 다시는 그와 벗하지 않았다.

그 뒤에 관녕은 몸을 피해 요동에 가서 살았는데 매양 흰 모자를 쓰고 자나 깨나 다락 위에서 지내며 한 번도 땅을 밟은 일이 없었고 또 몸이 맞도록 위(魏)에 벼슬하려 아니 하였다.

그러나 화흠은 처음에 손권을 섬기다가 뒤에는 조조에게로 돌

---

9) 옛날에 귀인이 위출할 때 소리를 질러 일반인의 통행을 금하던 것.

아와서, 이에 이르러 마침내 복 황후를 제 손으로 잡아내는 거조까지 있게 된 것이다.

후세 사람이 화흠을 탄식해서 지은 시가 있다.

흉측하고 패악하다 당일의 화흠 거동
벽을 헐고 황후마마를 언감 잡아내었구나.
역적 위해 하루아침 범에 날게 되었으니
욕된 이름 천 년을 전하리 용의 머리가 가소롭다.

또한 관녕을 칭찬해서 지은 시가 있다.

관녕이 놀던 다락이라 요동 땅에 전해와도
사람은 가고 다락은 비어 빈 이름만 남았구나.
부귀만 탐을 내던 자어(子魚)가 가소롭다
백모(白帽)의 그 풍류와 제가 어이 같을쏘냐.

이때 화흠이 복 황후를 끌고 외전으로 나오니 헌제는 황후를 바라보자 곧 전각 아래로 뛰어 내려가서 그를 얼싸안고 통곡하였다.
화흠이
"위공께서 분부가 계셨으니 빨리 가야겠소."
하고 투덜거린다.
복 황후가 헌제를 보고 울면서
"어떻게 살아날 길은 없겠사옵니까."
하고 물으니, 헌제는
"내 목숨도 언제 어찌 될지 모르겠소."

할 뿐이다.

갑사들이 황후를 끌고 나간 뒤에 헌제는 주먹으로 가슴을 치며 목을 놓아 통곡하다가 마침 극려가 곁에 있는 것을 보고

"극공, 천하에 그래 이런 일도 있소."

라고 한마디 하고, 그대로 땅에 엎드러져 우니 극려는 좌우에 명해서 헌제를 부축하여 궁전으로 모시게 하였다.

화흠이 복 황후를 잡아 가지고 조조 앞으로 가니 조조는 황후를 보고

"나는 성심으로 너희들을 대해 주는데 너희들은 도리어 나를 해치려 든단 말이냐. 내가 너를 죽이지 않으면 필시 네가 나를 죽일 테지."

하고 일장 꾸짖은 다음, 좌우를 호령해서 난장질해 쳐 죽여 버렸다.

그리고 조조는 즉시 궁중에 들어가서 복 황후가 낳은 황자 둘을 모두 짐살(酖殺)[10] 해 버리고 이날 저녁에는 복완과 목순 등의 종족 이백여 명을 모조리 거리로 끌어내어다가 목을 베니 조정 관원이나 여염집 사람을 막론하고 놀라지 않는 이가 없다. 때는 건안 십구년 십일월이다.

후세 사람이 시를 지어 탄식하였다.

조조의 잔학함이 이 세상엔 다시없다
복완이 제 무슨 수로 충의를 펴 보리오.
애달프다 황제 황후 서로 작별하는 마당

---

10) 짐주(酖酒. 짐묵을 탄 술)로 사람을 죽이는 것.

기막힌 그 신세가 민간 내외만 못하구나.

복 황후를 비명에 보낸 뒤로 헌제가 수일 식음을 전폐하고 서러워하니 조조가 들어와 보고

"폐하는 근심 마십시오. 신에게 딴 마음은 없소이다. 그리고 신의 여식이 이미 폐하를 모셔 귀인으로 있삽거니와 위인이 대현대효(大賢大孝)하오니 정궁(正宮)[11]으로 모시는 것이 마땅할까 하나이다."

하고 말한다.

헌제는 그 말을 감히 듣지 않을 수 없어서 건안 이십년 정월 초하룻날 원조(元朝)를 경하하는 자리에서 조조의 딸 조 귀인을 정궁 황후로 책립하였는데 모든 신하들은 누구라 한 사람 감히 말하는 자가 없었다.

이때 조조의 위세가 날로 심해서 대신들을 모아 놓고 동오와 서촉을 평정할 일을 의논하는데, 가후가 있다가

"모름지기 하후돈·조인 두 사람을 불러올리셔서 이 일을 상의하십시오."

하고 말해서, 조조는 그 길로 사자를 내어 밤을 도와 가서 불러올리게 하였다.

미처 하후돈은 오지 않고 조인이 먼저 당도하여 그 밤으로 곧 부중에 들어와 조조를 보려 하는데, 이때 조조가 마침 술이 취해

---

11) 황후, 왕비.

누워 있어서 허저가 칼을 잡고 당문(堂門) 안에 서 있었다. 조인이 들어가려 하자 허저가 앞을 막고 들이지 않아서 조인은 대로하였다.

"나는 조씨 종족인데 네가 어찌 감히 막는단 말이냐."

그러나 허저는 말한다.

"장군은 비록 친척이시나 외번(外藩)12)을 나가서 지키고 계신 관원이요, 이 허저는 비록 외인이나 지금 근시(近侍)의 소임을 맡고 있소이다. 승상께서 취하셔서 당상에 누워 계시니 감히 들어가시게 못하는 게요."

이에 조인은 감히 들어가지 못하였는데, 조조는 이 말을 듣고

"허저는 참으로 충신이로구나."

하고 감탄하였다.

수일이 못 되어 하후돈이 또한 당도해서 함께 정벌할 일을 의논하는데, 하후돈이

"동오와 서촉은 갑자기 칠 수 없으니 먼저 한중의 장노를 취한 다음, 이긴 군사를 가지고 서촉을 취하기로 하면 한 번 북쳐서 모두를 평정할 수 있을 것입니다."

하고 말한다.

조조는 머리를 끄덕이며

"바로 내 뜻과 같다."

하고 드디어 군사를 일으켜 서정(西征)하기로 하였다.

---

12) 봉토(封土)를 가진 왕이나 제후, 또는 그 나라.

흉악한 꾀를 써서 약한 주인을 속이더니
사나운 군사를 몰아 변방을 또 치려 드네.

대체 뒷일이 어찌 되려는고.

조조는 한중 땅을 평정하고
장료는 소요진에서 위엄을 떨치다

| *67* |

드디어 서정(西征)의 날은 왔다.

이때 조조가 군사를 일으켜 서정하는데 군사를 삼 대로 나누니, 전부 선봉은 하후연·장합이요, 조조는 몸소 여러 장수들을 거느려 중군이 되고, 후부는 조인·하후돈이라 양초를 영거해서 나아간다.

세작이 이것을 탐지해다가 한중에 보하자, 장노가 아우 장위와 적을 물리칠 계책을 상의하는데, 장위가

"한중에서 지세가 가장 험하기로는 양평관(陽平關)만 한 데가 없습니다. 이제 관 좌우에 산과 숲을 의지해서 채책 십여 개만 세워 놓으면 가히 조조의 군사를 맞아서 싸울 수 있으니 형님은 한녕에 계시며 양초나 넉넉하게 대어 주시면 앞뒤 연락이나 긴밀히 취하여 주십시오."

하고 말해서, 장노는 그 말을 좇아 대장 양앙(楊昻)·양임(楊任)으로 하여금 자기 아우 장위와 함께 그날로 길을 떠나게 하였다.

한중의 군마가 양평관에 이르러 영채를 다 세우고 나자 뒤미처 하후연과 장합의 전군이 당도하였는데, 그들은 양평관에 이미 준비가 있다는 말을 듣자 관에서 시오 리를 물러나 하채하였다.

이날 밤 군사들이 먼 길을 행군하느라 피곤해서 모두 잠이 깊이 들었는데 문득 영채 뒤에 한 줄기 불길이 오르더니 양앙·양임의 양로병이 아우성치며 겁채하려 달려들었다.

하후연과 장합이 급히 말에 올랐을 때 사면에서 대대 군마가 몰려 들어와서 조조 군사는 여지없이 대패하였다.

패군이 물러가서 조조를 보니, 조조는 크게 노하여

"너희 둘은 오랫동안 행군해 오며 어찌 '군사가 먼 길을 와서 피곤하거든 가히 겁채를 방비할 것이다'는 말도 몰랐더란 말이냐. 어째서 준비를 하지 않았더냐."

하고 두 사람을 참해서 군법을 밝히려 하였다. 그러나 여러 관원들이 나서서 용서를 비는 통에 그만두었다.

조조는 이튿날 몸소 군사를 거느려 전대가 되었는데, 산세가 험악하고 수목이 총잡하며 길이 어디 있는지도 모르겠는 것을 보고는 혹시 복병이 있지나 않을까 두려워서 곧 군사를 거두어 가지고 영채로 돌아왔다.

조조가 허저·서황 두 장수를 보고

"내가 만약 이곳이 이처럼 험악한 줄 알았더라면 결코 군사를 일으키지는 않았을 것이야."

하고 말하니, 허저는

"그러나 군사가 이미 여기 이른 바에는 주공께서 수고를 아끼셔서는 아니 되오리다."

하고 대답하였다.

이튿날 조조는 말에 올라 단지 허저·서황 두 사람만 데리고 장위의 채책을 둘러보러 나섰다.

세 필 말이 산언덕을 돌아가자 바로 장위의 채책이 빤히 바라다 보였다. 조조가 채찍을 들어 멀리 장위의 채책을 가리키며 두 장수를 돌아다보고

"저렇게 견고하니 쳐 깨뜨리기가 졸연치 않겠구먼."

하고 말하는데, 그 말이 미처 맺기 전에 등 뒤로 함성이 크게 일어나더니 화살이 빗발치듯 하며 양앙과 양임이 두 길로 나누어 쫓아 들어온다.

조조가 크게 놀라 혼이 구천으로 날아가 버린 듯한데, 허저가 큰 소리로

"적은 내가 막을 테니 서공명은 주공을 잘 모시게."

하고 말을 마치자 곧 칼을 들고 말을 놓아서 앞으로 나가 두 장수와 어우러져 싸운다.

양앙과 양임이 허저의 용맹을 당해 내지 못하고 말을 돌려 물러나니 나머지 사람들은 감히 앞으로 나올 생각도 못한다.

서황이 조조를 보호하여 말을 달려 산언덕을 지나는데 전면에서 또 한 떼의 군사가 나온다.

보니 이는 하후연·장합 두 장수가 함성을 듣자 부리나케 군사를 이끌고 접응하러 온 것이었다.

이리하여 그들은 양앙과 양임을 쳐 물리친 다음 조조를 구해

가지고 영채로 돌아왔다. 조조는 네 장수에게 중상을 내렸다.

이로부터 양편이 서로 싸우지 않고 상지하기를 오십여 일이나 하였는데, 문득 조조가 싸움에 지쳤는지 퇴군령을 내리려 하니 가후가 말린다.

"적의 형세가 아직 강한지 약한지도 모르는데 주공께서는 어찌하여 스스로 물러가려 하십니까."

조조가 대답한다.

"적병이 매일 방비를 하고 있으니 급히 이기기는 어려울 것 같소. 그래 내 짐짓 퇴군하는 체해서 적의 마음을 풀어 주어 방비를 소홀히 하게 하자는 것이니, 그때에 경기를 나누어 그 뒤를 엄습하면 반드시 이길 것이오."

가후는 듣고

"승상의 신기묘산은 가히 헤아릴 길이 없습니다."

하고 말하였다.

이에 조조는 하후연과 장합으로 하여금 군사를 두 길로 나누어 각기 경기 삼천을 거느리고 소로로 해서 양평관 뒤를 찌르게 한 다음, 자기는 일변 대군을 지휘하여 영채를 모조리 걷어 가지고 물러갔다.

양앙은 조조의 군사가 물러갔다는 말을 듣자 양임을 청해다가 의논하고 승세해서 그 뒤를 치려고 하였다.

양임이

"조조는 궤계가 극히 많아서 진실을 알 수가 없으니 뒤를 쫓아서는 아니 되리다."

하고 만류하니, 양앙은

"공이 가지 않으면 내가 혼자라도 가겠소."

하고 고집한다.

양임이 간곡히 간하였으나 양앙은 듣지 않고 약간의 군사만 남겨 두어 영채를 지키게 한 다음 다섯 영채의 군마를 모조리 거느리고서 앞으로 나아갔다.

이날 안개가 자욱하게 끼어서 서로 얼굴을 마주 대하고도 모를 지경이다. 양앙의 군마는 중로에 이르러 더 갈 수가 없어서 잠시 그 자리에 머물기로 하였다.

한편 하후연은 일지군을 거느리고 산 뒤로 질러가는데, 안개가 빽빽하게 낀 데다가 또 사람의 말소리와 말의 코 부는 소리가 들려와서 복병이 있지나 않은가 두려워 급히 인마를 재촉해 나간다는 것이 짙은 안개 속에 길을 잘못 들어 양앙의 영채 앞에 이르고 말았다.

영채를 지키고 있던 군사들이 말굽 소리를 듣고 양앙의 군마가 돌아온 줄만 여겨서 곧 문을 열고 안으로 들인다.

조조의 군사가 그대로 밀고 들어와 보니 빈 영채라 그들은 영채 안에다 불을 놓았다. 다섯 영채의 군사들은 모조리 영채를 버리고 달아나 버렸다.

안개가 걷힐 무렵에 양임이 군사를 거느리고 구원하러 왔다가 하후연과 맞닥뜨려 싸우는데 두어 합이 못 되어 등 뒤에서 장합의 군사가 들어왔다. 양임은 곧 큰 길로 짓쳐 나가 남정으로 도망해 돌아갔다.

한편 양앙도 이때 회군하려 하는데 채책은 이미 하후연과 장합에게 점령당한 뒤요, 배후에서는 조조의 대대 군마가 또 쫓아 들어와 양쪽에서 끼고 치는 통에 아무 데로도 도망할 길이 없다.

양앙이 그대로 진을 뚫고 나가려 하는데 바로 장합과 마주쳤다. 곧 어우러져 싸웠으나 그는 드디어 장합의 손에 죽고 말았다.

양앙 수하의 패병은 바로 양평관으로 돌아가서 장위를 보려 하였다. 그러나 장위는 두 장수가 패해서 달아나고 모든 영채가 이미 적의 수중으로 들어간 것을 알자 야반에 관을 버리고 도망해서 없었다.

이리하여 조조는 드디어 양평관과 모든 영채들을 힘들이지 않고 수중에 거두었다.

장위와 양임은 돌아가 장노를 보았다.

장위가 장노에게 두 장수가 애구를 잃었기 때문에 그만 관을 지켜 낼 수가 없었다고 말하자 장노는 대로하여 양임을 참하려 하였다.

양임은

"제가 양앙더러 조조 군사를 뒤쫓지 말라고 간했건만 그가 듣지 않아서 이번에 패를 본 것입니다. 다시 군사를 빌리시면 나가 싸워서 꼭 조조의 목을 베어 오겠는데 만일에 이기지 못하면 그제는 달게 군령을 받겠습니다."

하고 복원하였다.

장노는 그에게서 군령장을 받아 놓았다.

이에 양임은 말에 올라 군사 이만 명을 거느리고 남정에서 나가 하채하였다.

한편 조조는 장차 대군을 거느리고 앞으로 나가려 하여, 먼저 하후연으로 하여금 오천 군을 영솔하고 나가서 남정 가는 길을

176

초탐(哨探)하게 하였더니 마침 양임의 군사를 만나 양군은 각기 진을 벌렸다.

양임이 부장 창기(昌奇)를 내보내서 하후연과 싸우게 한다. 그러나 창기는 하후연의 적수가 아니다. 서로 싸우기 삼 합이 못 되어 창기는 하후연에게 한 칼을 맞고 몸뚱이가 두 동강이 나 말 아래 떨어져 죽었다.

양임은 몸소 창을 꼬나 잡고 말을 내달아 하후연과 싸웠다. 그러나 삼십여 합을 싸우도록 승부가 나뉘지 않는다.

이때 하후연이 거짓 패해서 달아났다. 양임은 모르고 뒤를 그대로 쫓아갔다. 하후연은 타도계(拖刀計)를 써서 그를 베어 말 아래 거꾸러뜨렸다. 양임의 군사는 대패해서 돌아가 버렸다.

조조는 하후연이 양임을 벤 것을 알자 그 길로 군사를 나아가 바로 남정에 이르러 하채하였다.

장노가 황망히 문무 관원들을 모아 놓고 상의하니, 염포가 나서면서

"제가 한 사람을 천거하겠는데 그 사람이면 가히 조조 수하의 여러 장수들을 대적할 수 있사오리다."

하고 말한다.

장노는

"그게 누구요."

하고 물었다.

염포는 말한다.

"남안 방덕(龐德)이 앞서 마초를 따라서 주공께로 왔는데 뒤에 마초가 서천으로 갈 때 방덕은 병으로 누워 있어서 따라가지를 못

했다. 지금 주공의 은혜를 입어 그대로 예서 지내고 있는데, 왜 이 사람을 쓰시지 않습니까."

장노는 크게 기뻐하여 즉시 방덕을 불러다가 후히 상급을 주어 그 마음을 위로한 다음 군사 만 명을 내어 주고 나가서 싸우게 하였다.

방덕은 성에서 십여 리를 나가 조조의 군사와 마주 대하자 진전에 말을 내어 싸움을 돋우었다.

조조는 원래 위교에 있을 때 방덕의 용맹을 잘 알고 있는 터이라, 여러 장수들을 돌아다보고

"방덕으로 말하면 서량 용장으로 원래 마초 수하에 있었으니 이제 비록 장노에게 몸을 의탁하고는 있으나 마음에 신통할 것은 없을 게다. 내 이 사람을 얻고 싶으니 그대들은 모름지기 저와 천천히 싸워서 그 힘을 뽑아 놓은 연후에 사로잡게 하라."
하고 당부하였다.

장합이 먼저 나가 두어 합 싸우고는 곧 물러나고, 하후연도 두어 합 싸우고는 물러나고, 서황이 또 사오 합 싸우고는 물러나고, 끝으로 허저가 오십여 합을 싸우다 역시 물러났는데 방덕이 연달아 네 장수와 싸우면서도 도무지 겁내는 빛이 없을 뿐 아니라 지친 기색도 없다.

네 장수가 각기 조조 앞에서 방덕의 무예가 출중하다고 칭찬하니 조조는 심중에 크게 기뻐서 여러 장수를 보고 상의하였다.

"어떻게 하면 이 사람을 항복받을꼬."

가후가 계책을 말한다.

"장노 수하에 양송이라는 모사가 있는 것을 제가 아는데 이 사

람이 대단히 뇌물을 탐냅니다. 이제 그에게 가만히 금백을 보내고 장노에게 방덕을 참소하게 하면 곧 쉽게 도모할 수가 있을 것이외다."

조조가 다시

"대체 사람을 어떻게 남정으로 들여보낸단 말이오."

하고 물으니, 가후는 말하되

"내일 싸움에 거짓 패해서 영채를 버리고 달아나면 방덕이 우리 영채를 뺏어 들 것이요 우리가 다시 야반에 군사를 들어 겁채하면 제가 반드시 도로 성으로 들어가 버릴 것이니, 미리 말 잘하는 군사 하나를 뽑아 저편 군사 복색을 시켜서 진중에 섞여 있게 하면 쉽게 성에 들어갈 수가 있지 않겠습니까."

한다.

조조는 그의 계교를 좇아서 사람이 자상한 군교 하나를 골라서 상급을 후히 내린 다음에 금으로 만든 엄심갑(庵心甲) 한 벌을 주어서 맨살에 입게 하고 겉에다가는 한중 군사의 호의(號衣)[1]를 걸치게 하여 먼저 중로에 나가서 기다리고 있게 하였다.

그 이튿날 조조는 우선 하후연과 장합의 양지군을 멀리 가서 매복하게 하고, 서황을 시켜서 싸움을 돋우고 몇 합이 못 되어 패해 달아나게 하였다.

방덕이 군사를 휘몰아 들이친다. 조조의 군사는 모조리 물러가 버렸다.

방덕은 조조의 영채를 뺏었다. 보니 영채 안에 양초가 대단히

---

1) 더그레. 군사들이 자기의 소속을 표시하기 위해서 입는 윗마기.

많다. 그는 크게 기뻐하여 즉시 장노에게 보하고 일변 영채 안에
다 연석을 배설하여 싸움에 이긴 것을 하례하였다.

그러자 이날 밤 이경이 지나서 홀연 세 길로부터 불이 일어나
니, 한가운데는 곧 서황과 허저요, 좌편은 장합, 우편은 하후연이
라 삼로 군마가 일제히 와서 겁채한다.

방덕은 이를 방비할 겨를이 없어 말에 뛰어오르자 군중을 뚫고
나가 성을 바라고 달아났다. 배후에서는 삼로병이 그대로 쫓아
온다.

방덕은 곧 성문을 열라 소리치고 군사를 몰아 일시에 들어갔다.

이때 조조의 세작은 이 군사들 틈에 끼어서 성중으로 들어갔고
그는 바로 양송의 부중으로 가서 뵙기를 청하고

"위공 조 승상께서 성화를 들으신 지 오래라 특히 저더러 금갑
을 갖다 바쳐 신(信)을 삼으라 하시고 또 밀서를 올리라 하셨소
이다."
하고 말하였다.

양송은 크게 기뻐하며 밀서 속에 씌어 있는 말을 보고 나자 세
작을 향하여

"가서 위공께 말씀을 올리되, 부디 방심하십시사고 내게 좋은
계책이 있으니 분부하신 대로 하겠습니다."
하고 전갈 말을 일러서 온 사람을 먼저 돌려보낸 다음, 곧 그 밤
으로 장노를 들어가 보고

"방덕이 조조의 뇌물을 받아먹고서 이번에 짐짓 패한 것입니다."
하고 고하였다.

장노는 대로해서 즉시 방덕을 불러들여 크게 꾸짖고 곧 참하려

하였다. 염포가 간절히 만류하니, 장노는 방덕을 보고
　"네 내일 나가 싸워서 이기지 못하면 반드시 참하겠다."
하고 호령하였다. 방덕은 한을 품고 물러나갔다.

　이튿날 조조의 군사가 와 성을 쳐서 방덕이 군사를 이끌고 짓쳐 나가니 조조가 허저를 시켜서 싸우게 한다.

　허저가 거짓 패해서 달아나자 방덕이 그 뒤를 쫓는데, 이때 조조가 몸소 말을 타고 산언덕 위에 나서서
　"방영명은 어찌하여 빨리 항복하지 아니 하오."
하고 내려다보며 소리친다.

　방덕이 속으로 '조조를 잡으면 일천 명의 상장을 잡은 폭은 되겠지' 생각하고 드디어 말을 달려 언덕으로 올라가는데 문득 함성이 일어나더니 천지가 무너지는 듯 진동하였다.

　방덕은 그제야 사람과 말이 함께 함정 속에 빠졌음을 깨달았다. 그리고 어느덧 쇠 그물이 전신에 감겨 있다는 것도 느꼈다.

　그러자 사면 벽에 매복하였던 갈고리와 새끼 가진 군사들이 일제히 덮쳐들어서 방덕을 사로잡아 언덕 위로 압령해 올린다.

　조조는 곧 말에서 내리자 군사들을 꾸짖어 물리친 다음, 친히 그 결박한 것을 풀어 주고 방덕에게
　"항복할 뜻이 없겠소."
하고 물었다.

　방덕은 장노가 사람이 어질지 못한 것을 생각하고 조조에게 진심에서 항복을 드렸다.

　조조는 친히 그를 붙들어 일으켜서 말에 오르게 하고 함께 대채로 돌아갔다.

이때 조조는 고의로 이 광경을 성 위에서 바라보게 해서 사람이 장노에게 방덕과 조조가 말 머리를 가지런히 해서 가더라고 보하니, 장노는 양송의 말이 정말이었다고 더욱 믿게 되었다.

그 이튿날 조조는 삼면에 운제(雲梯)[2]를 세워 놓고 비포(飛礮)를 날려서 성을 쳤다.

장노는 그 형세가 이미 절정에 이른 것을 보고 아우 장위와 상의하니, 장위는

"불을 놓아 창름부고(倉廩府庫)를 모조리 태워 버리고 남산으로 나가서 파중(巴中)을 지키는 것이 좋겠습니다."

하고 말하고, 양송은

"성문을 열고 나가서 항복을 하느니만 못합니다."

하고 말한다.

장노가 마음에 주저해서 결단을 못 내리니, 장위가 다시

"그저 불을 질러 버리는 것이 제일입니다."

하고 권한다.

그러나 장노는

"내 본래 나라에 충성하려 하면서도 아직 뜻을 이루지 못하였는데, 이제 부득이해서 출분(出奔)은 하거니와 창고와 부고는 국가의 소유라 함부로 없애지 못할 것이라 내 어찌 이 손으로 태워 버릴 수 있으리오."

하고 드디어 그는 곳간의 문을 빗장으로 모조리 봉쇄해 놓았다.

이날 밤 이경에 장노가 온 집안 식구들을 이끌고서 남문을 열

---

2) 옛적에 성을 칠 때에 쓰던 기구. 성벽에다 걸어 놓는 긴 사다리.

고 달아나는데 조조는 그 뒤를 쫓지 말라 이르고 군사를 거느리고 남정으로 들어갔다.

조조는 장노가 모든 창고를 단단히 봉쇄해 놓은 것을 보고 마음에 측은한 생각이 들어 드디어 사람을 파중으로 보내서 항복을 하도록 권해 보게 하였다.

장노는 항복하려 하는데 그의 아우 장위가 듣지 않는다.

이때 양송이 밀서를 보내서 조조에게 보하되

"곧 진병하시면 송이 내응이 되오리다."

하니, 조조는 이 글월을 받자 친히 군사를 거느리고 파중으로 갔다.

장노는 아우 장위를 시켜서 군사를 거느리고 나가 대적하게 하였는데, 장위는 허저와 싸우다가 칼을 맞고 말에 떨어져 죽었다.

패군이 돌아가서 장노에게 보하자 장노가 더욱 성을 굳게 지키려고 하니, 양송이 있다가

"이제 만약 나가시지 않으면 이는 앉아서 죽음을 기다리는 것입니다. 제가 성을 지키고 있을 테니 주공께서는 몸소 나가셔서 한 번 죽음을 결단하고 싸워 보시지요."

하고 권한다.

장노는 그 말을 좇았다. 염포가 그를 보고 나가지 말라 간하였으나 장노는 듣지 않고 드디어 군사를 거느리고 싸우러 나갔다.

그러나 미처 적과 싸워도 보기 전에 후군이 먼저 도망을 쳐서 장노가 급히 군사를 뒤로 물리니 등 뒤에서 조조의 군사가 쫓아온다.

장노는 말을 채쳐 성 아래까지 이르렀으나 양송이 성문을 닫고

열어 주지를 않는다.

장노가 달아날 곳을 찾지 못해 할 때 조조가 뒤에서 쫓아와 큰 소리로

"장노는 어째서 빨리 항복하지 않는고."

하고 외친다.

장노는 곧 말에서 내려 항복을 드렸다.

조조는 크게 기뻐하며 그가 우국충정에서 창고를 봉해 놓은 심정을 생각해 정중하게 대접하며, 그를 봉해서 진남장군을 삼고 염포 등은 모두 열후를 봉했다.

이리하여 한중이 통틀어 조조의 손으로 모두 평정되었다.

조조는 영을 전해서 각 군에 태수와 도위를 두게 하고 군사들에게 상을 크게 내렸는데, 오직 양송만은 주인을 팔아서 영화를 구하였다 해서 즉시 거리에 내다가 목을 베어 모든 사람에게 보이게 하였다.

후세 사람이 시를 지어 탄식하였다.

　　남의 모함 주인 팔고 온갖 수단 다 부려서
　　벌어 놓은 은금 보화 그도 모두 허무하다.
　　영화를 보기 전에 제 몸 먼저 죽었으니
　　천세에 가소롭긴 양송이 너로구나.

조조가 이미 동천을 얻자 주부 사마의가 나서며

"유비가 속임수로 서천을 뺏어서 촉 땅 사람들이 아직 심복하지 않고 있는 중에 이제 주공께서 이미 한중을 얻으셨으니 익주

184

가 진동할 것이라 속히 진병해 치시면 형세가 반드시 와해하고 말 것입니다. 지혜 있는 사람은 때를 잘 타는 법이니 이때를 놓쳐서는 아니 되십니다."

하고 말한다.

조조가 탄식하며

"사람이 족한 것을 알지 못하는도다. 이미 용(隴)을 얻고 다시 촉을 바라는가.[3]"

하니, 유연이

"사마중달의 말씀이 옳습니다. 만약에 조금이라도 늦었다가는, 나라를 다스리는 데 밝은 제갈량이 정승이 되고, 용맹이 삼군에 으뜸가는 관우·장비의 무리가 장수가 되어 서촉 백성을 안정시키고 관액들을 지킬 것이니 그렇게 되면 도저히 범할 수 없게 되오리다."

하고 말한다.

그러나 조조는

"군사들이 산을 넘고 물을 건너 멀리들 와서 고생을 하니 한동안 쉬게 해 주는 것이 좋을까 보오."

하고 드디어 군사를 그 자리에 둔쳐 둔 채 움직이지 않았다.

이때 서천 백성은 조조가 이미 동천을 수중에 넣었다는 소식을 듣고 이번에는 반드시 서천을 취하러 올 것이라 하여 겁들이 나서 하루에도 몇 차례씩 놀라곤 하는 형편이다.

---

3) 사람의 욕심이 한이 없음을 말한다. 본래『후한서(後漢書)』「광무기(光武紀)」에 "人苦無足 旣得隴 復望蜀"이라고 있는 말을 조조가 그대로 인용해서 쓴 것이다.

현덕이 군사를 청해다가 상의하니, 공명이

"량에게 조조로 하여금 제풀에 물러가게 할 계책이 하나 있습니다."

하고 말한다.

"어떤 계책이오."

하고 현덕은 물었다.

공명이 대답한다.

"조조가 군사를 나누어 합비를 지키게 하기는 손권을 두려워하기 때문입니다. 이제 우리가 만약 강하·장사·계양의 세 고을을 떼어서 동오에 돌려주고 또 언변 좋은 사람을 보내 이해를 잘 따지게 하고 동오로 하여금 군사를 일으켜 합비를 엄습해서 그 형세를 견제한다면 조조는 반드시 군사를 거두어 강남으로 향하고 말 것입니다."

듣고 나서 현덕이

"누구를 보냈으면 좋겠소."

하고 묻는데, 이적이 나서서

"제가 한 번 가 보겠습니다."

하고 말한다.

현덕은 크게 기뻐하여 드디어 편지를 쓰고 예물을 갖추어서 이적으로 하여금 먼저 형주로 가서 운장에게 이 일을 알린 다음에 동오로 들어가게 하였다.

이적이 말릉에 이르러 손권을 찾아가서 먼저 성명을 통하니 손권이 그를 불러들인다. 이적이 들어가서 손권을 보고 예를 마치자 손권은 물었다.

"그대가 여기는 무슨 일로 오셨소."

이적은 말하였다.

"일전에 제갈자유가 장사 등 세 고을을 받으러 왔을 때는 마침 군사가 없어서 교할하지 못했기로 이제 글월을 전해서 반환해 드리는 바이오며, 나머지 형주·남군·영릉도 본래 함께 돌려보내 드려야 할 것이로되 다만 조조가 동천을 엄습해서 점거한 까닭에 장군의 용신할 땅이 없어 아직 못합니다. 이제 합비가 비어 있으니 군후(君侯)[4]께서는 기병해 치셔서 조조로 하여금 군사를 거두어 가지고 강남으로 내려가게 하여 주십시오. 이제 우리 주공께서 동천만 취하시고 보면 그 즉시 형주 전토(全土)를 반환해 드리겠습니다."

듣고 나자 손권이

"그대는 관사에 돌아가 계시오. 내 좀 상의해 보아야겠소."

하고 말해서 이적은 밖으로 물러 나왔다. 손권이 여러 모사들에게 계책을 물으니, 장소가 있다가

"이것은 유비가 조조의 서천 취할 것이 두려워서 낸 계교입니다. 그러나 비록 그렇다고는 해도 조조가 한중에 가 있는 틈에 승세해서 합비를 취하는 것이 역시 상책이긴 합니다."

하고 말한다.

손권은 그의 말을 좇아서 이적을 서촉으로 돌려보낸 다음에 곧 군사를 일으켜서 조조 칠 일을 의논하고, 노숙으로 하여금 장사·강하·계양의 세 고을을 찾아 군사를 육구에 둔치게 하며,

---

4) 제후(諸侯)에게 대한 존칭.

여몽과 감녕을 불러오고 또 여항에 가서 능통도 불러오게 하였다.

하루가 못 되어 여몽과 감녕이 먼저 이르렀는데, 여몽이 손권을 보고

"지금 조조가 여강태수 주광(朱光)으로 하여금 군사를 환성(皖城)에 둔치고 크게 논을 풀어 거둔 곡식을 합비로 보내서 군량에 충당하게 하고 있으니, 이제 먼저 환성부터 취한 다음에 합비를 치는 것이 좋을까 보이다."

하고 계책을 드린다.

손권은

"그 계교가 매우 내 마음에 드는군."

하고, 드디어 여몽과 감녕으로 선봉을 삼고, 장흠과 반장으로는 후군을 삼으며, 손권 자기는 몸소 주태·진무·동습·서성 등을 거느려 중군이 되었다.

이때 정보·황개·한당은 나가서 각처를 진수하고 있어서 모두 따라나서지 못했던 것이다.

동오 군사는 강을 건너 화주(和州)를 취한 다음에 바로 환성에 이르렀다. 환성태수 주광이 곧 사람을 합비로 보내서 구원을 청하고 일변 방비를 굳게 해서 성을 지키며 나오려 하지 아니한다.

손권은 몸소 성 아래로 가 보았다. 이때 성 위에서 화살을 비퍼붓듯 쏘아서 손권이 받고 있는 휘개(麾蓋)를 맞혔다.

손권이 영채로 돌아와서 여러 장수들을 보고

"어떻게 하면 환성을 얻을꼬."

하고 물으니, 동습은

"군사를 풀어서 토산을 쌓고 치시는 것이 좋습니다."

하고, 또 서성은

"운제를 세우고 홍교(虹橋)[5]를 놓아 그 위에서 성중을 굽어보며 치는 것이 좋을까 보이다."

하고 말하는데, 여몽이 나서며

"이 방법들은 모두 일자가 걸려야 되는 일이니 합비에서 구원군이 한 번 오고 보면 도모할 수 없을 것입니다. 이제 우리 군사가 갓 와서 사기가 한창 왕성한 터이니 바로 이 예기를 이용해서 힘을 다해 친다면 내일 평명에 진병해서 오시나 미시쯤에는 곧 성을 깨뜨릴 수 있사오리다."

하고 제 소견을 말한다. 손권은 여몽의 말을 듣기로 하였다.

이튿날이다.

오경에 조반을 마치고 삼군은 일제히 나아갔다. 성 위에서는 화살과 돌덩이가 일시에 쏟아진다.

감녕은 손에 철련(鐵鍊)[6]을 쥐고서 쏟아지는 시석을 무릅쓰고 성으로 올라간다.

주광이 궁노수를 시켜서 일제히 그를 겨누고 쏘게 하는데 감녕은 화살의 숲속을 헤치고 올라가며 한 번 철련을 휘둘러 주광을 쳐 쓰러뜨렸다. 여몽이 손수 북채를 잡아 북을 친다.

군사들은 일제히 성 위로 밀고 올라가서 주광을 어지러이 칼로 쳐서 죽였다. 남은 무리들은 태반이 항복을 하였다.

이리하여 손권은 환성을 수중에 거두었는데 때는 겨우 진시이다.

---

5) 무지개 모양으로 구부러진 다리.
6) 철색(鐵索). 쇠사슬.

장료는 군사를 이끌고 중로까지 왔다가 앞서 보낸 초마가 돌아와서 환성이 이미 함몰하였다고 보하자 그 즉시 군사를 돌려 합비로 돌아가 버렸다.

손권이 환성으로 들어가자 능통이 또한 군사를 거느리고 그곳에 당도하였다.

손권은 그를 위로하고 나서 삼군을 크게 호상하고, 여몽과 감녕 등 여러 장수들에게 중상을 내린 다음 연석을 배설하여 군공을 경하하였다.

여몽이 자리를 사양해서 감녕을 상좌에 올려 앉히고 그의 공로를 극구 칭송한다.

술들이 거나해지자 능통은 문득 감녕이 자기 부친을 죽인 원수임을 생각해 내었다. 그 원수를 여몽은 또 입에 침이 마르도록 칭찬을 하고 있는 것이다.

능통은 심중에 대로하여 눈을 부릅뜨고 한동안 그를 똑바로 바라보다가 홀지에 좌우에 차고 있는 칼을 뽑아 들고 자리 위에 서서

"술자리에 아무 즐길 것이 없으니 내 칼춤 추는 거나 한 번 보우."

하며 앞으로 나간다.

감녕이 그의 심중을 읽고 탁자를 한 옆으로 밀어내고 몸을 일으키며 두 손에 극(戟) 한 자루씩 갈라 쥐고 뚜벅뚜벅 앞으로 나와

"내가 술자리에서 극 쓰는 것도 한 번 보우."

하였다.

여몽은 두 사람이 다 호의로 하는 짓이 아님을 알고 곧 한 손에는 방패를 들고 또 한 손에는 칼을 들고 두 사람 사이로 타고 들어서며

190

"두 분이 비록 능하기는 하지만 아마 나만큼 잘 추지는 못하리라."

하고 말을 마치자 칼과 방패를 들고 춤을 추어 두 사람을 좌우로 떼어 놓았다.

이때 누가 손권에게 이 일을 알려서, 손권은 황망히 말을 타고 바로 연석으로 달려왔다. 모든 사람은 손권이 온 것을 보자 비로소 각기 병장기들을 내려놓았다. 손권이 두 사람을 보고

"내 일상 두 사람에게 묵은 원한은 잊어버리라 그렇게 일렀건만 오늘 또 왜 이러는 거요."

하고 말하니, 능통이 땅에 엎드려 통곡한다. 손권은 재삼 좋은 말로 권하였다.

이튿날 손권은 다시 군사를 내어 합비를 취하려 삼군이 모두 떠났다.

이때 장료는 환성을 잃고 합비로 돌아와서 심중에 근심하기를 마지않는 중에 문득 조조가 설제(薛梯)를 시켜서 나무 갑 한 개를 보내 왔다. 보니 갑 위에는 조조의 친봉(親封)이 있고 그 곁에 쓰기를

　　도적이 오거든 곧 열어 보라(賊來乃發).

하였다.

이날 마침 소식이 들어오는데 손권이 몸소 십만 대군을 거느리고 합비를 치러 온다고 한다. 장료가 곧 목갑을 열어 보니 그 안

張遼　　장료

誂殺江南衆小兒	강남의 아이들을 벌벌 떨게 한
張遼名字透深閨	장료의 이름은 안방까지 소문났네
纔聞乳母低聲談	유모의 나지막한 이야기만 듣고도
夜靜更闌不敢啼	한밤중에 문닫고 울지 못하네

에 씌어 있기를

　만약 손권이 오거든 장·이 두 장군은 나가 싸우고 악 장군
은 성을 지키라.

하였다.
　장료가 조조의 명령을 이전과 악진에게 보이니
　"장군의 의향은 어떠하신가요."
하고 묻는다.
　장료는 이에 대답하여
　"주공께서 원정(遠征)하여 외지에 계시니까 동오 군사들은 꼭 우
리를 깨칠 수 있다고 우리를 가볍게 생각하고 있을 것이라, 이런
계제에 군사를 내어 힘을 다해 싸워 그 예봉을 꺾고, 모든 사람의
마음을 안정시킨 연후에 지키는 것이 좋을 듯하오."
하고 말하였다.
　이전이 본래 장료와 사이가 좋지 못한 터라, 장료의 말을 듣고
묵연히 아무 말을 하지 아니 하니, 악진은 이전이 말 아니 하는
것을 보자 곧
　"적은 많고 우리는 적어서 맞아 싸우기가 어려우니 굳게 지키느
니만 못할까 보이다."
하고 말하였다.
　장료는 분연히
　"공들이 모두 자기 생각만 하고 공사(公事)를 돌아보려고 아니
하니 이제 나 혼자 나가서 적을 맞아 한 번 죽기로써 싸워 보겠소."

하고 즉시 좌우에 명해서 말에 안장을 지우라고 하였다.

이를 보자 이전은 개연히 자리에서 일어나며

"장군이 이러시는데 내 어찌 감히 사감을 가지고 공사를 잊어 버리리까. 장군의 지휘를 받겠소이다."

하고 말하였다.

장료는 크게 기뻐하며

"이미 만성이 도와주시겠다니, 그럼 내일 일지군을 거느리고 가서 소요진(逍遙津) 북쪽에 매복하고 있다가 동오 군사가 지나가거든 먼저 소사교(小師橋)를 끊어 놓으시오. 그러면 내 악문겸과 함께 적을 치겠소."

하고 말하였다.

이전은 영을 받고 물러나와 군사를 거느리고 매복하러 갔다.

이때 손권은 여몽과 감녕으로 전대를 삼고, 자기는 능통과 함께 중군이 되고, 그 밖의 모든 장수들은 육속 뒤를 따르게 한 다음 합비를 바라고 짓쳐 나갔다.

전대 군사로 나간 여몽과 감녕이 바로 악진의 군사와 만나서 감녕은 곧 말을 내어 악진과 싸웠다.

그러나 서로 싸우기 두어 합이 못 되어 악진이 거짓 패해서 달아나니 감녕은 곧 여몽을 불러 일제히 군사를 이끌고 그 뒤를 쫓았다.

손권은 제이대에 있다가 전군이 이겼다는 말을 듣자 곧 군사를 재촉해서 앞으로 나갔다.

그러나 그가 소요진 북쪽에 당도하였을 때 홀지에 연주포(連珠

礮)[7] 소리가 크게 울리더니 좌편으로서 장료가 일지군을 휘몰아 짓쳐 나오고 우편으로서 이전이 일지군을 휘몰아 짓쳐 나온다.

손권이 크게 놀라 급히 사람을 보내서 여몽과 감녕에게 곧 군사를 돌려 구원하러 오라고 이르게 하는데, 이때 장료의 군사가 벌써 들이닥쳤다.

능통 수하에 있는 군사가 단지 삼백여 기뿐이라, 마치 산이 무너지듯 덮쳐 들어오는 조조 군사의 형세를 당해 낼 길이 없다.

능통이 큰 소리로

"주공께서는 왜 서둘러 소사교를 건너지 않으십니까."

하고 외치는데, 그 말이 미처 맺기 전에 장료가 이천여 기를 거느리고 앞을 서서 짓쳐 들어왔다.

능통은 몸을 돌쳐 그를 맞아서 죽기로써 싸우고, 손권은 이 사이에 말을 급히 몰아 다리 위로 올라갔다.

그러나 어이하랴, 다리 남쪽 부분이 이미 일 장이나 끊어져 나가서 널 한 쪽 걸려 있지 않은 것이다.

손권이 놀라서 어찌할 바를 몰라 하는데 아장 곡리(谷利)가 있다가 크게 외쳤다.

"주공은 말을 한 번 뒤로 물리셨다가 다시 앞으로 급히 몰아 다리를 훌쩍 뛰어 건너십쇼."

손권이 곧 말을 돌려서 뒤로 삼 장이나 나왔다가 고삐를 놓고 채찍질을 바삐 해서 앞으로 몰고 나가니, 말은 한 번 껑충 뛰어 다리 남쪽으로 넘어섰다.

---

7) 연발(連發)하게 되어 있는 포.

후세 사람이 지은 시가 있다.

> 그 옛날 적로(的盧) 말이 단계(檀溪)를 뛰어넘더니
> 오늘은 오후 손권 합비에서 패전하여
> 말을 잠시 뒤로 물려 채질해서 급히 모니
> 소요진 나루 위로 옥룡(玉龍)이 나는구나.

손권이 다리 남쪽으로 뛰어 넘어오자 서성과 동습이 배를 가지고 와서 그를 맞았다.

한편 능통과 곡리는 장료를 막아 싸운다. 감녕과 여몽이 군사를 돌려 가지고 싸움을 도우러 왔으나 이때 악진이 뒤로부터 쫓아 들어오고 이전이 또한 앞길을 끊고 시살해서 동오 군사는 태반이나 죽었다.

능통이 거느리는 삼백여 기가 모조리 죽고 능통도 몸에 두어 군데나 창을 맞았다. 말을 달려 다리 모퉁이까지 왔으나 다리는 이미 끊어진 뒤라 능통은 강을 끼고 도망하였다.

손권이 배 안에 있다가 이 꼴을 바라보고 급히 동습에게 일러 배를 가지고 가서 태워 오게 하여 마침내 능통은 물을 건너 돌아올 수 있었다. 여몽과 감녕도 모두 죽기로써 도망하여 겨우 물들을 건너 남쪽으로 돌아왔다.

이 한 번 싸움에 강남 사람들이 모두 어진 혼이 다 나가서, 장료의 이름만 들으면 어린아이들도 감히 밤에 울지를 못하는 형편이다.

여러 장수들은 손권을 보호하여 영채로 돌아갔다.

손권은 능통과 곡리에게 중상을 내리고 군사를 거두어 유수로 돌아가서 선척을 정돈하여 수륙 병진할 일을 의논하며, 일변 사람을 시켜 강남으로 돌아가서 다시 인마를 일으켜 가지고 와서 싸움을 돕게 하였다.

한편 장료는 손권이 유수에서 다시 군사를 일으켜 치러 오려 한다는 말을 듣고 합비에 군사가 적어서 이를 대적하기가 어려울 것을 염려하여 급히 설제를 시켜 밤을 도와 한중으로 가서 조조에게 보하고 구원병을 청해 오게 하였다.

조조가 여러 관원들과 의논하며

"지금 서천을 수중에 거둘 수 있을까."

하고 물으니, 유엽이

"지금은 촉중이 얼마쯤 안정되어 이미 준비가 있으니까 칠 수 없습니다. 차라리 군사를 걷어 가지고 가서 합비의 위급한 것을 구하고 인하여 강남을 치느니만 못하오리다."

하고 말한다.

조조는 마침내 하후연을 남겨 두어 한중의 정군산(定軍山) 애구를 지키게 하고, 장합으로는 몽두암(蒙頭巖) 등 애구를 지키게 하고, 나머지 군사들은 모조리 데리고 유수오를 바라고 짓쳐 나갔다.

철기가 간신히 농우(隴右)를 평정하자
정모(旌旄)는 또다시 강남을 가리키네.

대체 승부가 어찌 될 것인고.

감녕은 백기를 가지고 위군 영채를 겁략하고
좌자는 술잔을 던져 조조를 희롱하다

| *68* |

손권이 유수구에서 군마를 수습하고 있노라니까 홀연 보하되 조조가 한중으로부터 군사 사십만을 영솔하고 합비를 구하러 왔다고 한다.

손권은 모사들과 상의하여 우선 동습·서성 두 사람에게 대선 오십 척을 주어 유수구에 매복하게 하고, 다시 진루로 하여금 인마를 거느리고 강 언덕을 왕래하며 순시하게 하였다.

이때 장소가 있다가

"이제 조조가 멀리서 왔으니 반드시 먼저 그 예기를 꺾어 놓아야 합니다."

하고 말해서, 손권이 장하를 내려다보며

"조조가 멀리서 왔으니 뉘 감히 먼저 나가서 적을 깨뜨려 그 예기를 꺾을꼬."

하고 물으니, 능통이 나서며

　"제가 가겠습니다."

하고 말한다.

　손권이 다시

　"군사는 얼마나 데리고 가려노."

하고 물으니, 능통이

　"삼천 명이면 족합니다."

하고 대답하는데, 감녕이 있다가

　"단지 백 기만 있으면 깨뜨릴 텐데 삼천 명이나 해 뭘 하노."

하고 말해서 능통은 대로하였다.

　두 사람이 바로 손권의 면전에서 다투는데, 손권이

　"조조 군사의 형세가 크니 적을 우습게볼 일이 아니로다."

하고 이어 능통에게 명해서 삼천 군을 거느리고 유수구로 나가서 초탐하게 하되 조조 군사를 만나거든 곧 싸우라고 일렀다.

　능통이 영을 받고 삼천 인마를 거느려 유수오를 떠나는데 티끌이 자욱하게 일어나며 조조 군사가 벌써 들어왔다.

　선봉은 장료다. 능통이 그와 싸우는데 오십 합을 싸우도록 승부가 나뉘지 않는다.

　손권은 능통에게 혹시 실수가 있을까 저어하여 여몽을 시켜서 접응하여 영채로 돌아오게 하였다.

　감녕은 능통이 돌아온 것을 보자 즉시 손권에게

　"제가 오늘밤에 단지 군사 백 명만 데리고 가서 조조의 영채를 겁략하겠습니다. 만일에 일인일기라도 축을 내면 공으로 치지 않겠소이다."

하고 말하였다.

손권은 이를 장하게 생각해서 곧 장하에 있는 마군 중에서 정예한 자 백 명을 뽑아서 감녕에게 주고, 또 술 오십 병과 양고기 오십 근을 군사들에게 상으로 내렸다.

감녕은 영채로 돌아오자 백 명 군사를 모두 늘어앉게 하고 먼저 은바리에다 술을 부어 자기가 두 번을 연거푸 마신 다음, 백 명에게

"오늘밤 주공의 영을 받들어 겁채하려 하니 제군은 각기 한 잔 가득 마시고 힘을 다하라."
하고 말하였다.

모든 사람이 그 말을 듣고는 면면상고할 뿐이다.

감녕은 여러 군졸들이 난색을 띠는 것을 보자 곧 칼을 빼어 손에 들고

"나는 상장이면서도 오히려 목숨을 아끼지 않는데 너희들이 어찌 주저한단 말이냐."
하고 농농하게 꾸짖었다.

여러 사람은 감녕이 노한 것을 보고, 모두 일어나 절을 하며

"원컨대 죽을힘을 다하겠소이다."
하고 말하였다.

감녕은 백 명과 주육(酒肉)을 함께 먹었다. 다 먹고 나니 이경쯤 이나 되었다.

감녕은 백아령(白鵝翎)[1] 일백 개를 가져다가 각기 투구 위에 꽂아

---

1) 흰 거위의 깃.

서 표를 하게 한 다음, 일제히 갑옷 입고 말에 올라 나는 듯이 조조의 영채 근처로 갔다.

단번에 녹각들을 뽑아 팽개치고는 한 소리 크게 아우성치며 영채 안으로 뛰어들어 조조를 잡을 양으로 중군을 바라고 몰려 들어갔다.

그러나 중군 인마는 길에다 쫙 수레를 연이어서 철통같이 둘러치고 있는 까닭에 수월하게 들어갈 수가 없다.

감녕은 그대로 백 기를 휘몰아 좌충우돌하였다.

조조 군사들이 원체 경겁한 데다 또 적병의 다소를 알지 못해서 요동들을 한다.

감녕의 백 기는 영채 안에서 이리 닫고 저리 달리며 누구고 만나는 족족 쳐 죽였다.

각 영이 발끈 뒤집혀서 횃불들을 요란하게 들며 북 치고 소리 질러 함성이 크게 진동한다.

감녕이 백 기를 거느리고 영채 남문으로 짓쳐 나가는데 누구라 한 사람 감히 나서서 앞을 막는 자가 없었다.

손권이 주태에게 일지병을 주고 가서 그를 접응하게 해서 감녕은 백 기를 데리고 유수로 돌아오는데 조조의 군사들은 매복이 있을까 두려워서 감히 그 뒤도 쫓지 못하였다.

후세 사람이 시를 지어 그를 칭찬하였다.

북소리는 두리둥둥 함성은 지동 치듯
동오 군사 가는 곳에 귀신도 곡을 한다.
조조 영채 뚫고 드는 거위 깃 꽂은 백 명 용사

감녕은 참 범 같은 장수라고 누구나 혀를 내두르네.

감녕이 백 기를 거느리고 영채로 돌아오니 일인일기도 축나지 않았다.

감녕은 영문에 이르자 백 사람으로 하여금 북 치고 피리 불며 만세들을 부르게 하였다. 환성이 천지를 진동한다.

손권은 몸소 나와서 그들을 영접하였다.

감녕이 말에서 내려 땅에 배복하니 손권은 그를 붙들어 일으켜 그의 손을 잡고

"장군이 이번에 가서 그만하면 늙은 도적의 혼을 다 빼 놓았겠소. 내 장군을 버린 것이 아니라 한 번 그 담이 큰 것을 보려 했던 것이오."

하고 곧 비단 천 필과 칼 백 자루를 사급하였다.

감녕은 절하여 받아 가지고 이를 모두 백 사람에게 상으로 나누어 주었다.

손권은 여러 장수들을 보고 말하였다.

"맹덕에게는 장료가 있고 내게는 감흥패가 있으니 족히 상적할 만하오."

그 이튿날이다. 장료가 군사를 거느리고 와서 싸움을 돋운다. 능통은 감녕이 공을 세운 것을 보고 분연히 나서서

"제가 한 번 장료와 싸워 보겠습니다."

하고 말하였다. 손권은 이를 허락해 주었다.

능통은 드디어 오천 군을 거느리고 유수를 떠났다. 손권은 몸

소 그 싸우는 양을 보려고 감녕을 데리고 진으로 나갔다.

양편이 진을 치고 마주 대하자 장료가 진전에 말을 내니 좌편은 이전이요 우편은 악진이다.

능통이 칼을 들고 말을 놓아 진 앞에 나서자 장료가 악진을 시켜서 나가 막게 한다.

두 사람은 싸웠다. 그러나 오십 합에 이르도록 서로 승부를 나누지 못한다.

조조는 이 소식을 듣자 친히 말을 달려 군기 아래로 와서 두 장수가 한창 어우러져 싸우는 양을 보고는 곧 조휴를 시켜서 가만히 냉전(冷箭)[2]을 쏘게 하였다.

조휴가 장료의 등 뒤에 가 몸을 숨기고 힘껏 활을 다려서 한 대를 쏘니 화살이 그대로 들어가 능통이 타고 있는 말에 가 맞는다.

말이 앞굽을 번쩍 들고 곧추 일어서서 능통은 번드쳐 땅바닥에 나가떨어져 버렸다.

악진이 때를 놓치지 않고 곧 창을 고쳐 쥐자 그대로 찌르려고 달려든다.

그러나 그의 창끝이 미처 들어오기 전에 문득 시위 소리 크게 울리며 화살 한 대가 날아 와서 악진의 얼굴에 들어맞았다. 악진이 몸을 번드쳐 말에서 뚝 떨어진다.

양편 군사가 일제히 내달아 각기 장수 하나씩을 구해 가지고 영채로 돌아가자 징을 쳐 싸움을 파하였다.

능통이 영채로 돌아와서 손권에게 절하고 사례하니, 손권이

---

2) 남이 모르게 숨어서 쏘는 화살.

"활을 쏘아서 그대를 구해 준 사람은 감녕이오."
하고 말한다.

능통은 곧 땅에 엎드려 감녕에게 절하며
"공이 능히 이렇듯 은혜를 베풀어 주실 줄은 과연 생각 못했소이다."
하고 감격하여 눈물을 지우니, 이때로부터 감녕과 생사지교(生死之交)를 맺어 다시는 그에게 좋지 않게 대하는 일이 없었다.

한편 조조는 악진이 화살에 맞은 것을 보자 장중으로 데려다가 치료를 받게 하고, 그 이튿날 군사를 다섯 길로 나누어서 유수를 엄습하러 나가는데, 조조 자기는 중로를 거느리고, 좌편의 일로는 장료요 이로(二路)는 이전이며, 우편의 일로는 서성이요 이로는 방덕이라, 매 로가 각기 군사 일만씩을 거느리고서 일제히 강변으로 짓쳐 나갔다.

이때 동습과 서성 두 장수가 타고 있는 누선(樓船) 위에서 조조의 오로 군마가 오는 것을 보고 군사들은 모두 겁내는 빛이 역력했다.

서성은 군사들을 향하여
"인군의 녹을 먹고 인군의 일에 충성을 다하면 그만인데 무슨 두려울 것이 어디 있단 말이냐."
하고 드디어 용맹한 군사 수백 명을 데리고 작은 배에 올라서 강을 건너자 곧 이전의 군중을 바라고 쳐들어갔다.

동습이 배 위에 남아 군사들을 시켜서 북 치고 고함질러 위엄을 돕게 한다.

그러자 홀연 강 위에 광풍이 크게 불어 물결이 뿌옇게 부서지며 하늘을 가릴 듯 흉흉하기 짝이 없다. 군사들은 대선이 엎어지려 기우는 것을 보고 경겁을 해서 서로 다투어 각함(脚艦)[3]으로 내려가 목숨을 구하려 하였다. 이 꼴을 보자 동습은 칼을 손에 잡고 큰 소리로

"장수가 군명을 받아 도적을 막거늘 어찌 감히 배를 버리고 가려 하느냐. 배를 버린 자는 군령에 처하리라."

하고 호령하며, 그 자리에서 바로 대선에서 내려간 군사 십여 명을 베어 버렸다.

그러나 그로써 얼마 지나지 않아 바람이 더욱 세차게 불자 그만 배가 엎어져서 동습은 필경 장강 어구 물속에 빠져 수중고혼이 되고 말았다.

이때 서성은 이전의 군중을 가고 오며 충돌하고 있었다.

한편 진무는 강변에서 시살하는 소리를 듣고 일지군을 거느리고 달려오다가 바로 방덕과 만나서 양편 군사는 한데 뒤섞여 싸웠다.

이때 손권은 유수오 안에 있다가 조조 군사가 강변으로 쳐들어왔다는 소식을 듣고 친히 주태와 함께 군사를 거느리고 싸움을 도우러 나왔다.

보니 서성이 이전의 군중에서 한 덩어리가 되어 싸우고 있다.

손권은 그를 접응하러 군사를 몰고 쳐들어갔는데 도리어 장료

---

3) 큰 배에 달린 작은 배.

와 서황의 양지군에 의해서 포위를 당하고 말았다.

조조는 이때 높은 언덕 위에서 손권이 포위당한 것을 보자 그는 급히 허저에게 영을 내려 칼 들고 말 몰아 군중으로 뛰어들어 손권 군사의 중간을 쳐서 이를 양단을 내어 피차 서로 돌보지 못하게 하였다.

한편 주태가 군중으로부터 뛰어나와 강변까지 와서 보니 손권이 보이지 않는다.

그는 곧 말머리를 돌리자 밖으로부터 다시 진중으로 뛰어 들어가서 본부 군사에게 물었다.

"주공께서 어디 계시냐."

군사가 손을 들어 병마가 가장 많은 곳을 가리키며

"주공께서 저 안에 계신데 형세가 아주 위급하외다."

하고 대답한다.

주태는 그 속을 뚫고 들어가 손권을 찾아내자 곧 말하였다.

"주공께서는 제 뒤만 따라 나오십쇼."

이에 주태는 앞을 서고 손권은 그 뒤를 따라 힘을 다해서 좌충우돌하며 포위를 뚫고 나오는데, 주태가 강변에까지 와서 돌아다보니 손권이 또 보이지 않는다.

주태는 다시 몸을 돌쳐 포위 속으로 뛰어 들어가서 다시 손권을 찾았다.

손권이 말한다.

"궁노를 일시에 내게만 쏘아대 나갈 수가 없으니 어찌할꼬."

주태는 답한다.

"주공께서 앞을 서시고 제가 뒤에서 보호하면 뚫고 나갈 수 있사오리다."

이리하여 손권은 앞서서 말을 놓아 나가고 주태는 좌우로 돌며 그를 호위해 나가는데 몸에 여러 군데 창을 맞고 화살까지 두꺼운 갑옷을 뚫고 살에 박혔건만 끝끝내 주태는 손권을 구해 내어 밖으로 나왔다.

강변에 이르자 여몽이 한 떼의 수군을 이끌고 접응하러 와서 배에 올랐는데, 이때 손권이

"나는 주태가 세 번이나 적병을 쳐 헤쳐 주어 그 속에서 빠져나올 수가 있었지만 서성이 또 포위를 당하고 있으니 제 무슨 수로 벗어 나올꼬."

하고 말한다.

주태는 곧

"제가 한 번 더 구하러 가오리다."

하고 드디어 다시 몸을 돌치자 창을 휘두르며 적병이 몇 겹으로 둘러싸고 있는 속으로 뛰어 들어가서 서성을 구해 가지고 나오는데 두 장수가 모두 몸에 중상을 입었다.

여몽은 이것을 보자 군사들을 시켜서 언덕 위의 적병에게 어지러이 화살을 퍼부어 쫓는 것을 막고 두 장수를 구해서 배에 오르게 하였다.

한편 진무는 방덕을 상대해서 크게 싸웠는데 뒤에서 접응해 주는 군사가 없어서 방덕에게 쫓겨 산골짜기로 밀려들어갔다.

그러나 골짜기 안에 나무가 빽빽이 들어차서 진무는 다시 돌아

서서 싸우려 하는데 나뭇가지에 전포 소매가 걸려서 팔을 놀리지 못하고 방덕의 손에 죽고 말았다.

이때 조조는 손권이 도망한 것을 알자 친히 군사를 몰아 가지고 강변으로 쫓아 나와서 활을 쏘게 하였다.

여몽이 마주 쏘다가 화살이 떨어져서 바야흐로 당황해할 때 문득 강 위로 대대 선척이 들어오니 이를 거느리는 일원 대장은 바로 손책의 사위 육손(陸遜)이다.

육손이 몸소 십만 병을 거느리고 당도하여 한바탕 활을 쏘아서 조조 군사를 물리치고 승세해서 언덕으로 올라가, 도망하는 적병의 뒤를 들이친 다음에 거마 수천 필을 빼앗아 왔는데 이때 난군 속에서 진무의 시체를 찾아내었다.

이 싸움에 조조 군사는 대패하여 돌아가니 상한 자가 이루 그 수를 셀 수 없을 지경이다.

손권은 이 싸움에 진무가 죽고 동습이 또한 강에 빠져 죽은 것을 알자 애통하기를 마지않으며 사람을 시켜서 물속에 들어가 동습의 시체를 건져내어 진무의 시체와 함께 후히 장사지내 주었다.

그는 또 주태가 자기를 구호해 준 공로를 생각해서 연석을 배설해 놓고 그를 대접하는데, 손권이 몸소 술잔을 잡고 주태의 등을 어루만지며 펑펑 쏟아지는 눈물로 얼굴이 범벅이 되어 가지고

"경(卿)[4]이 두 번 나를 구해 줄 제, 목숨을 아끼지 않고 몸에 수십 처나 창을 맞아서 살이 모두 새긴 것같이 되었으니 내 어찌 골육의 은혜로서 경을 대하지 않으며, 병마의 중임으로써 경에게

---

4) 임금이 신하에게 대한 이인칭.

맡기지 않으리오. 경은 곧 내 공신이라 내 마땅히 경으로 더불어 영욕을 한가지 하며 휴척(休戚)[5]을 함께 하려 하오."

한다.

말을 마치자 곧 주태더러 옷을 벗으라 해서 여러 장수들로 하여금 보게 하니, 온 몸의 살이 마치 칼로 난도질을 한 듯해서 전신이 상처투성이다.

손권은 손으로 그 흔적을 하나하나 가리키며 물었다. 그때마다 주태는 어떻게 싸우다가 어떻게 상처를 입었는가를 자세히 이야기한다.

손권이 한 상처에 술 한 사발씩을 먹여서 주태는 이날 대취해 버렸다.

손권은 그에게 청라산(靑羅傘)을 내리고 출입에 받고 다니게 해서 그 몸을 빛나게 해 주었다.

손권이 유수에서 조조와 상거하기를 월여가 넘도록 능히 이기지 못하니 장소와 고옹이 말하되

"조조가 형세가 커서 힘으로 취할 수 없습니다. 만약 오래 싸우다가는 군사를 많이 잃을 것이매 차라리 화친을 구해서 백성을 편안히 하느니만 못할까 보이다."

한다.

손권은 그들의 말을 좇아서 보질을 조조의 영채로 보내 화친하기를 구하고 해마다 세공 드릴 것을 허락하였다.

조조는 강남을 졸연히 평정하지 못할 줄 짐작하고

---

5) 안락과 환난.

"손권이 먼저 군사를 걷어 가지고 가면 나도 회군하겠소."

하고 그 청을 들어 주었다.

보질이 돌아와서 그대로 고하여 손권은 다만 장흠과 주태를 남겨 두어 유수구를 지키게 하고 대군은 모조리 배에 실어 말릉으로 돌아갔다.

조조는 조인과 장료를 남겨 놓아 합비에 둔치고 있게 하고 군사를 거두어 허창으로 돌아가자, 문무 여러 관원들은 모두 조조를 세워서 위왕을 삼자고 의논하였다.

이때 상서 최염이 극력 불가하다고 반대해서, 여러 관원들이

"공은 순문약도 보지 못하셨소."

하고 말하니, 최염은 대로하여

"시호시호(時乎時乎)라. 때를 당하면 변하는 법이니 네 하고 싶은 대로 해 보아라."

하고 꾸짖었다.

최염과 불화한 자가 있어서 조조에게 이를 알리자 조조는 대로하여 최염을 하옥하고 문초하게 하였다.

최염은 범의 눈을 부릅뜨고 용의 나룻을 거스르며 조조를 기군망상하는 역적이라고 크게 꾸짖었다.

정위(廷尉)[6]가 그대로 조조에게 고하니 조조는 최염을 옥중에서 난장질해 물고를 내게 하였다.

후세 사람이 지은 찬(讚)[7]이 있다.

---

6) 형옥(刑獄)을 맡아 보던 장관.
7) 문장의 한 체(體)다. 인물이나 사물을 칭송하는 글.

청하의 최염 선생 천성도 강의하다
용의 나룻 범의 눈에 철석같은 심장이라
사불범정(邪不犯正)하니 절개 더욱 높을시고
님 위한 그 충성이 천고에 전하리라.

　건안 이십일년 여름 오월에 신하들이 헌제에게 표를 올려, 위공 조조의 공덕이 천지에 가득 차서 이윤·주공도 미치지 못하리니 마땅히 작을 올려서 왕을 봉하심이 마땅하리다 하고 아뢰어서 헌제는 곧 종요로 하여금 조서를 초해서 조조를 책립하여 위왕을 삼게 하였다.

　조조는 거짓 글을 올려 세 번 사양하였으나 천자가 또한 세 번 조서를 내려서 허락지 않아 조조는 마침내 위왕의 작을 받고, 십이류(十二旒)의 면류관을 쓰며 말 여섯 필이 끄는 금근거(金根車)를 타고, 천자의 거복난의(車服鑾儀)[8]를 써서 출경입필(出警入蹕)[9]하며, 업군에다 위왕궁(魏王宮)을 짓고 세자(世子) 세울 일을 의논하였다.

　조조의 큰마누라 정(丁) 부인에게는 소생이 없고, 첩 유씨(劉氏)는 아들 조앙을 낳았으나 장수 치러 갔을 때 완성에서 죽었고, 변씨(卞氏)가 사형제를 낳으니 맏은 비(丕)요 둘째는 창(彰)이요 셋째는 식(植)이요 넷째는 웅(熊)이라, 이에 정 부인을 내치고 변씨로 위 왕비를 삼았다.

　셋째아들 조식의 자는 자건(子建)이라 지극히 총명해서 붓만 들

---

8) 임금이 타는 수레와 입는 옷과 또 거동에 따르는 의장(儀仗)들.
9) 경(警)은 경계하고 방어한다는 것이요, 필(蹕)은 통행을 금지한다는 것인데, 나갈 때 '경'하고 들어올 때 '필'한다는 것은 통틀어 천자가 거동할 때에 통행을 금지하는 것을 말한다.

면 척척 글을 지어낸다. 조조는 그를 후사(後嗣)로 세울까 하였다.

맏아들 조비가 이 눈치를 채고 제가 되지 못할까 두려워서 중대부 가후에게 계책을 물었더니 가후가 이리이리하라고 일러 준다.

이로부터 조조가 출정하게 되어 여러 아들들이 배웅하러 나갈 때면 조식은 곧 조조의 공덕을 칭송해서 말을 내면 곧 글이 되는데, 조비는 아비에게 오직 절을 하며 하염없이 눈물만 흘릴 뿐이라 좌우에서 보는 사람도 다 마음에 비감해하니 이로 말미암아 조조는 속으로 조식이 재주는 있으나 진실한 마음은 조비만 못하지 않은가 하고 생각하게 되었다.

조비는 또 사람을 시켜서 조조 좌우의 근시들에게 뇌물을 주고 부탁해서 다들 조비의 덕을 말하게 하였다.

이리하여 조조는 후사를 세우려 하면서도 마음에 주저해서 정하지 못하고, 이에 가후더러

"내 후사를 세우려 하는데 누구로 했으면 좋겠소."

하고 물었다.

가후가 얼른 대답을 안 한다. 조조가 그 까닭을 물으니

"마침 생각하는 바가 있어서 곧 말씀을 못 올리는 것입니다."

하고 말한다.

"무엇을 생각하기에 그러오."

하며 조조가 채쳐 묻자, 가후는

"원 불초와 유경승의 부자를 생각하고 그럽니다."

하고 대답하는 것이다.

조조는 크게 웃고 드디어 맏아들 조비를 세워서 왕세자를 삼았다.

이해 가을 시월에 위왕궁이 이룩되어 조조는 기이한 화초와 과목들을 구해다가 후원에 심으려고 사람을 각처로 보냈다.

한 사자가 동오에 가서 손권을 보고 위왕의 영지(令늼)를 전하고 다시 온주로 내려가서 귤(橘)을 가져가는데, 이때 손권은 한창 위왕을 떠받드는 판이라 곧 사람을 보내 본읍에서 큰 밀감 마흔아홉 짐을 골라서 밤을 도와 업군으로 보내게 하였다.

짐꾼들이 중로에 이르러 산기슭에 앉아서들 다리를 쉬는데, 한쪽 눈이 멀고 한쪽 다리를 절며 머리에 백등관(白藤冠)을 쓰고 몸에 청라의를 입은 선생 하나가 앞으로 와서 알은체를 하며

"자네들 짐 지고 가느라 수고하네. 내가 모두 조금씩만 대신 져다 줄까."

하고 말한다. 짐꾼들은 모두 좋아하였다.

이리하여 선생이 매 짐을 각각 오 리씩 져다 주었는데 어찌된 일인지 선생이 한 번 졌던 짐은 모두 거뿐해지는 것이다. 짐꾼은 모두 마음에 놀라고 의아해하였다.

선생은 갈 때 귤을 영거해 가지고 가는 관원을 보고

"빈도는 위왕과 동향 사람으로서 성은 좌(左)요 이름은 자(慈)며 자는 원방(元放)이요 도호는 오각(烏角) 선생이니, 자네 업군에 가거든 좌자가 문안 여쭙더라고 말씀해 주게."

라고 한마디를 남기고는 소매를 떨치고 가 버렸다.

귤을 영거해 온 관원은 업군에 이르자 조조에게 귤을 바쳤다.

조조가 귤 하나를 집어 들고 껍질을 까 보니 속에 살이라고는 없고 빈 껍질뿐이다.

조조가 깜짝 놀라 귤 가져 온 사람에게 물으니 그 사람이 좌자

의 이야기를 한다.

그러나 조조는 그 말을 믿지 않는데 문리가 문득 들어와서 보하는 말이

"한 선생이 와서 자칭 좌자라고 하면서 대왕 뵙기를 청합니다."

한다.

조조가 불러들이자 귤 가져 온 사람이 곧

"바로 이분이 중로에서 만났던 사람이올시다."

하고 말해서 조조는 그를 꾸짖었다.

"네가 대체 무슨 요술을 부려서 내 실과의 속을 모두 뽑아냈단 말이냐."

좌자가 듣고 웃으며

"어찌 그럴 법이 있으리까."

하고 귤을 집어서 까는데 속에는 다 살이 있고 맛도 아주 달다.

그러나 조조가 제 손으로 까는 것은 역시 모두가 빈탕이다.

조조는 더욱 놀라서 좌자에게 자리를 내리고 말을 묻는데, 좌자가 주육을 청해서 조조가 갖다 주게 하였더니 술을 닷 말을 마셔도 취하지를 않고 고기도 양 한 마리를 다 먹고도 배불러하는 눈치가 없다.

조조는 물었다.

"네 대체 무슨 술법을 가졌기에 이러하냐."

좌자가 대답한다.

"빈도가 서천 가릉 아미산(峨嵋山) 속에서 도를 닦기 삼십 년에 어느 날 홀연 석벽 속에서 내 이름을 부르는 소리가 나서 돌아보면 아무것도 보이지 않고, 그러기를 사오 일 하던 끝에 홀연 하루

는 뇌성벽력이 일어나 석벽을 부수더니 그 속에서 천서 세 권이 나왔는데 이름은 『둔갑천서(遁甲天書)』로서 상권은 이름이 '천둔(天遁)'이요 중권은 이름이 '지둔(地遁)'이요 하권은 이름이 '인둔(人遁)'이라, 천둔은 능히 구름을 명에 하며 바람을 타고 태허(太虛, 하늘)에 오르며, 지둔은 능히 산과 바위를 뚫고, 인둔은 능히 사해로 운유(雲遊)[10]하며 형체를 감추고 몸을 변하며 칼을 던져서 남의 수급을 취할 수가 있소이다. 대왕이 신하로서 그 지위가 오르실 데까지 다 오르셨는데 어찌하여 한 번 물러나 빈도를 따라 아미산 속에 가서 도를 닦으려 아니 하시오. 그러면 내 세 권의 천서를 전수하오리다."

조조는 말하였다.

"나 역시 급류용퇴(急流勇退)[11]할 것을 생각한 지 오래나 아직 조정에 사람을 얻지 못해서 이러고 있을 뿐이다."

좌자가 웃고 다시 말한다.

"익주에 있는 유현덕으로 말하면 가히 제실의 기둥이 될 수 있는 바로 한실 종친인데 어째서 대왕의 자리를 물려주지 않는가. 만약 그러지 않으면 빈도가 칼이라도 한 번 날려 네 머리를 썽둥 잘라 보니까. 허허허허."

조조는 듣고 발연대로하여

"이놈이 바로 유비의 세작이었구나."

하고 좌우를 호령해서 당장 잡아 내리게 하니, 좌자는 다시 한 번

---

10) 구름처럼 사방으로 떠돌아다니며 논다는 뜻인데 여기서는 구름을 타고 놀러 다닌다는 뜻으로도 해석할 수 있다.
11) 용단을 내어서 벼슬자리로부터 물러남.

크게 웃어 마지않는다.

조조는 십여 명 옥졸에게 명하여 그를 잡아내려다가 형장을 치게 하였다.

옥졸들은 힘을 다해서 쳤다. 그러나 좌자는 아무렇지도 않은 모양으로 드르렁드르렁 코만 골며 자고 있는 것이다.

조조는 노하여 그를 항쇄족쇄(項鎖足鎖)해서 단단히 얽어 옥에다 가두고 사람을 시켜서 지키게 하였다.

그러나 보면 어느 틈엔가 항쇄족쇄가 다 떨어지고 좌자는 어디 한 군데 상한 곳도 없이 땅 위에 누워 있는 것이다.

연달아 이레 동안을 감금해 두면서 마실 것도 먹을 것도 주지 않았건만 급기야 보면 좌자는 땅바닥에 단정히 앉아 있는데 얼굴이 불그레한 것이 혈색만 좋다.

옥졸이 조조에게 이대로 보해서 조조가 끌어내다가 물어보니, 좌자 말이

"나는 수십 년을 먹지 않아도 무방하고 하루에 양을 천 마리를 먹으래도 다 먹어 버리는 터요."

한다.

조조는 아무렇게도 할 수가 없었다.

이날 여러 관원들이 모두 왕궁에 와서 대연이 벌어졌다.

한창 술잔이 돌 때 좌자가 발에 나막신을 신고 잔치 자리에 와서 여러 관원들이 모두 의아해하는데, 좌자는 조조를 향해

"대왕이 오늘 산해진미를 다 갖추어 놓으시고 여러 신하들과 크게 잔치를 하시니 천하의 진기한 음식들이 극히 많으나 혹시 그 중에 무엇이고 빠진 것이 있으면 빈도가 갖다 드리리다."

左慈　　좌자

飛步凌雲遍九州	나는 듯 구름 밟고 구주 누비며
獨憑遁甲自遨遊	둔갑술에 의지하여 자유로이 노닐었네
等閒施設神仙術	신선술을 한가로이 구사하며
點悟曹瞞不轉頭	조아만을 일깨우나 달리 생각 않는구나

하고 말하였다.

조조가 다시 나타난 좌자를 못마땅한 눈길로 바라보며

"내 용의 간으로 국을 끓였으면 하는데 네 능히 가져올 수 있겠
느냐."

하고 물으니, 좌자는

"무어 어려울 게 있겠소."

하고 먹 붓으로 흰 담에 용 한 마리를 그려 놓고 도포 소매로 한
번 훔치는 시늉을 하니 용의 배가 저절로 쩍 갈라진다. 좌자가 용
의 뱃속에서 간 하나를 끄집어내는데 그로부터 선지피가 뚝뚝 듣
는다.

조조가 어안이 벙벙해 가지고

"네가 미리 소매 속에 감추어 두었던 것일 게다."

하고 꾸짖으니, 좌자가 다시

"지금 날이 차서 초목이 다 말라 죽는데 대왕이 꽃을 보시겠으
면 무엇이고 말씀을 하시오."

한다.

조조가

"나는 다만 모란이 보고 싶다."

하고 말하자, 좌자는

"쉬운 일이오."

하고 큰 화분 하나를 가져오라 해서 연석 앞에 놓고 물을 주니 단
번에 모란 한 뿌리가 돋아나더니 금방 꽃 두 송이가 달린다.

여러 관원들은 크게 놀라 좌자를 한자리로 청해서 같이 먹었다.

그로써 조금 지나 숙수가 어회를 올리는데, 좌자가

"회는 반드시 송강 농어라야 맛이 있지."

하고 한마디 하니, 조조가

"천리 밖에 있는 것을 무슨 수로 가져 온단 말이냐."

하고 퉁을 준다.

좌자는

"그것도 아무 어려울 것이 없소."

하고 낚싯대를 가져오라 해서 당 아래 못에서 고기를 낚아 내는데 잠깐 동안 큰 농어 수십 마리를 낚아서 전각 위에다 내던진다.

조조가

"내 못 속에 원래 이 고기가 있었느니라."

하니, 좌자가

"대왕은 어찌 만좌를 속이려 하시오. 천하의 농어가 모두 아가미는 둘뿐인데 유독 송강 농어만이 아가미가 넷이라 그것으로 단번에 분간할 수 있소."

한다.

여러 관원들이 보니 과연 아가미가 넷씩이었다.

좌자가 또 입을 열어

"송강 농어를 지지는 데는 꼭 자아강(紫芽薑)이 들어야만 합네."

하고 말한다.

"네가 그것도 가져올 수 있느냐."

하고 조조가 물으니,

"쉬운 일이오."

하고 좌자는 금바리를 하나 달래서 옷으로 덮어 놓았다 들추니, 금시 바리 위에 자아강이 수북하다.

조조 앞에다 갖다 바치니 조조가 손으로 집어 드는데 난데없는 책 한 권이 바리 안에 있다. 표제를 보니 『맹덕신서』라 씌어 있다.

조조는 책을 집어 들고 자세히 보았다. 글자 한 자 틀리지 않다.

조조가 마음에 크게 의심하는데, 이때 좌자는 탁자 위의 옥잔을 들어 아름다운 술을 한 잔 가득히 부어서 조조에게 바치면서

"대왕이 이 술을 드시면 천 년이나 수를 누리시리다."

하고 축수하였다.

조조가 의심이 들어

"네 먼저 마시거라."

하니, 좌자는 관 위에 꽂고 있던 옥잠(玉簪)을 뽑아 들고 잔 속에다 금을 그어 술을 반에 나누어 가지고, 한쪽 반을 제가 마신 다음에 한쪽 반을 조조에게 바쳤다.

그러나 조조가 받지 않고 꾸짖어서 좌자가 술잔을 공중에다 휙 던지니 한 마리의 흰 비둘기가 되어 전각을 돌아서 날아간다.

여러 관원들이 고개를 젖혀 들고 쳐다보다가 문득 깨달으니 좌자가 간 곳이 없다.

그러자 홀연 좌우가 보하되

"좌자가 궁문 밖으로 나갔소이다."

한다.

조조는

"이런 요사스러운 자는 아예 죽여 없애야지 두어 두면 반드시 나라에 해가 된다."

하고, 드디어 허저로 하여금 철갑군 삼백 기를 거느리고 쫓아가서 잡아오게 하였다.

허저가 말에 올라 군사를 이끌고 뒤를 쫓아 성문에 이르니 저 앞에 좌자가 나막신을 신고 느럭느럭 걸어가고 있는 것이 보인다.

허저는 곧 나는 듯이 말을 달려 쫓았다. 그러나 아무리 쫓아가도 잡을 듯 잡을 듯 못 잡겠는 것이다.

그대로 곧장 뒤를 쫓아서 산중으로 들어가니 마침 양 치는 아이가 한 떼의 양을 몰고 오는데 좌자가 그 양떼 속으로 들어가 버린다.

허저는 곧 활을 들어 쏘았다. 그러나 좌자는 문득 온데간데없다. 허저는 군사들에게 명하여 애꿎은 양들을 모조리 죽여 버리고 돌아갔다.

양 치는 아이가 양이 즐비하게 죽어 자빠진 곁에서 울고 있노라니까 홀지에 양의 머리가 땅바닥에서 사람의 말로 아이에게

"애야, 양 대가리를 하나하나 양 목에 갖다 붙여 봐라."

하는 것이다.

아이가 그만 기겁을 해서 손으로 낯을 가리고 달아나는데 홀연 뒤에서 웬 사람이

"무어 그렇게 놀라서 달아날 게 없다. 자, 네게 산 양들을 돌려주마."

하고 말한다.

아이가 고개를 돌려 보니 좌자가 죽어 땅에 자빠졌던 양들을 다 머리를 붙여서 살려 가지고 뒤를 쫓아온다.

아이는 급히 말을 물으려 하였다. 그러나 좌자는 그대로 소매를 떨치고 가 버리는데 걸음이 어찌나 빠르던지 나는 것 같아서 문득 어디로 갔는지 보이지 않는다.

아이가 돌아가서 저의 주인을 보고 말하니 주인은 감히 숨기고 말 아니 할 수가 없어서 이 일을 조조에게 보하였다.

조조는 곧 용모파기(容貌疤記)[12]를 내서 각처에 돌리고 좌자를 잡게 하였다.

그로써 사흘 안에 성 안 성 밖에서 눈 하나 멀고 다리 하나 절며 백등관 쓰고 청라의 입고 나막신 신은 선생을 잡아들이는데 똑같이 한 모양으로 생긴 사람이 모두 삼사백 명이 된다. 거리는 그냥 들끓었다.

조조는 여러 장수들에게 영을 내려 그들 모두를 도야지 피, 양의 피를 끼얹어 성남 교장(敎場)으로 압송하게 하였다.

그리고 조조는 몸소 갑병 오백 인을 거느리고 가서 에워싸고 그들을 모조리 참해 버렸는데, 머리 잘린 목구멍에서들 저마다 한 줄기 푸른 기운이 솟아 나오더니 하늘 위로 올라가 한곳에 모이자 한 개 좌자가 되어서 공중을 향하여 백학 한 마리를 불러 타고 앉아 손뼉을 치고 크게 웃으며

"흙 쥐가 금 호랑이를 따르면 간웅이 하루아침에 죽으리라(土鼠隨金虎 奸雄一旦休)."

하고 외친다.

조조가 여러 장수들을 시켜서 날아가는 좌자를 활로 쏘게 하였더니 홀연 광풍이 대작하여 돌이 구르고 모래가 날리며 목 잘린 송장들이 모두 벌떡벌떡 뛰어 일어나서 저마다 머리들을 손에 들고 연무청(演武廳) 위로 몰려 올라와서 조조를 친다.

---

12) 어떤 사람을 잡기 위해서 그 사람의 얼굴 모습과 특징들을 적어 놓은 것.

문관·무장들은 모두 낯을 가리고 놀라 자빠져 이루 남을 돌아
볼 경황들이 없었다.

　　간웅의 장한 권세 나라를 기울여도
　　도사의 선기(仙機)는 역시 사람과는 다르구나.

　필경 조조의 목숨이 어찌 되었는고.

주역을 점쳐서 관뇌는 천기를 알고
역적을 치다가 다섯 신하는 충의에 죽다

| *69* |

그날 조조는 광풍이 휘몰아치는 가운데 뭇 송장들이 다 들고
일어나는 것을 보고

"어어억."

하고 외마디 소리를 치더니 그대로 땅에 놀라 자빠졌다.

그러자 조금 지나 바람은 진정되었는데 그 많던 시체가 모두 어
디로 갔는지 하나도 보이지 않는다.

좌우는 조조를 구호해 가지고 궁으로 돌아갔다.

그러나 원체 심하게 놀라서 조조는 마침내 병이 나고 말았다.

후세 사람이 좌자를 칭찬해서 지은 시가 있다.

허공 중천에 높이 떠 구주를 두루 돌며
둔갑장신(遁甲藏身) 술법으로 유유히 노닌다네.

한때에 장난삼아 신선술을 시험하매

조조가 혼이 다 빠져 다시 머리를 못 드누나.

조조가 병이 들어서 약을 먹어도 종시 낫지 않는데, 이때 마침 태사승 허지(許之)가 허창으로부터 조조를 보러 왔다.

조조가 허지더러 주역(周易)[1]을 점쳐 보라고 분부하였더니, 허지가

"대왕께서는 일찍이 신복관뇌(神卜管輅)의 말씀을 들으신 적이 있으십니까."

하고 묻는다.

조조가 그 말에

"내 그의 이름은 익히 들어 왔으나 아직 그 재주는 알지 못하니 어디 한 번 자세히 이야기를 해 보오."

하고 말해서 허지는 이야기를 시작하였다.

"관뇌의 자는 공명(公明)이니 평원(平原) 사람입니다. 용모는 추하게 생겼고 술을 좋아하며 천성이 소활한데 그 아비는 일찍이 낭야 즉구장(郞丘長)을 지냈답니다. 관뇌가 어릴 때부터 별 쳐다보기를 좋아해서 밤에도 잠을 안 자는데 부모가 아무리 못하게 해도 듣지 않았답니다. 그는 언제나 '집에서 기르는 닭과 들에서 사는 따오기들도 오히려 때를 아는데 하물며 사람이야 다시 말해 무엇 하랴' 하면서 동리 아이들과 같이 놀 때에도 툭 하면 땅에다 천문도를 그리는데 일월성신을 다 제자리에다 그려 넣곤 하더니

---

1) 역경(易經). 오경의 하나. 본래는 유가와 아무 관계가 없는 복서(卜筮)에 관한 서적이었는데 진한(秦漢) 때 유가에서 이를 경전에 넣었다.

차차 장성하자 주역에 통달하고 풍각(風角)²⁾을 다 맞추며 수학(數學)에 통신하고 겸해서 관상도 잘 보게 되었다고 합니다.

한 번은 낭야태수 단자춘(單子春)이 그 이름을 듣고서 관뇌를 불러다 보는데 그때 자리에 있던 사람 백여 명이 모두가 말 잘하는 이야기꾼들이었다고 합니다. 관뇌가 단자춘을 보고 '제가 나이가 어리고 담기(膽氣)가 아직 굳지 못했으니 먼저 술 서 되를 주셔야 먹고 나서 말씀을 드리겠습니다' 하고 말하니 단자춘이 마음에 기이하게 생각해서 드디어 술 서 되를 내주었더랍니다. 관뇌가 그 술을 다 마시고 나서 단자춘을 보고 '이제 저와 상대하시려는 분이 부군 좌우에 앉아 계신 저 여러 선비님네들이십니까' 하고 묻더라지요. 단자춘이 '나 하나면 아마 자네와 기고상당(旗鼓相當)³⁾할걸세' 하고 관뇌와 역리(易理)를 강론해 보니 관뇌가 도무지 피로한 줄을 모르고 연해 이야기를 하는데 그 말 한마디 한마디가 모두 오묘한 이치에 통한 것이라 단자춘이 반복해서 논란을 했으나 관뇌의 대답은 마치 흐르는 물 같더랍니다. 이렇게 하기를 이른 아침부터 날이 저물녘까지 하니 이 때문에 술잔이 돌지 못하는 형편이라 단자춘과 여러 빈객들이 탄복 안 한 사람이 없어서 마침내 천하가 그를 신동(神童)이라 부르게 된 것이랍니다.

그 뒤 고을 안에 곽은(郭恩)이라고 하는 자 형제 삼 인이 모두 다리 저는 병에 걸려서 관뇌를 보고 점을 쳐 달라고 했는데, 관뇌 말이 '괘 가운데 그대네 집 무덤 속의 여귀(女鬼)가 있으니 그대네 백모가 아니면 숙모일 것이라. 전에 몹시 흉년이 든 해에 쌀 두어

---

2) 바람을 가지고 길흉을 점치는 중국 고대의 미신적인 방법.
3) 피차의 병력이 백중(伯仲)인 것.

226

되를 뺏자고 우물 속에다 떨어뜨리고 큰 돌로 그 머리를 바수어 놓아 죽은 혼이 아픈 것을 견디지 못하고 하늘에다 호소하는 까닭에 그대네 형제들에게 이 응보가 있는 것이니 아무리 빌어 보아야 낫지 않을 걸세' 하고 말하니 곽은의 형제들이 다 울며 복죄(伏罪)하더랍니다.

또 안평태수 왕기(王基)가 관뇌의 점술이 신통한 것을 알고 관뇌를 자기 집으로 청해 왔더니 그때 마침 신도령(信都令)의 처가 늘 바람머리를 앓는다고 하고 또 그 아들은 가슴앓이를 앓는다고 해서 관뇌더러 점을 쳐 달라지 않았겠습니까. 그랬더니 관뇌가 하는 말이 '이 집 서쪽 모퉁이 땅속에 시체 둘이 있는데 하나는 창을 가지고 있고 또 하나는 활과 화살을 가지고 있어, 머리는 벽 안쪽으로 두고 다리는 벽 바깥쪽으로 두었으나, 창을 가진 자는 주장 머리를 찌르고 있는 까닭에 머리가 아프고, 활과 화살을 가진 자는 주장 가슴과 배를 찌르고 있는 까닭에 가슴앓이를 앓는 것입니다' 해서 곧 그 자리를 파 보았더니 여덟 자를 파 들어가자 과연 관이 둘이 있어 한 관 속에는 창이 들었고 한 관 속에는 각궁과 화살이 들었는데 나무는 이미 다 썩어 버렸더라지요. 관뇌가 그 해골들을 성에서 내다가 십 리 밖에 묻게 했더니 과연 처와 아들이 아무 일이 없었다고 합니다.

또 한 번은 관도령(館陶令) 제갈원(諸葛原)이 신흥태수로 부임을 하게 되어 관뇌가 전송하러 갔더랍니다. 누가 있다 관뇌가 남 몰래 감추어 놓은 물건을 잘 알아맞힌다고 하였더니 제갈원이 믿지 않고 가만히 제비 알하고 벌집하고 또 거미하고 이렇게 세 가지를 세 합 속에다 따로따로 넣어 놓고는 관뇌더러 점을 쳐 보라고 했더랍니다. 관뇌가 점을 쳐 보고 합 뚜껑에다 각각 네 구씩 써 놓는데, 첫째는 '처마 밑을 의지해서 나날이 변해 간다. 자웅이 갈라지고 깃과 날개 자라나니 이는 제비 알이라' 하고, 둘째는 '거꾸로 매달린 집 문도 많고 지게도 많다. 꿀은 모으고 독을 걸러 가을 되면 화(化)하나니 이는 벌의 집이라' 하고, 셋째는 '징글맞다 저 긴 다리 실을 토해 그물 뜨고 그물 쳐서 먹이 잡되 어두운 밤에 수가 나니 이는 거미라' 하니 만좌가 모두 놀라더랍니다.

또 마을에 노파 하나가 살았는데 어느 날 소를 잃고 점을 쳐 달라고 하니까, 관뇌가 '지금 북쪽 시냇가에서 일곱 놈이 그 소를 잡아서 삶아 먹고 있는데 급히 쫓아가 보면 가죽과 고기가 아직 남아 있으리다' 하고 일러 주더라지요. 그래 노파가 그리로 찾아가 보았더니 과연 일곱 놈이 어떤 초가집 뒤에서 소를 삶아 먹고 있는데 쇠가죽과 고기가 아직 남아 있더랍니다. 노파가 바로 그 고을 태수 유빈에게 고해서 유빈이 일곱 놈을 잡아다가 징치하였는데 노파를 보고 '네가 어떻게 알았느냐' 하고 물으니 노파는 관뇌가 귀신처럼 점을 쳐서 알아 낸 이야기를 했을 것이 아닙니까.

그러나 유빈은 그 말이 곧이들리지를 않아서 관뇌를 관가로 청해다가 인낭(印囊)과 산닭의 깃[山鷄毛]을 합 속에 감추어 놓고 점을 쳐 보라고 하였더니 관뇌가 차례로 점을 치는데 하나는 '안은 모나고 밖은 둥글고 오색 무늬 찬란한데 신(信)이 있는 보배로서 나가면 표가 되니 이는 인낭이요' 하고, 또 하나는 '기걸하다 저 새 봐라 몸치장도 고을시고. 깃과 날개 울긋불긋 새벽 때를 맞추어 우니 이는 산닭의 깃이외다' 하니 유빈이 크게 놀라서 드디어 그를 상빈으로 대접했다고 합니다.

또 하루는 관뇌가 들로 나가서 한가히 거니는데 한 소년이 밭에서 김을 매고 있더랍니다. 관뇌가 길가에 서서 이윽히 보다가 '자네가 성씨는 무엇이며 나이는 몇 살인가' 하고 물으니, 그 소년이 '성은 조(趙)가이옵고 이름은 안(顔)이라고 하옵니다' 하고 대답하고, '선생께서는 누구신가요' 하고 되물어서, 관뇌가 '나는 관뇌다. 내가 보매 네 미간에 사기(死氣)가 있어서 사흘 안으로 꼭 죽기로 마련이라. 네가 얼굴이 잘생겼는데 명이 짧으니 애석하구나' 했더니 조안이 급히 집으로 돌아가서 저의 아비를 보고 이 말을 했더랍니다. 아비가 그 말을 듣자 그 길로 관뇌를 쫓아와서 절을 하고 땅에 엎드려 울면서 '제발 제게로 가셔서 제 자식 놈을 구해 줍소사' 하니, 관뇌 말이 '이것은 천명인데 빈다고 될 일이겠소' 하여, 그 아비는 '늙은 것이 자식이라고는 단지 이 애 하나뿐이니 제발 덕분에 구해 줍소사' 연해 빌고 조안이도 역시 울면서 청합니다그려. 관뇌가 그 부자간의 사정을 가긍히 여겨서 마침내 조안을 보고 '자네 맑은 술 한 병하고 녹포(鹿脯) 한 쪽을 마련해 가지고서 내일 남산에 들어가면 큰 나무 아래 반석 위에 두 사람이 마주 앉아서 바둑을 두고 있는 것을 보게 될 터인데 남향해 앉은 사람은 몸에 백포를 입고 용모가 매우 흉하게 생기고 북향해 앉은 사람은 홍포를 입고 용모가 심히 아름다울 것일세. 자네는 보고 있다가 그들이 한창 바둑에 흥이 났을 때를 타서 공손히 꿇어 앉아 술과 녹포를 드리고 그것을 다 자시고 나기를 기다려 엎드려 울면서 수(壽)를 구하고 보면 반드시 나이를 더 얻게 될 것일세. 그러나 부디 내가 가르쳐 주었다는 말은 하지 말게' 하고 일러 주니 그 아비는 관뇌를 제 집으로 데리고 가서 붙들어 앉혀

두더랍니다.

그 이튿날 조안은 주포(酒脯)와 배반(盃盤)을 들고 남산 속으로 들어갔는데 한 오륙 리 가니까 과연 두 사람이 큰 소나무 아래 반석 위에 앉아서 바둑을 두고 있는데 전연 돌아다보지를 않더랍니다.

조안이가 꿇어 앉아 주포를 드렸더니 두 사람이 바둑 두는 데만 정신이 팔려서 저도 모를 결에 술을 다 먹어 버리지 않았겠습니까. 이때 조안이가 땅에 엎드려 울면서 수를 구했더니 두 사람이 깜짝 놀라며 홍포를 입은 사람은 '이는 필시 관자(管子, 관뇌)가 가르쳐 준 것일 테지. 우리 두 사람이 이미 이 사람의 술을 받아 먹었으니 안 보아 줄 수가 없게 되었소' 하고 말하고, 백포를 입은 사람은 문부(文簿)를 꺼내서 뒤적여 보더니 조안을 보고 '네가 금년 십구 세에 죽기로 되어 있으나 내 이제 열 십(十)자 위에 아홉 구(九)자 하나를 더 써 넣을 것이매 너는 아흔아홉 살까지 수를 하게 될 것이다. 그러나 네 돌아가거든 관뇌를 보고 다시는 천기를 누설하지 말라고 일러라. 그렇지 않았다가는 제가 반드시 천벌을 받게 되지' 하고 말하더랍니다. 이에 홍포를 입은 사람이 붓을 꺼내 들고 글자를 써 넣었는데 문득 일진향풍(一陣香風)이 일어나며 두 사람은 두 마리 백학이 되어 하늘 꼭대기로 높이 올라가 버리더랍니다. 조안이가 돌아와서 관뇌를 보고 물으니 관뇌 말이 '홍포를 입은 것은 남두(南斗)요, 백포를 입은 것은 북두(北斗)라네' 하여, 조안이가 다시 '저는 북두칠성이라고 들었는데 어째서 한 사람뿐입니까' 하고 물으니, 관뇌가 '흩어지면 일곱이 되고 모이면 하나가 되는 것일세. 북두는 죽는 것을 맡고 남두는 사는 것을 맡

앉는데 이제 이미 자네 명을 늘여서 적어 놓았으니 다시 무슨 근심이 있겠나' 하고 말해서 부자는 절을 하며 사례했는데, 이 일이 있은 뒤로 관뇌가 천기를 누설할까 두려워하여 다시는 경선히 남의 점을 쳐 주지 않는다고 하옵거니와 이 사람이 지금 평원에 있소온데 대왕께서 길흉화복을 알려 하신다면 왜 한 번 불러 보시지 않으십니까."

조조는 크게 기뻐하여 곧 사람을 평원으로 보내서 관뇌를 불러오게 하였다.

관뇌가 이르러 참배하고 나자 조조가 좌자의 일을 점치게 하니, 관뇌가

"그것은 그저 환술(幻術)인데 구태여 근심하실 일이 무엇이오니까."

하고 대답한다.

조조는 그 말을 듣고 적이 안심이 되어 병이 차차 나았다.

조조는 그에게 천하 대사를 점치게 하였다.

관뇌가 점을 쳐 보고

삼팔 종횡이요 누른 돛이 범을 만나	三八縱橫 黃猪遇虎
정군 남쪽에서 한 팔이 부러지네	定軍之南 傷折一股

라고 써 놓는다.

조조가 또 국조(國祚)의 장단(長短)을 점쳐 보게 하니, 관뇌가

"사자 궁중에 신위를 모셨으니 왕도가 혁신하여 자손이 극귀하리(獅子宮中 以安神位 王道鼎新 子孫極貴)."

라고 한다.

조조는 좀 더 자세한 것을 알려고 하였다. 그러나 관뇌는

"망망(茫茫)한 천수를 미리 알 수 없사오니 일후에 자연 증험하게 되오리다."

할 뿐이다.

조조가 관뇌를 봉해서 태사(太史)⁴⁾를 삼으려 하니, 관뇌는 이를 사양해서

"저의 명도(命途)가 박하고 상(相)이 궁해서 그 소임을 감당하지 못하오니 감히 받을 수 없사옵니다."

하고 말한다.

조조가 그 까닭을 묻자

"제가 이마에 주골(主骨)이 없고 눈에 수정(守睛)이 없으며 코에 양주(梁主)가 없고 다리에 천근(天根)이 없으며 등에 삼갑(三甲)이 없고 배에 삼임(三壬)⁵⁾이 없어서 다만 태산(泰山)에서 귀신을 다스릴 뿐이옵지 능히 산 사람을 다스리지는 못하옵니다."

한다.

"내 상도 한 번 보아 주지."

하고 조조는 청했으나, 관뇌는

"위(位)가 인신(人臣)으로서 오르실 데까지 다 오르셨는데 또 상은 보셔서 무얼 하십니까."

할 뿐이요 조조가 다시 두 번 세 번 물어도 관뇌는 오직 빙그레 웃을 따름으로 종시 대답하지 않았다.

---

4) 중국 고대의 사관(史官)으로서 천문과 역서(曆書)를 맡아 보는 벼슬.

5) 주골, 수정, 양주, 천근, 심갑, 삼임 등은 모두 관상하는 사람이 쓰는 말이다.

조조가 관뇌를 시켜서 문무 관료들의 상을 두루 보게 하였더니, 관뇌는 한마디로

"모두 태평한 세상의 신하들이외다."

하고, 조조가 또 길흉화복을 물었으나 그는 다 자세히 이야기하려 들지 않았다.

후세 사람이 시를 지어 그를 칭찬하였다.

평원의 관 공명이 복술도 신령하다
남진북두성을 제 능히 헤아리네.
유현(幽玄)할 손 팔괘(八卦)로다 귀규(鬼窺)를 통찰하고
오묘(奧妙)할 손 육효(六爻)로세 천정(天庭)을 깊이 아네.
제 미리 상을 아니 응당 수는 못하련가
심원(心源)을 깨쳤으매 신령하기 그지없다.
아까워라 그 당년의 기인한 그 술법을
후인이 받아서 다시 전하는 자 없었다니.

조조는 다시 관뇌로 하여금 동오와 서촉 두 곳을 점쳐 보게 하였다.

괘가 나오자 관뇌가

"동오에서는 한 대장이 죽을 것이고 서촉에서는 군사가 지경을 범하오리다."

하고 말한다.

그러나 조조는 그 말을 믿지 않았는데 문득 합비로부터 첩보가 들어와

"동오의 육구를 지키던 장수 노숙이 작고하였소이다."

하는 것이다. 조조는 크게 놀라서 즉시 사람을 한중으로 보내서 소식을 알아보게 하였다. 수일이 되지 못하여 탐마가 보하는데 유현덕이 장비와 마초를 보내서 하판(下辦)에다 군사를 둔치고 관을 취하게 한다고 한다.

조조는 대로하여 즉시 대병을 친히 거느리고 다시 한중으로 들어가려 생각하고 관뇌더러 점을 치라고 분부하였다.

관뇌가

"대왕은 아직 망령되이 동하시지 마십시오. 명년 봄에 반드시 허도에 화재가 있사오리다."

하고 말한다.

조조가 관뇌의 말이 여러 번 맞는 것을 보고는 감히 경솔하게 동하지 못하고 그대로 업군에 머물러 있으며, 조홍으로 하여금 군사 오만을 거느리고 가서 하후연·장합 두 장수를 도와 함께 동천을 지키게 하고, 또 하후돈에게 군사 삼만을 주어 허도에서 내왕하며 순경을 돌아 불의의 변을 방비하게 하고, 다시 장사 왕필로 하여금 어림군마(御林軍馬)[6]를 총독하게 하니, 주부 사마의가

"왕필이 술을 좋아하고 성질이 느려서 이 직함을 감당해 내지 못할까 두렵습니다."

하고 말한다.

그러나 조조는

"왕필로 말하면 내가 가시덤불 속에서 갖은 간난고초를 겪던 때에 나를 따라다닌 사람이라 위인이 성실하고 부지런하며 마음

───────────────
6) 천자를 호위하는 군대.

234

이 철석같아서 이 일을 맡기는 데는 가장 마땅한 사람이야."

하고 드디어 왕필로 하여금 어림군마를 거느리고 허도 동화문(東
華門) 밖에 둔치게 하였다.

이때 한 사람이 있으니 성은 경(耿)이요 이름은 기(紀)요 자는 계
행(季行)이라 낙양(洛陽) 사람이다.

전에 승상부연(丞相府椽)으로 있다가 뒤에 여솔이 시중소부(侍中
小府)로 옮겨졌는데 사직 위황(韋晃)과 교분이 심히 두터웠다.

그는 조조가 왕이 되고 출입에 천자의 거복을 쓰는 것을 보고
마음에 크게 불평을 품고 있었던 것이다.

때는 건안 이십삼년 봄 정월이다.

경기는 위황과 비밀히 상의하였다.

"조조 도적놈의 간악함이 날로 심하니 장차는 반드시 찬역까지
하고 말 것이라, 우리가 한나라의 신하로서 함께 나서서 역적을
도운 데서야 말이 되겠소."

듣고 나자 위황이

"내게 마음을 서로 허락한 친구가 있으니 성은 김(金)이요 이름
은 위(禕)요 자는 덕위(德偉)인데 한 승상 김일제(金日磾)의 후손이라
본래 조조를 칠 마음을 가진 데다 겸해서 왕필과 교분이 두터우니
만약 그와 함께 일을 도모하기로 한다면 가히 대사를 이룰 수 있
으리다."

하고 말한다.

경기가 듣고

"그가 이미 왕필과 교분이 두텁다면 어떻게 우리하고 일을 함

께 도모하려 들겠소."

하고 한마디 하니, 위황이

"가서 말을 해 보고 그가 어쩌나 보십시다."

한다.

이리하여 두 사람이 함께 김위의 집을 찾아가니 김위는 그들을 후당으로 맞아들인다.

각기 좌정하자 위황이 먼저

"덕위가 왕 장사와 교분이 두터우시기에 우리 두 사람이 특히 청할 일이 있어서 왔소."

하고 한마디 하니, 김위가

"내게 청할 일이 대체 무어요."

하고 묻는다.

위황은 말하였다.

"내 들으매 위왕께서 머지않아 선양(禪讓)[7]을 받으시고 보위(寶位)[8]에 오르신다고 하니 공은 필시 왕 장사로 더불어 현직(顯職)에 오르시게 될 것이라 부디 우리를 잊지 마시고 인진(引進)해 주신 다면 참으로 감사하겠소."

그 말을 듣자 김위가 소매를 떨치고 자리에서 일어나는데 때마침 종자가 차를 받들고 들어오는 것을 쳐서 차가 방바닥에 쏟아졌다. 위황이 짐짓 놀라는 체하고

"덕위는 나와 오랜 친군데 어쩌면 이렇게 박정하오."

하니, 김위가 분연히

---

7) 임금의 자리를 물려주는 것.
8) 임금의 자리.

"내가 너와 가까이 지내 오기는 너희들이 그래도 한나라 재신의 후손이기 때문인데 이제 국은에 보답할 생각은 하지 아니 하고 도리어 역적을 도우려고 하니 내 무슨 면목으로 너 같은 자와 벗을 한단 말이냐."

하고 꾸짖는다.

이때 경기가 옆에서 또

"그러나 천수가 그러한 것을 어떻게 하겠소."

하고 한마디 하니, 김위가 대로한다.

경기와 위황은 김위에게 과연 충의의 마음이 있는 것을 알고 곧 실정을 고하였다.

"우리들은 본래 도적을 치려 생각하고 족하에게 힘을 빌리러 온 것이오. 먼저 한 말은 특히 시험하느라 한 것이었소."

김위가 말하였다.

"내 집이 여러 대를 두고 한나라를 섬겨 온 터에 어찌 도적을 붙좇으리까. 그래 공들이 한실을 붙들어 세우려고 하신다니 어떤 고견을 가지셨소."

그 말에 위황이

"우리가 비록 나라에 보답할 마음은 있어도 실상 도적을 칠 계책은 아직 없다오."

하고 말하니, 김위가

"나는 이응외합해서 왕필을 죽이고 그 병권(兵權)을 뺏어서 천자를 호위하려 하는데, 게다가 다시 유황숙과 맺어서 외원을 삼는다면 조조 도적놈을 가히 멸할 수가 있으리다."

하고 자기 생각한 바를 말한다. 두 사람은 듣고 손뼉들을 치면서 좋다고 하였다.

　김위가 다시 말한다.

　"내게 심복 두 사람이 있으니 조조 도적놈과는 살부지수가 있고 지금 성 밖에서 사니 우리 우익을 삼는 것이 좋겠소."

　경기가

　"그게 대체 누구요."

하고 물으니, 김위가

　"태의 길평(吉平)의 아들인데 맏이는 길막(吉邈)이니 자는 문연(文然)이요 둘째는 길목(吉穆)이니 자는 사연(思然)이오. 조조가 전일에 동승의 의대조로 해서 그 부친을 죽였을 때 형제가 멀리 타향으로 도망을 해서 요행 난을 면했던 것인데 이제 몰래 허도에 돌아와 있으니 만약에 도적을 치는데 한 팔 거들라고 하면 좇지 않을 리가 없으리다."

하고 말한다. 경기와 위황은 크게 기뻐하였다.

　김위는 그 길로 사람을 보내서 가만히 길가 형제를 불렀다. 얼마 지나지 않아서 두 사람이 왔다.

　김위가 그 일을 자세히 말하니 두 사람이 비분해서 눈물을 흘리며 원한이 바로 하늘에 사무쳐 국적을 꼭 죽이고야 말겠다고 맹세한다.

　김위는 말하였다.

　"정월 대보름날 밤에 집집이 등을 켜서 명절을 장하게 쉴 텐데 경 소부와 위 사직 두 분은 각기 가동(家童)들을 거느리시고 왕필의 영문 앞으로들 오셔서 영문 안에 불이 이는 것을 보는 대로 두 길로 나누어서 짓쳐 들어와 왕필을 죽인 다음에 바로 나를 따라 함께 대내(大內)로 들어가서 천자를 오봉루(五鳳樓)로 모셔 내어 백관에게 조조 도적을 치도록 면유(面諭)[9]하시게 하십시다. 그리고 길문연 형제분은 성 밖에서부터 쳐들어와서 불을 놓는 것으로 군호를 삼아 각기 소리를 질러서 백성을 시켜 국적을 주살하게 하며 성내의 구원병을 막으시오. 그리하여 천자께서 조서를 내리시고 초안(招安)[10]하시는 일이 끝나기를 기다려서 곧 군사를 거느리고 업군으로 가서 조조를 생금하며 즉시 사자에게 조서를 주어서 가지고 가 유황숙을 부르게 합시다. 오늘 약속을 정해 놓고 기약한 날 이경에 거사하기로 하되 동승처럼 스스로 화를 취하는 일이 없도록 하시오."

이에 다섯 사람은 하늘에 맹세하며 서로 피를 마셔 약속을 정한 다음에 각기 집으로 돌아가서 군마와 병장기를 정돈하여 정한 날에 거사하기로 하였다.

이때 경기와 위황 두 사람은 각각 가동이 삼사백 명씩 있어서 병장기들을 예비하였고, 길막 형제도 또한 무리들을 삼백 명가량 모아 놓은 다음에 사냥한다는 구실로 제반 준비를 다해 놓았다.

한편 김위는 기일보다 앞서 왕필을 가 보고 말하였다.

"방금 해내(海內)가 편안하고 위왕의 위세가 천하를 진동하니 이번 원소가절(元宵佳節)에는 불가불 한 번 등불을 내걸어서 태평 기상을 보여야만 하리다."

왕필은 그 말을 옳게 여겨 성내 백성에게 일러서 장등결채(張燈結彩)[11]하여 명절을 축하하게 하였다.

---

9) 면전에서 타이르는 것.
10) 백성을 안정시키는 것.

마침내 정월 대보름날 밤이 되었다. 하늘은 맑게 개이고 달은 휘영청 밝고 별도 총총한데 육가삼시(六街三市)¹²⁾가 모두 다투어서 화등(花燈)을 걸어 놓으니 실로 이날만은 밤이 새도록 거리를 싸다닌대도 누구라 이것을 타내며 금할 자가 없는 것이다.

왕필은 어림군의 여러 장수들로 더불어 영중에 연석을 배설하고서 술을 마시고 있었다.

이경 이후에 홀연 군영 안에서 함성이 일어나며 사람이 보하되 영 뒤에서 불길이 인다고 한다.

왕필은 황망히 장막 밖으로 나가 보았다. 화광이 충천하고 또 함성이 천지를 진동해서 들려온다.

그는 영중에서 변이 일어난 것을 알고 급히 말에 뛰어올랐다.

남문을 막 나서자 바로 경기와 만났는데 경기가 곧 활을 쏘아서 화살이 그의 어깻죽지에 들어맞아 그는 하마터면 말에서 떨어질 뻔하였다. 왕필은 곧 서문을 바라고 달아났다.

등 뒤에서 군사들이 쫓아온다.

왕필은 당황하여 말을 버리고 사람 틈에 가 끼어서 김위의 집 문전에 당도하자 곧 문을 두들겼다.

이때 김위는 한편으로 사람을 시켜서 영중에 불을 놓게 하고 한편으로 친히 가동들을 거느리고 뒤따라 나가서 싸움을 돕고 있던 터라, 집안에는 부녀들만 남아 있었는데 왕필이 와서 문을 두들기는 소리를 듣자 안에서는 김위가 돌아온 줄로만 생각해서 그 아

---

11) 집 밖에 등불을 내걸고 붉은 헝겊을 매다는 것. 중국에서 명절이나 경사에 하는 풍습.
12) 수도의 번화한 거리를 가리켜서 하는 말.

내가 문 너머로 대뜸

"왕필이 그놈은 죽여 버렸소."

하고 물었다.

왕필은 소스라쳐 놀랐다. 그는 그제야 김위도 공모한 것임을 깨닫고 그 길로 조휴의 집으로 달려가서 김위와 경기의 무리가 모반하였다고 보하였다.

조휴는 곧 갑옷투구하고 말에 올라 천여 명을 거느리고 나서서 성중에서 적을 막았다.

성내 사면에 불이 일어나 오봉루도 타서 황제는 심궁(深宮)으로 몸을 피하였다.

조씨 일문의 심복들이 죽기로써 궁문을 지키는데 성 안에서는 사람마다 외치느니

"조조 도적을 죽여 버리고 한실을 붙들어 세우자."

하는 소리다.

이보다 앞서 하후돈은 조조의 명을 받들고 허창을 순경하기로 하여 삼만 군을 거느리고 성에서 오 리 떨어진 곳에 군사를 둔치고 있었는데, 이날 밤 성중에서 불이 일어난 것을 멀리서 바라보고 즉시 대군을 거느리고 달려와서 허도를 에워싼 다음에 일지군을 성내로 들여보내서 조휴를 접응하게 하였다.

그대로 한데 뒤범벅이 되어서 싸우는 중에 어느덧 날이 훤히 밝아 왔다.

이때 경기와 위황은 누가 와서 도와주는 사람은 없고 또 전하는 말에 김위와 길막 형제가 모두 죽었다고 한다.

경기와 위황은 혈로를 뚫고 성문으로 뛰어나갔다.

그러나 문을 나서며 바로 하후돈의 대군에게 포위를 받아서 두 사람은 마침내 사로잡히고 수하의 백여 명은 다 죽고 말았다.

하후돈은 입성하자 일변 불을 끄며 일변 다섯 사람의 집 일가권속들을 모조리 잡아들인 다음에 사람을 시켜서 조조에게 보하게 하였다.

조조는 영을 전해서 경기·위황 두 사람과 다섯 집의 일가권속들은 모두 거리로 내어다가 목을 베게 하고, 조정에 있던 대소 백관들은 모조리 잡아서 업군으로 압령해다가 처분을 기다리게 하였다.

하후돈이 경기와 위황 두 사람을 압령해서 거리로 나가자 경기는 소리를 가다듬어

"조아만[조조를 말함]아, 내가 살아서 너를 죽이지 못했으니 죽어서 마땅히 여귀(厲鬼)[13]가 되어 역적놈을 치고 말겠다."
하고 크게 외쳤다.

망나니가 칼로 입을 째 놓으니 피가 흘러 땅에 흥건한데 그는 죽을 때까지 그대로 꾸짖기를 마지않았다.

위황은 땅바닥에 엎드러져 얼굴로 땅을 치며

"분하구나! 분하구나."
하고 이를 부드득부드득 갈면서 죽었다.

후세 사람이 그들을 칭찬해서 지은 시가 있다.

경기의 충성이여, 위황의 어짐이여!
기우는 하늘 맨손으로 떠받들려 하였으나

---

13) 악귀.

나라 운수가 다하고 말았으매
한을 가슴에 품고 저세상으로 떠나가다.

하후돈이 다섯 사람의 일가권속을 모조리 목 벤 다음에 백관들을 묶어서 업군으로 압령해 가니 조조는 곧 교장 좌편에는 홍기를 우편에는 백기를 세워 놓고서 영을 내리되

"경기와 위황의 무리가 모반해서 허도에 불을 질렀을 때 너희들 가운데 혹 불을 끄러 나간 자도 있을 것이고 혹 문을 닫고 나가지 않은 자도 있을 터라, 불을 끄러 나갔던 자는 홍기 아래로 가서 서고 끄러 나가지 않았던 자는 백기 아래로 가서 서거라."
하였다.

여러 관원들이 속으로 가만히 생각해 보니 불을 끈 자가 죄가 없을 것 같아서 많이들 홍기 아래로 가서 서고 겨우 삼분의 일쯤이 백기 아래로 가서 섰다.

조조는 홍기 아래 선 자들을 모조리 잡아내리라고 호령하였다.

여러 관원들이 저마다 죄가 없다고 말하였으나 조조는

"당시 너희들의 마음은 불을 끄려는 것이 아니라 실상은 도적들을 도우려고 했던 것이니라."
하고 모조리 장하 가로 끌어내다가 목을 베게 하니 죽은 자가 삼백여 명이다.

그리고 조조는 백기 아래 섰던 자들에게는 모조리 상급을 내려서 허도로 돌려보냈다.

이때 왕필은 전창이 덧나서 이미 죽고 말았으므로 조조는 후히 장사지내 주게 하고 그를 대신해서 조휴로 하여금 어림군마

를 총독하게 하며 종유로 상국(相國)을 삼고 화흠으로 어사대부를 삼았다.

그리고 후작(侯爵) 육등 십팔급과 관중후작(關中侯爵) 십칠급을 정하니 모두 금인자수(金印紫綬)요, 또 관내외후(關內外後) 십육급을 두니 은인구뉴묵수(銀印龜紐墨綬)요, 오대부(五大夫) 십오급은 동인환뉴수(銅印鐶紐綬)다.

작을 정하고 벼슬을 봉한 다음에 조정에 있는 일반 인물들을 또한 갈았다.

이때 조조는 바야흐로 관뇌가 화재가 있으리라고 미리 일러 주던 말이 생각나서 관뇌에게 중상을 내렸다. 그러나 관뇌는 그것을 받지 않았다.

한편 조홍은 군사를 거느리고 한중에 이르자 장합과 하후연으로 하여금 각각 험요(險要)한 곳을 웅거해서 지키게 하고 조홍 자기는 친히 적을 막으러 군사를 거느리고 나아갔다.

이때 장비는 뇌동과 더불어 파서를 지키고 있었고 마초는 하판(下辦)에 이르러 오란으로 선봉을 삼아 군사를 거느리고 나가 초탐하게 했는데, 바로 조홍의 군사와 만나자 오란은 곧 군사를 뒤로 물리려 하였다.

그러나 이때 아장 임기(任夔)가

"적병이 처음 왔으니 만일에 먼저 그 예기를 꺾어 놓지 않는다면 무슨 낯으로 맹기를 보겠소."

하고 말을 몰아 나가며 창을 꼬나 잡고 조홍에게 싸움을 돋우었다.

조홍은 몸소 칼을 들고 말을 달려 나왔다. 그리고 단지 삼합에 임기를 베어 말 아래 거꾸러뜨리자 곧 승세해서 몰아쳤다.

오란이 크게 패해서 돌아가 마초를 보니, 마초가

"네가 어째서 내 영도 기다리지 않고 적을 우습게보다가 이렇듯 패했단 말이냐."

하고 꾸짖는다.

오란이

"임기가 제 말을 듣지 않아서 그만 패를 보았소이다."

하고 대답하니, 마초는

"애구를 굳게 지키며 결코 나가서 싸우려 마라."

하고 한편으로 성도에 보해서 지휘를 기다리기로 하였다.

조홍은 마초가 연일 나오지 않는 것을 보자 무슨 꾀나 쓰려는 것이 아닐까 해서 군사를 물려 남정으로 돌아갔다.

장합이 조홍을 와서 보고

"장군이 이미 적장을 베셨으면서 어째서 군사를 물리셨소."

하고 물어서, 조홍이

"마초가 나오지 않는 것을 보니 무슨 다른 꾀가 있는 것 같을뿐더러 내가 업군에서 신복(神卜) 관뇌가 하는 말을 들었는데, 이곳에서 일원 대장이 죽으리라고 해서 그 말이 종시 께름칙해서 감히 경솔하게 나가지 않은 것이오"

하니, 장합이 듣고 크게 웃으며

"장군이 반생을 싸움터에서 살아오시며 이제 한갓 점쟁이 말에 혹해서 그러십니까. 내 비록 재주는 없으나 원컨대 본부병을 이끌고 가서 파서를 취하오리다. 만약 파서를 얻고 보면 촉군을 취하기는 쉬울 것이외다."

하고 말한다.

　조홍이

　"지금 파서를 지키고 있는 장비는 등한히 볼 사람이 아니니 결코 우습게 대해서는 아니 될 것이오."

하고 말했으나, 장합이

　"남들은 모두 장비를 두려워하지만 나는 저를 어린아이로밖에 보지 않으니 이번에 가면 반드시 사로잡아 오겠소이다."

하고 흰소리를 쳐서, 조홍이

　"만일에 실수가 있다면 어찌하겠소."

하니, 장합이

　"군령을 달게 받겠소이다."

한다.

　조홍은 군령장을 받아 놓고 나서 장합으로 하여금 군사를 거느리고 나가게 하였다.

　　자고로 교만한 군사가 패하기를 일쑤 잘하고
　　종래에 적을 우습게보는 자 성공한 예가 드물지그려.

　대체 승부가 어찌 될 것인고.

맹장 장비는 지혜로 와구관을 취하고
노장 황충은 계책을 써서 천탕산을 빼앗다

| *70* |

장합이 수하 군사 삼만 명을 세 채로 나누어 각기 험한 산세를 의지해서 지키게 하니, 하나는 탕거채(宕渠寨)요 하나는 몽두채(蒙頭寨)요 또 하나는 탕석채(蕩石寨)다.

당일 장합이 세 영채에서 각각 군사 반씩을 내어 파서를 취하러 가기로 하고 나머지 절반씩은 남겨 두어 각각 영채를 지키게 하였는데, 탐마가 이 소식을 알아 가지고 파서로 돌아와서

"장합이 군사를 거느리고 옵니다."

하고 보한다.

장비가 급히 뇌동을 불러다 놓고 상의하니, 뇌동이

"낭중(閬中)은 지형이 사납고 산세가 험악해서 가히 매복할 만하니 장군께서는 군사를 거느리고 나가셔서 싸우시고 저는 기병(奇兵)을 내서 도우면 장합을 사로잡을 수 있을 것입니다."

247

하고 말한다.

장비는 정병 오천 명을 내어 뇌동에게 주어서 거느리고 가게 한 다음, 자기는 군사 일만을 데리고 낭중을 떠나 삼십 리를 와서 장합의 군사와 만나자 서로 진을 벌리고 대하였다.

장비가 나서며 장합에게 싸움을 걸어 장합이 창을 꼬나 잡고 말을 달려 나와 서로 싸우는데, 이십여 합에 이르러 장합의 후군에서 홀연 함성이 일어나니 이는 원래 장합의 군사들이 산 뒤에 촉병의 기번(旗旛)이 휘날리는 것을 바라보고 소동을 일으킨 것이다.

장합은 감히 그대로 싸우지 못하고 말머리를 돌려서 달아났다.

장비가 그 뒤를 몰아치는데 앞에서 또 뇌동이 군사를 거느리고 짓쳐 나온다.

앞뒤에서 끼고 쳐서 장합의 군사가 대패하자 장비와 뇌동은 밤을 도와 그 뒤를 쫓아서 바로 탕거산까지 갔다.

장합은 먼저대로 군사를 나누어서 세 영채를 지키는데, 뇌목과 포석을 많이 쌓아 놓고 굳게 지키며 싸우려 하지 않았다.

장비는 탕거에서 십 리 상거한 곳에 하채하고 이튿날 군사를 끌고 나가서 싸움을 돋우었으나 장합은 산 위에서 군악을 잡히고 앉아 술을 마시며 도무지 산을 내려오지 않는다.

장비는 군사들을 시켜서 욕설을 퍼붓게 하였다. 그러나 장합은 나오지 않는다. 장비는 그대로 자기 영채로 돌아올밖에 없었다.

이튿날은 뇌동이 또 산 아래로 가서 싸움을 돋우었다. 그러나 장합은 역시 나오지 않는다.

뇌동이 군사를 몰아 산으로 올라가는데 산 위에서 뇌목·포석이 굴러 떨어졌다.

뇌동이 급히 군사를 뒤로 물릴 때 탕석·몽두 두 영채에서 군사들이 달려 나와 그를 쳐 물리쳤다.

이튿날은 장비가 다시 가서 싸움을 돋우었다. 그러나 장합은 역시 나오지 않는다.

장비는 군사들을 시켜 온갖 지저분한 욕설을 다 퍼붓게 하였다. 그러나 장합이 또한 산 위에서 마주 대고 욕지거리를 할 뿐이다.

장비는 아무리 생각을 해 보았으나 도무지 써 볼 만한 계책이 없었다.

이처럼 서로 상거하기 오십여 일에 장비는 산 앞의 대채 안에서 지내며 매일 술을 마시고 술을 마시면 반드시 대취해 가지고 산 앞에 나와 앉아서 욕하고 꾸짖는 것이다.

현덕이 호군(犒軍)하러 사람을 보냈는데 와서 보니 장비가 종일 술만 마시고 있다.

사자가 돌아가서 현덕에게 보하자 현덕이 크게 놀라 황망히 공명을 와서 보고 물으니, 공명이 웃으며

"원래 그렇습니다그려. 군중에는 아마도 좋은 술이 없을 것이라 성도에 아름다운 술이 극히 많으니 장 장군 자시게 쉰 항아리만 세 수레에 실어서 군전으로 보내야겠습니다."

하고 말한다.

현덕은 다시 물었다.

"내 아우가 본래 술을 먹으면 실수를 하는데 군사는 어째서 제게 도리어 술을 보내시는 것이오."

공명이 역시 웃으며 대답한다.

"주공께서 그처럼 오랫동안을 형제로 지내 오시면서 아직도 그

사람됨을 모르신단 말씀입니까. 익덕이 원래는 성질이 강파르기만 했으나 앞서 서천을 취할 때 엄안을 살려 준 것만 보더라도 일개 용부의 소위는 아닙니다. 이제 장합과 상거하기 오십여 일에 술이 취해 가지고는 문득 산 앞에 나가 앉아 욕하고 꾸짖으며 방약무인하게 군다고 하니 이는 술을 탐내는 것이 아니라 바로 장합을 깨치려는 계책인 것입니다."

들고 나자 현덕은

"비록 그러하기는 하나 저만 믿고 있을 수는 없는 일이니 위연을 보내서 돕게 하는 것이 좋겠소."

하고 말하였다.

공명은 곧 위연을 시켜서 군전으로 술을 영거해 가게 하는데 수레에다 각각 '군전공용미주(軍前公用美酒)'라고 크게 쓴 황기를 꽂게 하였다.

위연은 명을 받고 술을 영거하여 채중에 이르러 장비를 보고, 주공께서 술을 보내셨다고 말을 전하였다.

장비가 절을 하고 받은 다음에 위연과 뇌동에게 분부하되, 각기 일지군을 거느리고 좌우익이 되어 있다가 군중에서 홍기를 들거든 그것을 군호 삼아 곧 진병하게 하라 하였다.

그리고 장비 자기는 술 항아리들을 장하에다 쭉 벌려 놓고 군사들을 시켜 기들을 잡고 늘어서서 북치게 하고 술을 마셨다.

세작이 산 위에다 보해서 장합이 몸소 산마루터기에 올라 내려다보니, 장비가 장하에서 술을 마시며 두 명 작은 군사를 시켜 자기 앞에서 씨름을 하게 하며 놀고 있는 것이다.

장합은 이 꼴을 보자

"장비가 나를 너무나 업신여기는구나."

하고 영을 전해서

"오늘밤에 산에서 내려가 장비의 영채를 겁략하기로 하되, 몽두 · 탕석 두 영채에서 모두 나와 좌우에서 도우라."

하였다.

이날 밤 장합이 희미한 달빛을 타서 군사를 끌고 산모퉁이로 내려 와서 바로 영채 맞은편에 이르러 멀리 바라보니, 장비가 등촉을 밝혀 놓고 앉아 바로 장중에서 술을 마시고 있다.

장합이 앞을 서서 대함 일성에 바로 중군으로 짓쳐 들어가는데 이때 산 앞에서는 또 북을 쳐서 위세를 돕는다.

장비는 꼼짝 않고 그대로 앉아 있다.

장합은 말을 풍우같이 몰아서 그의 면전으로 뛰어들자 한 창에 찔러 거꾸러뜨렸다. 그러나 그것은 한낱 만들어 놓은 사람이다.

장합이 급히 말머리를 돌렸을 때 장막 뒤에서 연주포가 일어나며 한 장수가 앞을 서서 내달아 길을 딱 막는데, 고리눈 부릅뜨고 벽력같이 호통 치니 그가 바로 장비다. 장팔사모를 꼬나 잡고 말을 몰아서 바로 장합에게로 달려든다.

두 장수는 불빛 속에서 사오십 합을 싸웠다.

이때 장합은 오직 두 영채에서 구원병이 오기만 기다리는데 누가 알았으랴, 두 영채의 구원병이라는 것들이 이미 위연과 뇌동에게 격퇴당하고 두 곳이 다 영채마저 빼앗겨 버렸을 줄이야.

장합은 구원병이 오지 않는 것을 보고 어찌할 바를 모르는데 또 보니 산 위에서 불이 일어난다. 이것은 장비의 후군에게 이미 탕거채마저 빼앗기고 만 것이다.

장합은 세 영채를 한꺼번에 다 잃고 하는 수 없이 와구관(瓦口關)으로 가 버렸다.

장비가 크게 이기고 첩보를 성도에 보내니 현덕은 크게 기뻐하며 그제야 익덕이 술 먹은 것이 오로지 장합을 꾀어 산에서 내려오게 하려는 계책이었음을 알았다.

이때 장합이 물러가서 와구관을 지키는데, 군사 삼만 명에서 이미 이만 명을 잃어 조홍에게 사람을 보내서 구원을 청하였다.

조홍은 대로하여

"네가 내 말을 듣지 않고 기어이 진병하더니 급기야 긴요한 애구를 잃어버리고 도리어 구원을 청하러 온단 말이냐."

하고 드디어 군사는 내어 주려 하지 않고 사람을 시켜서 장합더러 어서 나가 싸우라고 독촉만 하게 하였다.

장합이 황급해서 마침내 계책을 정하고 군사를 양로로 나누어 와구관 어귀 궁벽한 산길에 매복해 놓고

"내가 거짓 패해서 도망하면 장비가 반드시 쫓아올 것이니 그때 너희들은 바로 내달아서 그의 돌아갈 길을 끊어라."

하고 분부하였다.

이날 장합은 군사를 끌고 나가다가 바로 뇌동을 만났다.

서로 싸우기 두어 합이 못 되어 장합이 패해서 달아나니 뇌동이 뒤를 쫓아온다.

이때 좌우편 복병이 일시에 내달아서 길을 끊어 버리자 장합이 다시 돌아와서 한 창에 뇌동을 찔러 말 아래 거꾸러뜨렸다.

패군이 돌아가 장비에게 보하니 이번에는 장비가 친히 나와 장

합에게 싸움을 걸었는데 장합이 또 거짓 패해서 달아난다.

그러나 장비가 그 뒤를 쫓지 않았더니 장합이 다시 돌아와서 싸우는데 역시 두어 합이 못 되어 또 말머리를 돌려 도망한다.

장비는 그것이 계책임을 알고 곧 군사를 거두어 가지고 영채로 돌아와 위연을 보고 상의한다.

"장합이 매복계를 써서 뇌동을 죽이고 이제 또 나를 속이려 드니 아무래도 장계취계해야겠네."

장비가 말하니, 위연이

"어떻게 하자는 말씀이오."

하고 묻는다. 장비는 계책을 말하였다.

"내 내일 군사를 데리고 앞서 나갈 테니 자네는 정병을 거느리고 뒤에 남아 있다가 복병이 나오기를 기다려 군사를 나누어 치기로 하는데, 수레 십여 채에다 시초를 가득 싣고 가서 소로들을 막고 불을 놓으면 내 승세해서 장합을 사로잡아 뇌동의 원수를 갚겠네."

위연은 계책을 받았다.

그 이튿날 장비가 군사를 데리고 앞으로 나아가니 장합이 또 군사를 끌고 나와서 장비를 맞아 싸운다.

서로 싸우기 십여 합에 이르자 장합이 또 거짓 패해서 달아나는데 이번에는 장비가 마보군을 이끌고 그 뒤를 쫓으니 장합은 일변 싸우며 일변 달아나며 하여 장비를 산골짜기 안으로 끌어들여 놓은 다음에 후군으로 전군을 삼아 진을 벌려 놓고 다시 장비와 맞선다.

그러면서 장합은 양편에서 복병이 나와 장비를 에워 주기만을 바랐던 것인데, 뜻밖에도 그가 기다리는 복병은 위연이 거느리는 정병이 와서 이미 산골짜기로 다 몰아넣고 골 어귀를 수레로 막아 버린 다음 수레에다 불을 질러 골짜기 안의 초목이 모두 불이 붙으니 연기가 자욱해서 군사들이 나올 수가 없게 되어 버린 지경이니, 장합이 기다리는 복병은 올 리가 없다.

장비는 그대로 군사를 휘몰아친다.

장합은 크게 패하여 죽기로써 혈로를 뚫고 와구관으로 달려 올라가자, 패한 군사들을 거두어 모아 가지고 관만 굳게 지키며 나오지 않았다.

장비는 위연과 함께 연일 관을 쳤으나 깨뜨리지 못하였다. 그대로는 일이 쉽게 성사될 것 같지 않아, 장비는 군사를 이십 리 밖으로 물린 다음에 위연과 함께 수십 기를 데리고 몸소 나서서 사면 다니며 관에 이르는 소로를 찾아보았다.

그러는 중에 문득 보니 남녀 사오 명이 각기 보따리들을 지고 궁벽한 산길을 등나무 덩굴에 매달리고 칡덩굴에 붙어서 올라가고 있는 것이다.

장비는 마상에서 채찍을 들어 가리키며 위연에게

"와구관을 뺏을 계책이 바로 저 백성에게 있겠네."

하니, 위연이 의아해하는데 장비가 즉시 군사를 불러서

"네 가만히 가서 저 백성을 이리로 데려오너라."

하고 분부하였다.

군사가 곧 가서 데리고 오니 장비는 좋은 말로 그들을 안심시킨 다음 어디서 오느냐고 묻는다.

백성이 아뢴다.

"저희들은 모두 한중 백성으로서 이제 고향으로 돌아가려 하옵는데 마침 난리가 나서 낭중 관도(官道)가 막혔다는 소문을 들었삽기에 이제 창계(蒼溪)를 지나 재통산(梓通山)·회근천(檜釿川)으로 해서 한중으로 들어가려고들 하고 있는 겝지요."

장비가 다시

"저 길로 와구관을 가려면 어찌 되느냐."

하고 물으니, 백성의 대답이

"재통산 소로길로 가시면 바로 와구관 뒤로 나가시게 됩니다요."

한다.

장비는 크게 기뻐하여 백성을 데리고 영채로 들어가서 술과 밥을 주어 위로하였다.

그런 다음 연하여 위연에게

"자네는 군사를 거느리고 가서 관을 치게. 나는 몸소 경기를 이끌고 재통산으로 나가 관의 뒤쪽을 칠 테니."

하고 말을 이른 다음에 즉시 그 백성에게 길을 인도하게 하여 경기 오백을 뽑아 거느리고 소로로 해서 나아갔다.

이때 장합은 구원병이 오지 않아서 걱정 중에 있었는데 문득 또 사람이 보하되 위연이 관 아래로부터 쳐들어온다고 한다.

장합이 즉시 갑옷투구하고 말에 올라 막 산을 내려가려 할 때 다시 보하는 말이

"관 뒤에 너덧 군데에 불길이 오르는데 어느 쪽 군사가 오는지를 모르겠습니다."

한다.

장합이 몸소 군사를 거느리고 나가서 맞는데, 기가 열리는 곳에 보니 바로 장비다.

장합은 소스라쳐 놀라 급히 소로로 해서 도망하였다. 그러나 길이 험해서 말이 잘 나가지를 못하는데 뒤에서는 장비가 말을 몰아 바짝 쫓아 들어온다.

장합은 말을 버리고 산으로 올라가 길을 찾아 도망해서 겨우 위기를 벗어났다.

뒤를 따르는 자가 도무지 십여 인뿐이다. 장합이 그들을 데리고 걸어서 남정으로 들어가 조홍을 보니, 조홍은 장합 수하에 단지 십여 명이 남아 있는 것을 보자 대로하여

"내 너더러 나서지 말라고 하였거늘 네가 굳이 군령장까지 두고 기어이 가겠다고 하더니, 오늘 대병을 잃고서도 오히려 함께 죽어 버리지 않고 홀로 돌아왔으니 어쩌겠다는 게냐."
하고 좌우를 호령해서 곧 끌어내어다가 목을 베라 하였다.

이를 보고 행군사마 곽회(郭淮)가 나서서 간한다.

"본래 이르기를 '삼군은 얻기 쉬워도 한 장수는 구하기 어렵다'고 합니다. 장합이 비록 죄가 있으나 위왕께서 깊이 사랑하시는 사람이니 죽이셔서는 아니 될 것입니다. 제 생각으로는 그에게 다시 오천 병을 주시어 가맹관을 취하게 하시면, 각처 군사들이 그 위세에 눌려서 한중이 자연 안정될 것이옵니다. 만일에 그래도 그가 공을 이루지 못하거든 그때 가서 두 죄를 함께 몰아 벌을 주시도록 하시지요."

조홍은 그 말을 좇아 다시 군사 오천을 주어 장합으로 하여금 가맹관을 취하게 하였다.

장합은 결연한 낯빛으로 명을 받고 떠났다.

이때 가맹관을 지키고 있던 맹달과 곽준은 장합이 군사를 거느리고 온 것을 알자, 곽준은 굳게 지키자고 하는데 맹달은 고집을 부려 적을 맞아 싸우겠다며 군사를 이끌고 관에서 내려가 장합과 싸우다가 크게 패하여 돌아왔다. 곽준은 급히 문서를 닦아서 성도로 올려 보냈다.

현덕이 보도를 받고 군사를 청해서 상의하니 공명은 모든 장수들을 당상에 모아 놓고

"이제 가맹관이 급박하니 낭중에 가서 익덕을 데려와야만 장합을 물리칠 수 있을까 보오."

하고 말을 내었다.

법정이 듣고

"이제 익덕이 군사를 와구에 둔쳐 놓고 낭중을 진수하고 있으니 그 역시 긴요한 곳이라 불러와서는 아니 되오리다. 장중의 여러 장수들 가운데서 한 사람을 뽑아 장합을 물리치게 하는 것이 마땅할까 보이다."

하고 말하니, 공명이 웃으며

"장합은 위의 명장이니 등한히 볼 것이 아니오. 아마 익덕이 아니고는 그를 대적할 사람이 없으리다."

하는데, 문득 한 사람이 나서면서 소리를 가다듬어

"군사는 어째서 여기 있는 여러 장수들을 대수롭잖게 보십니까. 내 비록 재주는 없으나 원컨대 장합의 수급을 베어다가 휘하에 바치오리다."

하고 소리친다. 여러 사람이 보니 바로 노장 황충이다.

공명이 그를 보고

"한승이 비록 용맹하나 연로했으니 두려웁건대 장합의 적수는 아니리다."

하고 말하니, 황충은 듣고 나자 백수를 거스르며

"내 비록 늙었으나 두 팔로 오히려 삼석궁(三石弓)을 다리며 전신에 천 근 힘이 있는데 장합 필부를 대적 못하리란 말씀입니까."

하고 말한다.

공명이 다시

"장군의 연세가 이제 칠십을 바라보는데 어찌 늙지 않으셨다 하오."

라고 한마디 하니, 황충이 곧 당 아래로 뛰어내려가 도가(刀架) 위에서 대도를 집어 들고 나는 듯이 휘두르고 벽상에 걸려 있는 경궁(硬弓)을 연달아 다려서 두 개를 분질러 놓는다.

공명은 물었다.

"장군이 가신다면 부장은 누구를 데려가시겠소."

황충이 대답한다.

"노장 엄안과 같이 가는 것이 좋겠지요. 만일에 일점의 실수라도 있으면 내 이 흰 머리를 바치오리다."

현덕은 크게 기뻐하여 즉시 엄안과 황충으로 하여금 장합과 싸우게 하였다.

이때 조운이 나서서

"이제 장합이 친히 가맹관을 범했는데 군사는 이것을 너무 가볍게 보지 마십시오. 만일에 가맹관을 아주 잃는 때는 익주가 위태로워지는데 어찌하여 두 늙은 장수를 보내 대적을 당하게 하십니까.”

하고 제 의경을 주장하니, 공명이

“그대는 이 두 사람이 연로해 일을 그르칠 것이라 염려하고 있으나 나는 반드시 이 두 장군의 손으로 한중이 우리에게 돌아오리라 믿소.”

하고 말한다.

조운의 무리는 다 냉소하며 물러갔다.

한편 황충과 엄안이 관상에 당도하니, 맹달과 곽준이 보고 ‘이러한 긴요한 곳에다 어쩌자고 저런 늙은 것들을 보냈노’ 하고 속으로 또한 공명이 일을 잘못한다고 비웃었다.

황충은 엄안을 보고

“영감은 여러 사람의 동정을 보셨소. 저희들이 우리 두 사람을 늙었다고 비웃으니 이제 혁혁한 공훈을 세워서 여러 사람의 마음을 복종시켜야 하겠소.”

라고 말하니, 엄안이

“장군의 영대로 하오리다.”

하고 대답한다.

두 사람이 의논을 정하고 나자 황충은 군사를 거느리고 관에서 내려가 장합과 마주 보고 진을 쳤다.

장합이 나와서 황충을 보고 웃으며

“네 그렇게 나이를 먹은 놈이 아직도 부끄럼을 모르고 예가 어디라고 출진한단 말이냐.”

하고 욕을 하니, 황충이 노하여

"어린놈이 나더러 늙었다고 한다마는 내 수종의 보검은 늙지 않았느니라."

하고 드디어 말을 몰아 앞으로 나가서 장합을 취한다.

그러나 두 말이 서로 어우러져서 이십여 합쯤이나 싸웠을까 하여 홀연 등 뒤에서 함성이 일어나니, 원래 이는 엄안이 소로로 해서 장합의 군사 뒤로 돌아 나온 것이다.

양군의 협공을 받고 장합은 대패하였다. 촉병이 밤을 도와 뒤를 쫓으니 장합의 군사는 팔구 십 리를 물러갔다.

황충과 엄안은 군사를 거두어 영채 안으로 들어가서 각각 군사를 결속하고 동하지 않았다.

조홍은 장합이 또 싸움에 졌다는 말을 듣자 다시 그에게 죄를 주려 하였다.

그러나 곽회가

"장합이 핍박을 받으면 반드시 서촉으로 넘어가 버릴 것이니 이제 장수를 보내서 한편으로 도와주기도 하려니와 또 감시해서 다른 생각이 들지 않게 하시는 것이 좋을 줄로 압니다."

하고 권해서, 조홍은 그 말을 좇아 곧 하후돈의 조카 하후상과 항복한 장수로서 한현의 아우 되는 한호 두 사람에게 오천 군사를 주어 데리고 가서 싸움을 돕게 하였다.

두 장수는 그 즉시 행군해서 장합의 영채에 당도하자 군정(軍情)을 물었다.

장합이 대답하여

"노장 황충이 원체 영웅인 데다 엄안이 또 돕고 있으니 우습게 대하지 못하리다."

하니, 한호가

"내가 장사에 있었기 때문에 이 늙은 도적놈의 수작을 잘 아오. 이놈이 위연과 함께 성지를 바치고 내 친형님을 해쳤는데 이제 이미 만난 바에는 내 꼭 원수를 갚아야겠소."

하고 드디어 하후상과 더불어 새로 데리고 온 군사를 거느리고 영채에서 떠나 앞으로 나아갔다.

이보다 앞서 황충은 연일 군사를 시켜 초탐하게 해서 이미 지형을 잘 익혔는데 엄안이 있다가

"예서 가노라면 산이 하나 있으니 이름은 천탕산이라, 그 산속은 바로 조조가 양초를 쌓아 두는 곳이니 만약에 이곳을 얻어서 그 양초를 끊고 보면 한중을 가히 얻을 수 있사오리다."

하고 말해서, 황충은

"장군의 말씀이 바로 내 뜻과 같소. 나를 위해서 이러이러하게 하여 주셨으면 좋겠소."

하고 그에게 계책을 말하였다.

엄안은 그 계책에 의해서 몸소 일지군을 거느리고 떠났다.

이때 황충은 하후상과 한호가 왔다는 말을 듣고 드디어 군마를 거느리고 영채를 나섰다.

한호가 진전에 있다가 황충을 보자

"이 의리부동한 늙은 도적놈아."

하고 크게 꾸짖으며 창을 꼬나 잡고 말을 몰아 황충에게로 달려드는데 하후상이 또 나와서 협공한다.

황충은 두 장수와 힘껏 싸웠다.

그러나 십여 합을 싸운 끝에 황충이 패해서 달아나니 두 장수는 이십여 리를 쫓아와서 황충의 영채를 뺏어 들었다. 황충은 또 영채 하나를 새로 세웠다.

그 이튿날 하후상과 한호가 쫓아와서 황충은 또 출전하였는데 두어 합 싸우다가 황충은 또 패해서 달아났다.

두 장수는 다시 이십여 리를 쫓아와서 황충의 영채를 뺏은 다음에 장합을 불러서 뒤채를 지키라고 하였다.

장합은 앞채로 와서

"황충이 연하여 이틀을 물러가니 그 가운데 반드시 궤계가 있을 것이오."

하고 간하였다. 그러나 하후상은 장합을 꾸짖으며

"그대가 그렇듯 겁이 많으니 여러 차례 패한 까닭을 가히 알겠소. 다시는 여러 말 말고 우리 두 사람이 공을 세우는 것이나 보오."

하고 말한다.

장합은 낯을 붉히고 물러갔다.

이튿날 두 장수가 또 나와 싸워서 황충이 다시 패하여 이십여 리를 물러가니 두 장수는 그대로 군사를 이끌고 뒤를 따라왔다.

또 이튿날 두 장수가 군사를 데리고 나오자 황충은 싸우지도 않고 그대로 달아났다.

이렇듯 연달아 여러 진을 패하고 황충이 마침내 바로 관 위로 들어와 버리니 두 장수가 관 앞에 하채한다. 황충은 관만 굳게 지키고 나가지 않았다.

한편 맹달은 남 몰래 현덕에게 글을 내서 '주군께서 보내신 황충이 연달아 여러 차례 패하고 지금 물러나 관 위에 들어와 있소이다' 하고 보하였다.

현덕이 황망히 공명에게 물으니, 공명이

"이것은 노장의 교병지계(驕兵之計)입니다."

하고 말한다.

그러나 조운의 무리는 그 말을 믿지 않아서 현덕은 유봉을 관상으로 보내서 황충을 접응하게 하였다.

황충이 유봉과 서로 만나 보는데 그에게

"소장군이 싸움을 도우러 오신 뜻이 무엇이오."

하고 물으니, 유봉이

"부친께서 장군이 여러 차례 패하셨단 말씀을 들으신 까닭에 저를 보내신 것이외다."

하고 대답한다.

그 말에 황충은 웃으며

"이는 이 늙은 사람의 교병지계외다. 이제 오늘밤 한 번 싸움에 잃었던 여러 영채를 도로 찾고 그들의 양식과 마필들을 다 뺏어 올 것이니 이는 곧 영채를 빌려 주어 저들로 하여금 치중을 두어 두게 한 것이라, 오늘밤 곽준은 남겨 두어 관을 지키게 하고 맹장군은 나를 위해서 양초를 나르며 마필을 뺏어 오고 소장군은 내가 적을 깨치는 양을 구경하오."

하고 말하였다.

이날 밤 이경에 황충은 오천 군 거느리고 관을 열고 바로 내려갔다.

원래 하후상과 한호 두 장수가 황충이 연일 관상에 틀어박혀 꼼짝도 않는 것을 보고 모두 마음들이 해이해져서 아무 준비 없이 있던 터라 황충이 영채 안으로 짓쳐 들어가자 사람은 미처 갑옷을 입지 못하고 말에는 미처 안장을 지우지 못한 채 두 장수가 각자 목숨을 도망해서 달아나니 군사와 말들이 경황 중에 서로 짓밟고 부딪혀 죽고 상하는 자가 부지기수다.

날이 훤히 밝을 무렵까지에 연달아 영채 셋을 뺏으니 각 채마다 그대로 버리고 간 병장기와 마필들이 산처럼 쌓였다.

모조리 맹달을 시켜서 관으로 날라 늘이게 한 다음에 황충이 다시 적병의 뒤를 쫓아서 군마를 재촉해 나아가니, 유봉이 보고

"군사들이 곤할 것이매 잠시 쉬시는 것이 좋을까 보이다."

하고 말한다.

그러나 황충은

"범의 굴에 들어가지 않으면 어찌 범의 새끼를 얻으리까."

하고 말을 채찍질해서 앞서 나갔다.

이것을 보고 군사들이 모두 힘을 다해서 앞으로들 나간다.

이때 장합 수하의 군사들은 도리어 자기편의 패병들이 덮쳐 들어오는 통에 그 자리에서 배겨 내지들을 못하고 허다한 채책들을 다 버려 둔 채 모두 뒤꼭지를 보이고 달아나서 졸지에 한수 가까지 다다르고 말았다.

장합이 하후상과 한호를 찾아가 보고

"이 천탕산은 양초를 둔 곳이요 인접한 미창산(米倉山)도 군량을 둔 곳이니 곧 한중 군사들의 양명(養命)하는 근원이라, 만약에 실

수가 있고 보면 곧 한중이 없는 것이라오. 마땅히 수호(守護)할 계책을 생각해야 할 것이오."

하고 말을 내니, 하후상이

"미창산은 우리 숙부 하후연이 군사를 나누어 수호하고 계신데 그곳이 바로 정군산(定軍山)과 연접해 있으니 거기는 염려할 것이 없고, 천탕산은 우리 형님 하후덕이 진수하고 있으니 우리들이 그리로 가서 함께 그 산을 지키는 것이 좋겠소."

하고 말한다.

이에 장합은 두 장수와 함께 밤을 도와 천탕산으로 갔다.

장합이 하후덕을 보고 지난 일을 다 이야기하니, 하후덕이 듣고 나서

"내가 여기다 십만 병을 둔쳐 놓고 있으니 그대는 거느리고 가서 잃은 영채를 다시 찾도록 하는 것이 좋겠소."

하고 말한다.

장합이

"적의 기세가 하 높으니 그저 굳게 지키고 있는 것이 좋지 망동해서는 아니 될 듯하오."

하고 말하는데 홀지에 산 앞에서 징소리·북소리가 크게 진동하더니 사람이 보하되 황충의 군사가 왔다고 한다.

하후덕이 크게 웃으며

"늙은 도적놈이 병법을 모르고 다만 용맹만 믿고 저러는구나."

하고 말해서, 장합이

"황충은 꾀가 많은 사람이오. 용맹만 있는 것이 아니오."

하였더니, 그는 다시

"서천 군사들이 멀리 발섭(跋涉)해 와서 연일 피곤한 데다가 또 겸해서 적지에 깊이 들어왔으니 이는 무모한 짓이오."

하고 말한다.

그래도 장합이

"역시 적을 우습게보아서는 아니 되니 그저 굳게 지키는 것이 상책이오."

하고 권하는데, 이때 한호가 나서며

"정병 삼천만 빌려 주시오. 그러면 내 나가서 적을 쳐 반드시 이기고 돌아오겠습니다."

하고 큰소리를 친다.

하후덕은 드디어 군사를 나누어서 한호에게 주고 산에서 내려가게 하였다.

황충이 군사를 정돈해 가지고 나가서 맞으려 하니 유봉이 보고

"날이 이미 저물었고 군사들이 모두 먼 길을 와서 피곤한 터이니 잠시 쉬게 하시는 것이 마땅할까 보이다."

하고 간한다.

그러나 황충은 웃으며

"그렇지 않소. 이는 하늘이 기이한 공을 내리시는 것이니 취하지 않는다면 하늘의 뜻을 거스르는 것이오."

하고 말을 마치자, 북 치고 고함지르며 앞으로 나아갔다.

한호가 군사를 거느리고 마주 나와 싸운다.

황충은 칼을 휘두르며 바로 한호에게로 달려들자 단지 한 합에 그를 베어 말 아래 거꾸러뜨렸다.

서촉 군사들의 사기는 하늘을 찌를 듯 크게 고함을 지르며 산

위로 쇄도한다.

장합과 하후상이 급히 군사를 끌고 나와서 맞아 싸우는데 이때 홀지에 산 뒤에서 함성이 크게 울리며 화광이 충천하여 하늘과 땅이 한빛으로 시뻘겋다.

하후덕이 군사를 끌고 불을 구하러 오다가 바로 노장 엄안과 만났다. 엄안의 손이 한 번 번뜻 하자 칼이 떨어지며 하후덕의 머리가 말 아래 구른다.

원래 황충이 미리 엄안을 시켜 군사를 데리고 산속 궁벽한 곳에 매복해 있다가 자기 군사가 당도하기를 기다려서 시초 쌓아 놓은 데다 불을 지르게 해서 일제히 불이 붙자 맹렬한 불길이 하늘을 찔러 산골짜기 안을 대낮처럼 환하게 비쳤던 것이다.

엄안이 하후덕을 벤 뒤에 바로 산 뒤로부터 짓쳐 들어오니 장합과 하후상은 앞뒤로 적을 받아서 서로 돌아보지 못하고 그만 찬탕산을 버려둔 채 정군산으로 하후연을 바라고 도망해 갔다.

황충과 엄안이 천탕산을 점거하고 성도로 첩보를 올리니, 현덕이 보고 여러 장수들과 더불어 하례하며 기뻐하는데, 이때 법정이 떨치고 나서더니

"전일에 조조가 장노를 항복받고 한중을 평정했을 때 승세해서 아주 파·촉을 도모하려 하지 않고서 다만 하후연과 장합 두 장수를 남겨 두어 지키게 하고 자기는 대군을 거느리고 북으로 돌아가 버렸으니 이것이 조조로서는 크게 잘못한 일입니다. 이제 장합이 갓 패해서 천탕산을 잃었으니 주공께서 만약 이때를 타서 대병을 거느리시고 친히 가서 치시면 가히 한중을 평정하실 수 있을 것입니다. 한 번 한중을 평정하신 연후에 군사를 조련하

며 양초를 쌓아 놓고 가만히 둘을 엿보기로 하면, 나아가서는 가히 도적을 칠 수 있을 것이요 물러나도 가히 제 땅을 지킬 수는 있는 것이라 이것은 바로 하늘이 주시는 기회이니 놓쳐서는 아니 됩니다."

하고 말한다.

현덕과 공명은 마음에 깊이 그러리라 생각하고 드디어 영을 전해서 조운과 장비로 선봉을 삼고 현덕은 공명과 함께 친히 군사 십만을 거느려 날을 택해 한중을 치기로 하고, 각처로 격문을 전해 더욱 방비를 엄하게 하라 일렀다.

때는 건안 이십삼년 추칠월 길일(吉日)이다.

현덕은 대군을 거느리고 가맹관을 나가서 하채하고, 황충과 엄안을 영채로 불러 후히 상을 준 다음

"사람들은 모두 장군을 늙었다 해도 유독 군사만은 장군의 능하신 것을 알고 있었는데 이번에 과연 기이한 공을 세우셨소. 이제 한중 정군산으로 말하면 곧 남정의 보장이요 또한 적이 양초를 쌓아 놓은 곳이라 만약 정군산만 얻고 보면 양평일로(陽平一路)는 족히 근심할 것이 없겠는데 장군은 또 가서 정군산을 취해 보시겠소."

하고 물어보았다.

황충이 개연히 응낙하고 곧 군사를 거느리고 떠나려 드는데, 공명이 갑자기 나서서 만류하며 하는 말이

"노장군이 비록 영용은 하시지만 하후연은 장합의 무리에 비할 바가 아니오. 하후연이 도략(韜略)[1]에 깊이 통하고 병기(兵機)[2]를 잘

268

아는 까닭에 조조가 그를 믿고 서량의 번병(藩屏)³⁾을 삼은 것이라, 앞서는 군사를 장안에 둔쳐서 마맹기를 막았고 지금은 또 한중에 군사를 둔치고 있으니 조조가 다른 사람에게 부탁하지 않고 유독 하후연에게 맡기는 것은 그에게 장재(將才)가 있기 때문이오. 장군 이 비록 이번에 장합을 이기시기는 하였지만 하후연을 이기실지 는 미리 헤아릴 수 없는 일이라, 공의 생각 같아서는 한 사람을 형 주로 보내서 관 장군을 바꾸어 와야만 비로소 대적할 수 있을까 하오."

한다.

이 말에 황충은 분연히 대답하였다.

"옛적에 염파(廉頗)⁴⁾는 나이 팔십에 오히려 한 말 밥과 열 근 고 기를 먹으매 제후들이 다 그 용맹을 두려워해서 감히 조나라 지 경을 침범하지 못했는데 이 황충으로 말하면 아직 칠십도 못 되 었으니 더 말해 무얼 합니까. 군사께서 나를 늙었다고 하시니 내 이번에는 부장도 쓰지 않고 다만 본부병 삼천 인만 데리고 가서 선 자리에 하후연의 수급을 베어다가 휘하에 바치오리다."

공명은 재삼 듣지 않았으나 황충은 외곬으로 가겠다고만 주장 한다. 드디어 공명은 그를 보고

"기위 장군이 가시겠다면 내가 사람 하나를 감군(監軍)을 삼아

---

1) 병략(兵略)과 같다. 육도삼략(六韜三略)에서 온 말이니, 육도는 문도(文韜)·무도 (武韜)·용도(龍韜)·호도(虎韜)·표도(豹韜)·견도(犬韜)요, 삼략은 상략(上略)·중 략(中略)·하략(下略)으로서 모두 병서(兵書)다.

2) 군사상의 기밀(機密).

3) 번(藩)은 울타리요 병(屏)은 대문의 앞가림이니, 천자가 제후들을 봉해서 왕실의 울타리를 삼는다는 뜻으로 번병은 제후를 말한다.

4) 전국시대 조나라의 유명한 장군.

같이 가게 하겠는데 장군의 의향은 어떠시오.”
하고 물었다.

　　장수를 부리려면 격장법(激將法)[5]을 써야 하리
　　연소한 사람이 늙은이만 못하구나.

　대체 보내려는 사람이 누군고.

대산을 차지하고 황충은 편히 앉아 적이 피로하기를 기다리고
한수를 의지해서 조운은 적은 군사로 대병을 이기다

| *71* |

이때 공명이 황충에게

"장군이 기위 가시겠다면 내가 법정을 시켜서 장군을 도와드리
도록 하겠으니 매사를 서로 의논해서 하시오. 내가 뒤따라 인마
를 보내서 접응해 드리리다."

하고 분부해서 황충은 응낙하고 법정과 함께 본부병 삼천을 영솔
하고 떠났다.

공명은 현덕을 향해서

"이 노장은 격동하지 않으면 비록 가더라도 공을 이루지 못할
것입니다. 제가 이제 이미 떠났으니 모름지기 인마를 내어 접응
해 주어야 합니다."

하고 품한 다음, 곧 조운을 불러서

"일지군을 거느리고 소로로 해서 기병(奇兵)을 내어 황충을 접응

하되 만약 황충이 이기거든 구태여 나가 싸울 것 없고 혹시 황충에게 허실이 보일 때에는 곧 가서 구하도록 하라.”

라고 분부하고, 다시 유봉과 맹달을 불러서

“삼천 병을 거느리고 산중의 험준한 곳으로 가서 정기(旌旗)를 많이 꽂아 놓아 우리 군사의 성세(聲勢)를 장하게 해서 적들로 하여금 놀라고 의심하게 하라.”

라고 분부하니 세 사람이 각기 군사들을 영솔하고 떠난 뒤 공명은 다시 사람을 하판으로 보내서 마초에게 계책을 주어 이러이러하게 하라고 이르게 하고, 또 엄안을 파서 낭중으로 보내서 애구를 지키게 하고, 대신 장비와 위연은 불러올려다가 함께 한중을 취하기로 하였다.

한편 장합이 하후상과 함께 하후연을 가 보고

“천탕산을 이미 잃고 하후덕과 한호가 전사했는데 이제 들으매 유비가 친히 군사를 거느리고 와서 한중을 취하려 한다 하니 속히 위왕께 고하고 빨리 정병 맹장을 보내셔서 구응하시라고 해야 하겠소이다.”

하고 말하니, 하후연은 듣고 곧 사람을 조홍에게 보내 알렸다.

조홍이 밤을 도와 허창으로 올라가 조조에게 고하자 조조는 크게 놀라 급히 문무 관원들을 모아 놓고 군사를 보내서 한중 구할 일을 상의하였다.

장사 유엽이 나와서

“만일에 한중을 잃으면 중원이 진동할 것이니 대왕께서는 수고로움을 사양 마시고 몸소 가셔서 정벌하셔야만 하겠습니다.”

하고 말한다.

조조는

"그때 경의 말을 듣지 않았다가 지금 이 지경이 되고 만 것이 한이로구려."

하고 전사를 뉘우치며 황망히 영지를 전해서 군사 사십만을 일으켜 친정(親征)하기로 하였다.

때는 건안 이십삼년 추칠월이다.

조조가 군사를 세 길로 나누어서 나아가니 전부 선봉은 하후돈이요 조조는 친히 중군을 거느리고 조휴로는 후군을 삼아 삼군이 꼬리를 물고 육속 나아간다.

조조가 금의옥대로 금안백마를 타고 나서니 무사는 손에 대홍라소금산개(大紅羅銷金傘蓋)[1]를 들어서 받쳐 주고 좌우에는 금과은월(金瓜銀鉞)[2]과 등봉과모(鐙棒戈矛)[3]가 늘어서고 일월용봉정기(日月龍鳳旌旗)[4]가 휘날리는데, 호가하는 용호관군(龍虎官軍)이 이만 오천 명이라 다섯 대로 나누어서 매 대 오천 명이 청·황·적·백·흑 오색으로 갈려 기번갑마(旗旛甲馬)[5]를 모두 제 본색(本色)을 찾아서 하니 휘황찬란하기가 그지없더라.

동관을 나서서 조조가 마상에 앉아 바라보니 한 곳에 수림이

---

1) 다홍 비단을 씌운 도금한 산개. 산개는 제왕이 받는 일산(日傘).
2) 금과는 옛날에 호위병이 손에 잡던 병장기다. 은월은 은도끼로 역시 의장(儀仗)의 하나이다.
3) 등은 등자, 봉은 몽둥이, 과는 창의 일종, 모도 창의 일종으로 모두 의장으로 쓰인다.
4) 해와 달과 용과 봉을 그린 기. 역시 의장으로 쓰이는 것.
5) 각색 기와 갑옷과 말.

있어 극히 무성하다. 근시에게

"이곳이 어디냐."

하고 물으니,

"이곳 이름은 남전(藍田)이옵고 저 수림 속에 채옹장(蔡邕莊)이 있사온데 지금 채옹의 딸 채염(蔡琰)이 제 남편 동기(董紀)와 함께 게서 살고 있소이다."

하고 아뢴다.

원래 조조가 채옹과는 그 사이가 각근하였고, 일찍이 그의 딸 채염이 위도개(衛道玠)에게 시집을 갔다가 뒤에 사로잡혀서 북방으로 끌려가 그곳에서 아들 형제를 낳았고, 호가십팔 박(胡笳十八拍)을 지은 것이 중원으로 전해 들어와서 조조가 듣고 마음에 못내 어여삐 여겨 사람을 시켜 천금을 가지고 북방으로 들어가 속(贖)해 오게 하였더니, 좌현왕(左賢王)[6]이 조조의 위세를 두려워하여 채염을 한나라로 보내 주어서 조조가 채염을 동기와 짝지어 함께 살게 해 주었던 일들이 주마등처럼 감돈다.

이리하여 장원 앞에 이르자 조조는 군마를 먼저 보내 놓고 자기만 근시 백여 기를 데리고 장원 문전에서 말을 내렸다.

이때 동기는 벼슬을 사느라 밖에 나가서 없고 집에는 오직 채염만 있었다. 채염이 조조가 왔다는 말을 듣고 부리나케 나와서 영접해 모신다. 조조는 중당으로 들어가서 좌정하였다.

채염이 그 앞에 문안을 드리고 나서 한 옆에 모시고 선다.

조조가 우연히 벽 위를 보니 비문도축(碑文圖軸) 하나 걸려 있다.

---

6) 흉노(匈奴) 귀족의 봉호(封號).

조조는 자리에서 일어나 한 번 보고 나서 채염에게 물었다.

채염이 이야기한다.

"이것은 조아(曹娥)의 비문 탁본이올시다. 옛날 화제 때 상우(上虞)에 한 박수가 있었는데 성명은 조우(曹盱)라 하며 사바악신(娑婆樂神)[7]을 잘했더랍니다. 어느 해 오월 오일에 조우가 술에 취해 가지고 배 위에서 춤을 추다 강물에 빠져 죽었는데, 그의 딸 열네 살 먹은 아이가 아비의 시신이라고 찾겠다고 한 이레 동안 강변을 오르내리며 밤낮으로 울고불고 한 끝에 물속으로 뛰어들더니 그로써 닷새째 되는 날 저의 아비의 시체를 등에 업고 떠올라서 마을 사람이 강변에다 장사를 지내 주었다고 합니다. 상우원님 도상(度尙)이란 이가 조정에 아뢰어 그를 효녀로 표창하고 그 사적을 비석에다 새기려고 한단순(邯鄲淳)을 시켜서 글을 짓게 하는데, 당시 한단순은 열세 살 먹은 아이로서 일필휘지해서 지어 내니 실로 문불가점(文不加點)[8]이라, 그 글을 돌에 새겨서 무덤 옆에 세운 까닭에 당시 사람들이 기이하게 여긴 것이랍니다. 첩의 아비 채옹이 그 소문을 듣고 보러 갔는데 마침 날이 저문 뒤여서 아비가 어둠 속에 손으로 비문을 더듬어서 읽어 보고는 붓을 찾아서 비석 뒤에다 크게 여덟 자를 써 놓은 것을 후세 사람이 이 여덟 자까지 아울러 비석에 새긴 것이라고 합니다."

조조가 그 여덟 자라는 것을 읽어 보니

황견유부(黃絹幼婦) 외손제구(外孫虀臼)

---

7) 사바는 춤이라는 뜻인데, 대략 무속적인 춤과 노래를 잘했다는 뜻으로 보인다.
8) 글을 짓는데 한 번 쓴 것을 지우거나 고치거나 하지 않는 것.

라 하였다.

조조가 채염에게

"너는 이 뜻을 아느냐."

하고 물으니, 채염의 말이

"비록 선인(先人)의 남긴 필적이기는 합니다마는 첩도 실상 그 뜻은 모릅니다."

한다.

조조는 여러 모사들을 돌아보고 물었다.

"그대들은 아는가."

여러 사람이 모두 대답을 못하는데, 그중의 한 사람이 나서며

"저는 이미 그 뜻을 알았습니다."

하고 말한다. 조조가 보니 곧 주부 양수다.

조조는 그에게

"경은 아직 말을 마라. 내 좀 생각해 보겠다."

하고 드디어 채염을 작별한 다음 여러 사람들을 데리고 장원을 나왔다.

조조는 말을 타고 삼 리를 가서야 문득 깨닫고 웃으며 양수에게

"어디 시험 삼아 경이 말해 보라."

하니, 양수가 그 글을 푸는데

"이것은 은어(隱語)[9]입니다. 황견은 곧 색이 있는 실이니 실사(糸) 변에 빛 색(色)을 하면 끊어질 절(絕)자가 되고, 유부(幼婦)는 곧 젊은 계집이라 계집 녀(女)변에 젊을 소(少)를 하면 묘할 묘(妙) 자가

---

9) 사물을 직접 바로 말하지 않고 은연중에 그 뜻을 깨닫게 하는 말.

되고, 외손(外孫)은 곧 딸이 낳은 자식이라 계집 녀(女)변에 아들 자(子)를 하면 좋을 호(好)자가 되고, 제구는 곧 다섯 가지 매운 물건 [五辛]10)을 받는 그릇이라 받을 수(受)변에 매울 신(辛)을 하면 말씀 사(辭)자가 되지 않습니까. 이것들을 한데 붙이면 곧 '절묘호사(絕妙好辭)'넉 자가 되는 것입니다."

하고 말한다.

조조가 크게 놀라며

"바로 내가 생각한 것과 꼭 같군."

하고 말하니, 여러 사람들은 모두 양수의 재식(才識)에 감탄 아니 하는 자가 없었다.

불일내에 대군이 남정에 당도하니 조홍이 나와서 맞고, 장합이 연패한 사실을 갖추 고한다.

그러나 조조는

"그것은 장합의 죄라고만 할 수 없지. 원래가 승부란 병가지상 사니라."

할 뿐이었다.

조홍이 다시

"지금 유비가 황충으로 하여 정군산을 치고 있는데 하후연이 대왕의 군사가 오는 것을 알고 굳게 지키며 아직 한 번도 나가 싸우지 않았습니다."

하고 고하니, 조조는

---

10) 파, 부추, 달래, 마늘, 생강.

"만약에 나가 싸우지 않으면 이는 내 편이 약한 것을 뵈는 것이라."

하고 즉시 사람을 시켜서 절(節)을 가지고 정군산에 가서 하후연으로 하여금 군사를 내 나가 싸우도록 하였다.

이것을 보고 유엽이

"하후연의 성질이 너무 강직해서 적의 간계에 빠질까 저어되옵니다."

하고 간하니 조조는 친필로 글월을 한 통 써서 주었다.

사자가 절을 가지고 하후연의 진영에 이르니 하후연이 맞아들인다. 사자는 조조의 글월을 내어 주었다.

하후연이 받아서 뜯어보니 사연은 대강 다음과 같다.

대저 장수된 자는 마땅히 강하고 유한 것을 겸해야 하는 것이니 부질없이 그 용맹만 믿어서는 아니 될 것이라. 만일에 단지 용맹에만 만사를 맡긴다면 이는 한 사람의 적(敵)일 따름이다.

내 이제 대군을 남정에 둔쳐 놓고 경의 묘재(妙才)를 보고자 하는 바이니 두 글자[11]를 욕되게 하지 말지어다.

하후연은 보고 나자 크게 기뻐하여 사자를 돌려보낸 다음에, 곧 장합과 의논하되

"이제 위왕이 대병을 거느리고 오셔서 남정에 둔치시고 유비를 치려 하시는데 내 그대와 오랫동안 이 땅을 지키고 있으면서 아

---

11) 묘재(妙才) 두 글자를 말함. 묘재는 문자 그대로 묘한 재주라는 뜻과 동시에 또한 하후연의 자(字)이기도 하다.

무 공도 세운 바가 없으니 내일은 내 나가 싸워서 기필코 황충을 생금하겠네."

하니, 장합이 듣고

"황충은 지모와 용맹을 겸비한 데다 또 법정이 곁에서 돕는 터라, 우습게 대해서는 아니 되리다. 이곳 산길이 심히 험준하니 그저 굳게 지키고 있는 것이 좋겠소."

하고 간한다.

그러나 하후연은

"그러다가 만약에 다른 사람이 공을 세우기라도 한다면 나나 그대나 무슨 면목으로 위왕을 뵙는단 말인가. 공은 산만 지키고 있으시게. 내 나가서 싸움세."

하고, 드디어 영을 내려서

"뉘 감히 나가서 적의 허실을 알아볼꼬."

하고 물으니, 하후상이

"제가 한 번 가겠습니다."

하고 나선다.

하후연은 그에게

"네 가서 적정을 알아보되 황충과 싸울 때는 오직 지기만 하지 결코 이기려 마라. 내게 묘계가 있으니 이러이러하게 할 것이다."

하고 분부하였다.

하후상은 영을 받자 삼천 군을 거느리고 정군산 대채를 떠나서 앞으로 나갔다.

한편 황충은 법정과 함께 정군산 어귀에다 군사를 둔쳐 놓고 여러 차례 싸움을 걸었으나 하후연이 굳게 지키고 앉아서 나오려 들지 않는다. 그대로 몰고 들어가서 치려고 하여도 원체 산길이 험해서 적을 요량하기가 어려우므로 그는 오직 그 자리를 지키고 있을 따름이었다.

그러자 이날 문득 보하는 말이 산 위에 있는 조조 군사가 내려와서 싸움을 청한다고 한다.

황충이 듣고 막 군사를 끌고 나가서 맞아 싸우려 하는데, 아장 진식(陳式)이 나서며

"장군은 가만히 계십시오. 제기 한 번 대적해 보겠습니다." 하고 말한다.

황충이 크게 기뻐하며 드디어 군사 일천을 내어 주어서 진식은 거느리고 산 어구로 나가 진을 쳤다.

하후상이 군사를 거느리고 당도하였다. 진식은 드디어 그와 더불어 싸웠다.

그러나 두어 합이 못 되어서 하후상이 거짓 패해 달아나서 진식이 그 뒤를 쫓는데 중로에 이르자 양쪽 산 위에서 뇌목 · 포석이 떨어져 내려 더는 앞으로 나아갈 수가 없다.

막 군사를 돌리려고 할 때 등 뒤에서 하후연이 군사를 이끌고 뛰어나와 진식이 당해 내지 못하고 하후연에게 생금되고 마니 수하 군졸에 항복하는 자가 많았다.

패군 가운데 목숨을 도망해 돌아온 자들이 있어서 황충에게 진식이 적에게 사로잡혔다고 보하자 황충이 황망히 법정과 상론하니, 법정이 말하기를

"하후연의 위인이 경솔하고 조급하며 용맹을 믿고 꾀는 적으니,

군사들을 한 번 격동해서 영채를 빼 가지고 앞으로 나가되 걸음마다 영채를 세워 하후연을 꾀어내어 싸우러 오게 해서 사로잡아 버립시다. 이것이 곧 '반객위주법(反客爲主法)'이라는 것이외다."
한다.

황충은 그 꾀를 써서 있는 물건을 모조리 내다가 삼군을 상 주니 군사들의 환성이 산골에 꽉 차서 모두들 죽기로 싸우기를 외친다.

황충은 그날로 영채를 빼 가지고 나가며 걸음마다 영채를 세워 매 영에서 수일씩 묵고는 또 나아가곤 하였다.

하후연이 이 말을 듣고 나가서 싸우려 하니, 장합이

"이는 바로 '반객위주법'이라 나가서 싸워서는 아니 됩니다. 만일 그래도 싸우신다면 반드시 실수가 따르리라."
하고 간한다.

그러나 하후연은 듣지 않고 하후상에게 수천 군을 주어 나가서 싸우게 하였다.

하후상이 그 길로 바로 황충의 영채 앞에 이르니, 황충이 말에 올라 칼 들고 나와 맞아 하후상과 말을 어우르자 단지 한 합에 그를 생금해 가지고 영채로 돌아왔다. 남은 무리들이 모두 패해 도망하여 하후연에게 돌아가서 보하였다.

하후연이 듣고 급히 사람을 황충의 영채로 보내서 진식으로 하후상과 바꾸기를 청하니, 황충이 다음 날 진전에서 서로 바꾸자고 약속을 한다.

그 이튿날 양군이 다 산골 안 넓은 터전에 이르러 진을 벌려 놓자 황충과 하후연이 각각 말 타고 자기 진 문기 아래 나와 섰다.

황충은 하후상을 데리고 하후연은 진식을 데리고 섰는데, 모두 전포와 갑옷을 주지 않고 단지 홑옷 한 벌만 주어서 몸을 가리게 하였을 뿐이다.

북소리가 한 번 울리자 진식과 하후상이 각각 본진을 바라고 쏜 살같이 달려서 돌아가는데, 하후상이 저의 진문에 거의 다다랐을 때 황충이 한 살로 그 등을 쏘아 맞혀 하후상은 화살을 비틀거리며 진으로 돌아오다 픽 쓰러지고 말았다.

이 광경을 본 하후연은 대로해서 말을 풍우같이 몰아 바로 황충에게로 달려든다.

황충은 그러지 않아도 하후연의 화를 돋우어 한 판 자웅을 결하려던 터라 두 장수는 어우러져 싸웠다. 그러나 이십여 합에 이르렀을 때 조병 진영에서 홀연 군사를 거두는 징소리가 크게 울렸다.

하후연이 황망히 말을 돌려 돌아가니 황충이 승세해서 한바탕 그 뒤를 몰아친다.

하후연은 진으로 돌아가자 압진관(押陣官)을 보고 물었다.

"어인 까닭으로 징을 쳤느냐."

압진관이 대답한다.

"모가 보오니 산골 안에 촉병의 기치가 여러 곳에 나부끼기로 혹여나 복병이 아닌가 해서 급히 장군을 돌아오시게 한 것이올시다."

하후연은 그 말을 옳게 여겨 오직 산을 굳게 지키며 다시 나가지 않았다.

이때 황충은 정군산 기슭까지 바짝 쫓아 들어와 법정과 상의한다. 법정이 손을 들어 높은 산을 가리키며

"저쪽 서편에 우뚝 솟은 산이 하나 있어 사면이 몹시 험한데 저 산 위에서는 정군산의 허실을 빤히 내려다볼 수 있으니, 장군이 만약 저 산만 얻으시고 보면 정군산은 바로 장중에 넣은 것이나 다름없다고 할 것이외다."

하고 말한다.

황충이 쳐다보니 산꼭대기는 좀 평평한데 산 위로서 약간의 인마가 어른거린다.

이날 밤 이경 시분에 황충은 군사를 거느리고 징 치고 북 치며 바로 산마루터기를 바라고 짓쳐 올라갔다.

이 산은 하후연의 수하 장수 두습(杜襲)이 지키고 있었는데 군사가 단지 수백 명뿐이라, 당시 황충의 대대 인마가 일시에 밀고 올라오는 것을 보자 두습은 어찌할 도리가 없어서 그냥 산을 버리고 달아났다. 황충은 마침내 이 산등성 마루를 점령해서 바로 정군산과 맞서게 되었다.

법정이 황충을 보고

"장군은 산 중턱을 지키시고 나는 산마루에 있기로 하되, 하후연의 군사가 오르기를 기다려서 내가 군호로 백기(白旗)를 들거든 장군은 군사들을 붙들어 놓아 동하지 못하게 하시다가 적들이 그만 무료하여 아무 방비가 없게 되기를 기다려서 내가 홍기(紅旗)를 번쩍 들거든 장군은 곧 산에서 내려가 적을 치시오. 이일대로(以逸待勢)[12]로 반드시 이길 수 있으리다."

하고 계책을 말한다.

황충은 크게 기뻐하여 그 계교를 따르기로 하였다.

한편 두습이 군사를 이끌고 도망해 돌아가서 하후연을 보고 황충이 대산(對山)을 빼앗았다고 말하니, 하후연은 크게 놀라

"황충이 대산을 점거해 버렸으니 내 불가불 나가서 싸워야겠다."

하고 말하였다.

장합이 그를 간한다.

"이것은 곧 법정의 계교입니다. 장군은 나가 싸우셔서는 아니 되니 그저 굳게 지기고 계시는 것이 좋으리다."

그러나 하후연은

"그놈이 우리 대산을 점거해 버려 우리 허실을 빤히 보고 있는 터에 어찌 앉아서 당할 수가 있단 말인가."

하면서 장합이 아무리 간하여도 듣지 않고, 군사를 나누어 가지고 가서 대산을 에워싸고 큰 소리로 욕을 하며 싸움을 돋우었다.

법정이 산 위에서 백기를 든다. 황충은 하후연이 무어라고 욕을 하거나 꾸짖거나 그냥 모른 체하고 나가 싸우지 않았다.

그러자 오시 이후가 되어 조병이 모두 노곤해져서 예기가 이미 떨어지고 많이들 말에서 내려 땅바닥에 앉아서 쉬는 것을 보자 법정은 마침내 홍기를 번쩍 들어 휘둘렀다.

고각(鼓角)이 일제히 울리고 함성이 크게 진동한다.

황충이 말을 놓아 맨 앞을 서서 산 아래로 달려 내려가니 그 형세가 마치도 산이 무너지고 땅이 꺼지는 것 같다.

---

12) 편안하게 있다가 적이 피로하기를 기다려서 싸우는 것.

하후연이 미처 손을 놀려 볼 사이도 없이 황충은 휘개(麾蓋)[13]
아래로 쫓아 들어가며

"네 이놈."

하고 한 소리 크게 호통 치니 우레 소리나 일반이다.

하후연이 미처 막아 볼 사이도 없었다. 황충의 보도(寶刀)가 한
번 번쩍 하니 하후연은 머리서부터 어깨로 내려가며 두 쪽이 나
고 말았다.

후세 사람이 황충을 칭찬해서 지은 시가 있다.

> 백발을 흩날리며 신위(神威)를 떨치누나.
> 울리는 시위 소리 칼끝에 바람 인다.
> 범같이 호통 치니 용처럼 말은 나네.
> 높고 높은 그의 공훈 나라 터를 닦았구나.

황충이 하후연을 베자 조병은 그대로 무너져서 각자 목숨을 도
망하였다.

황충은 승세해서 정군산을 뺏으러 갔다. 장합이 군사를 거느리
고 나와서 맞는다. 황충이 진식과 더불어 양쪽에서 끼고 치니 일
장 혼전 끝에 장합은 패해서 달아났다.

이때 홀연 산모퉁이로부터 일표군이 내달아 도망갈 길을 막더
니 거느리는 일원 대장이 큰 소리로

"상산 조자룡이 예 있다."

하고 외친다.

---

13) 대장이 받고 있는 일산.

장합은 소스라쳐 놀라 패군을 이끌고 길을 뺏어 정군산을 바라고 달아났다.

그러자 앞에서 일지군이 나와 그를 맞으니 바로 두습이다.

두습이 그를 보자

"정군산은 이미 유봉과 맹달에게 뺏기고 말았소이다."

하고 고한다.

장합은 크게 놀라서 드디어 두습과 패병을 이끌고 한수로 가서 영채를 세우고 한편으로 사람을 보내서 조조에게 보하게 하였다.

조조는 하후연이 죽었다는 말을 듣자 방성대곡하며 그제야 관뇌가 일러 주던 말을 깨달았으니 '삼팔종횡(三八縱橫)'이란 곧 건안 이십사년을 가리켜서 한 말이요, '누른 돛이 범을 만나(黃猪遇虎)'란 곧 기해(己亥) 정월을 말한 것이요, '정군 남쪽에서(定軍之南)'란 곧 정군산의 남쪽에서라는 말이요, 또 '한 다리가 부러지네(傷折一股)'란 바로 하후연이 조조와 형제간의 정리가 있기 때문이다.

조조는 사람을 시켜서 관뇌를 찾아보게 하였다. 그러나 그가 어디로 갔는지 아는 사람은 아무도 없었다.

조조의 황충에 대한 원한은 골수에 사무쳤다. 조조는 드디어 대군을 친히 영솔하고 정군산으로 가서 하후연의 원수를 갚으려고 서황으로 선봉을 삼아 한수에 이르렀다.

장합과 두습이 나와 조조를 영접하며

"이제 정군산을 이미 잃었으매 미창산에 있는 양초를 북산(北山) 영채 안에다 옮겨 쌓은 다음에 진병하시는 것이 좋을까 보이다."

하고 아뢴다.

조조는 그리하라 하였다.

한편 출진 때 남긴 장담에 어김없이 천하 맹장 하후연의 수급을 높이 들고 황충은 보무도 당당히 가맹관으로 개선하였다.

황충이 하후연의 수급을 베어 가지고 가맹관으로 와서 현덕에게 바치니 현덕은 크게 기뻐하여 황충으로 정서대장군(征西大將軍)을 삼고 연석을 배설하여 전공을 경하하였다.

그러자 문득 아장 장저(張著)가 와서 보하는 말이

"조조가 몸소 대군 이십만을 거느리고 하후연의 원수를 갚으러 왔사온데 지금 장합이 미창산에서 양초를 날라다가 한수 북산 아래다 옮겨 쌓고 있는 중입니다."

한다.

듣고 나자 공명이

"이제 조조가 대병을 거느리고 이곳에 온 터라 양초가 달릴 것이 염려되는 까닭에 군사를 머물러 두고 더 나오지 못하는 것입니다. 만약에 누가 하나 그곳으로 깊이 들어가서 그 양초를 불사르고 또 치중을 뺏어 온다면 조조의 예기가 꺾이고 말 테지요."

하고 말해서, 황충이

"이 늙은 사람이 그 소임을 맡고 싶소이다."

하고 자원해 나서니, 공명은 대뜸

"장합은 하후연에게다 비할 사람이 아니라 우습게 대해서는 아니 되오."

하고 말하고, 뒤를 이어 현덕도

"하후연이 비록 총수(總帥)라고는 하지만 한낱 용부라 제 어찌 장합에게 미치리. 만일에 장합을 벨 수 있다면 하후연을 벤 것의 열 배나 낫다고 할 수 있지."

하고 한마디 한다.

황충은 분연히 말하였다.

"내가 가서 장합을 베겠습니다."

공명은 드디어 그에게 영을 내렸다.

"그럼 조자룡과 함께 일지군을 거느리고 가되 매사를 서로 의논해서 행하라. 누가 공을 세우나 보겠다."

황충이 영을 받고 곧 떠나려 하니 공명은 장저로 부장을 삼아서 함께 가게 하였다.

조운이 황충을 보고 말한다.

"이제 조조가 이십만의 무리를 거느리고 와서 십 영(營)에 나누어 둔치고 있는데 장군이 주공 앞에서 적의 양초를 뺏으러 가겠다 하셨으니 이것은 작은 일이 아니외다. 장군은 대체 무슨 계책을 쓰시려 하오."

그러자 황충이

"내가 먼저 가겠는데 어떤가."

하니, 조운이

"내가 먼저 가겠소."

하고, 다시 황충이

"나는 주장이요 자네는 부장인데 어떻게 나하고 앞을 다투려 든단 말인가."

하니, 조운이

"나나 영감이나 주공을 위해서 힘을 내기는 매일반인데 구태여 그런 것을 따질 것이 무어요. 우리 두 사람이 제비를 뽑아서 이긴 사람이 먼저 가기로 합시다."

하여 황충이 그리 하자고 한다. 제비를 뽑고 보니 황충이 먼저 가게 되었다.

조운은 황충을 보고

"이미 장군이 먼저 가시기로 되었으니 내 마땅히 도와드리겠는데, 우리 시각을 미리 약조해 두는 것이 좋겠소. 그래서 만일에 장군이 정한 시각에 돌아오시면 나는 군사를 동하지 않고 그냥 있을 것이고, 만일에 장군이 시각이 지나도록 돌아오시지 않으면 그때는 내가 곧 군사를 거느리고 가서 접응하겠소."

하고 말하였다. 황충이 곧

"공의 말이 옳아."

하고 찬동해서 두 사람은 오시로 시각을 정해 놓았다.

조운은 본채로 돌아오자 부장 장익을 보고

"황한승이 내일 양초를 뺏으러 가는데 만일 오시에 돌아오지 않으면 내가 도우러 가기로 약조해 놓았다. 우리 영채가 앞으로 한수를 연해서 지세가 위험하니 내가 만일 가게 되는 때에는 네 부디 정신 차려 채책을 잘 지키고 매사에 경솔하게 동하지 말도록 하라."

하고 당부하였다. 장익은 응낙하였다.

한편 황충은 자기 영채로 돌아오자 부장 장저에게

"내가 하후연을 베었으니 정합은 한풀 꺾였을 것이다. 내 내일 명을 받들고 양초를 겁략하러 가는데 다만 오백 군만 남겨 두어 영채를 지키게 하겠으니 너는 가서 나를 도와야겠다. 오늘밤 삼경에 다들 포식하고 사경에 영채를 떠나 북산 기슭으로 짓쳐 들어가서 먼저 장합부터 잡고 다음에 양초를 뺏기로 하자."

하고 영을 내렸다.

장저는 그 영을 받았다.

이날 밤 황충은 군사를 거느리고 앞을 서고 장저는 뒤를 따라 몰래 한수를 건너서 바로 북산 아래 이르니 그제야 동쪽에서 해가 돋는다. 보니 양초가 산같이 쌓여 있는데 많지 않은 군사가 파수하고 있다가 촉병이 오는 것을 보자 모두 버려두고 도망한다.

황충은 마군에게 명하여 일제히 말에서 내려 시초를 노적가리 위에다 쌓게 하였다.

그러나 바야흐로 거기다 불을 지르려 할 때 장합이 군사를 거느리고 달려와서 황충은 그와 한바탕 혼전하는 중에 조조가 이 소식을 듣고 급히 서황을 시켜 접응하게 해서 서황은 군사를 거느리고 앞으로 나오자 황충을 둘러싸고 들이쳤다.

장저는 삼백 군을 데리고 그 속에서 빠져나와 바로 영채로 돌아가려 하는데 홀연 일지군이 내달아 앞길을 딱 막으니 거느리는 대장은 곧 문빙이다. 이때 뒤에서도 조병이 또 덮쳐들어 장저도 포위 속에 들고 말았다.

이때 조운이 자기 영채 안에 있는데 때가 어언 오시가 되었건만 황충이 돌아오지 않는다.

조운은 황망히 갑옷투구하고 말에 올랐다. 삼천 군을 거느리고 황충을 접응하러 가려 하면서 그는 떠나기 전에 다시 한 번 장익에게 분부하였다.

"네 부디 영채를 굳게 지키고 있되 양녘 벽상(壁廂)에 궁뇌를 많이 포치해서 만일의 사태에 대비하도록 하라."

장익이 연송

"예, 예."

하고 대답한다.

조운은 곧 창을 꼬나 잡자 말을 풍우같이 몰아서 북산을 바라고 짓쳐 나갔다.

그러자 뜻밖에 한 장수가 길을 딱 가로막고 나서니 그는 곧 문빙의 수하 장수 모용렬(慕容烈)이다. 말을 몰아 칼을 춤추며 바로 조운에게로 달려든다. 조운은 한 창에 그를 찔러 죽이니, 수하 군사들이 놀라서 앞을 다투어 달아난다.

조운이 그 길로 겹겹이 에워싼 조조 군사들을 무찌르며 짓쳐 들어가는데 또 일지군이 나서서 길을 막으니 거느리는 장수는 곧 초병(焦炳)이다.

조운이

"촉병은 어디 있느냐."

하고 물으니, 초병이

"벌써 다 죽여 버렸다."

하고 대꾸한다.

조운은 대로해서 말을 몰아 들어가며 또 한 창에 초병을 찔러 죽였다.

남은 군사들을 다 헤쳐 버린 다음에 바로 북산 아래 이르니 장합과 서황 두 장수가 황충과 그 수하 군사들을 에워싸고 한창 들이치는 중이다.

조운이 대갈일성에 창을 꼬나 잡고 말을 몰아서 겹겹이 둘린 포위 속으로 뛰어들어 좌충우돌하기를 마치 무인지경에 든 것처럼 하는데, 그 창 쓰는 솜씨를 형용한다면 전신 상하에 배꽃이 춤추는 듯, 온 몸에 분분히 흰 눈이 흩날리듯, 휘두르는 창끝에 호걸의 진면목을 보인다. 장합과 서황이 그만 마음이 놀라고 담이 떨려서 감히 대적할 염을 먹지 못한다.

조운이 황충을 구해내어 일변 싸우며 일변 달아나는데 그가 이르는 곳에 한 사람 감히 나와서 앞을 막는 자가 없다.

조조가 높은 데서 이 광경을 바라보고 놀라서 여러 장수들에게

"저 장수가 대체 누구냐."

하고 물으니, 아는 자가 있다가

"저것이 곧 상산 조자룡이올시다."

하고 아뢴다.

조조는 듣고

"옛날 당양 장판파 영웅이 아직도 건재하고 있었구나."

하고 급히 영을 전해서

"그가 이르는 곳에 허수히 다투는 일이 없게 하라."

하였다.

조운은 황충을 구해 가지고 마침내 포위 속을 뚫고 나왔는데 이때 한 군사가 있다가 손으로 가리키며

"저 동남편에 조병에게 에워싸인 것이 필시 부장 장저일 것입니다."

하고 말한다.

조운은 본채로 돌아가지 않고 드디어 동남편으로 짓쳐 들어갔다. 그가 이르는 곳마다 '상산 조운'의 넉자 기호(旗號)만 보면 일찍이 당양 장판파에서 그 용맹을 아는 자들이 서로 말을 전해서

모조리 도망해 숨어 버리는 형편이라 조운은 또 장저를 구해 내었다.

조조는 조운이 그렇듯 동충서돌 하건만 그가 향하는 곳에 감히 나서서 대적하는 자가 없어서 황충을 구해 내고 다시 장저를 구해 내는 것을 보고 발연대로해서 친히 좌우의 장수들을 거느리고 조운의 뒤를 추적하였다.

이때 조운은 이미 본채에 돌아와 있었는데 부장 장익이 멀리 후면에 티끌이 자욱하게 일어나는 것을 바라보고 조조의 군사가 쫓아오는 것을 알자 곧 조운에게

"추병이 점점 가까워 오니 군사를 시켜서 영채 문을 닫게 하고 적루에 올라가서 방어하는 것이 좋을까 보이다."

하고 말하니, 조운은 단번에

"영채 문을 닫으려 마라. 네 어찌 지난날 내가 당양 장판파에서 필마단창으로 조조 군사 팔십삼만을 초개처럼 보던 일을 모른단 말이냐. 이제 군사가 있고 장수가 있는데 또 무엇이 두려우랴."

라고 호령하고 드디어 궁노수들을 영채 바깥 해자 가운데 매복해 놓으며 영채 안의 기치창검을 모조리 뉘어 놓고 징소리 · 북소리 다 내지 않게 한 다음에 자기는 필마단창으로 영문 밖에 나가서 섰다.

한편 장합과 서황이 군사를 거느리고 뒤를 쫓아서 조운의 영채 앞에 이르니, 이때 날은 이미 저물었는데 영채 안에는 기도 꽂혀 있지 않고 북소리도 나지 않으며 다만 조운이 필마단창으로 영채 밖에 서 있는데 영채 문은 또 활짝 열려 있는 것이다.

두 장수가 감히 앞으로 나가지 못하고 마음에 의아해서 주저하고 있는 중인데 조조가 친히 그곳에 당도하자 곧 군사들을 재촉해서 앞으로 나아가게 한다.

군사들은 영을 듣자 곧 일제히 아우성치며 영채 앞으로 짓쳐 들어갔다. 그러나 조운이 전연 꼼짝도 않는 것을 보자 조조 군사들은 제풀에 몸을 돌쳐 물러가려 하였다.

이때 조운이 창을 들어 한 번 부르니 이것이 신호였던가, 해자 가운데서 화살이 빗발치듯 하는데 날은 이미 캄캄 어두워 촉병의 많고 적은 것을 알 길이 없다.

조조가 남 먼저 말머리를 돌려 달아났다.

그 뒤로 함성이 크게 진동하며 고각이 일제히 울리며 촉병이 쫓아온다.

조조 군사들은 서로 짓밟으며 한수 강변으로 밀려가서 물에 빠져 죽는 자가 부지기수다.

조운·황충·장저가 각기 일지군을 거느리고 쫓아오며 급히 몰아친다.

조조가 한창 말을 달려 도망하는 중에 홀연 유봉과 맹달이 각기 일지군을 거느리고 미창산 길로 해서 짓쳐 나오더니 불을 질러서 양초를 태운다. 조조는 북산에 쌓아 놓은 양초를 버려둔 채 황망히 남정으로 돌아갔다.

서황과 장합도 그대로 배겨 낼 도리가 없어서 역시 자기 영채들을 버리고 달아났다.

조운은 조조의 영채를 점거하고 황충은 조조의 양초를 빼앗았는데 한수에서 얻은 병장기가 또 무수하다.

한 마당 싸움에 크게 이기자 곧 사람을 보내서 현덕에게 첩보를 올리게 하였다.

현덕은 드디어 공명과 함께 한수로 와서 조운 수하의 군사를 보고

"자룡이 어떻게 시살하더냐."

하고 물었다.

군사는 자룡이 황충을 구해 내며 한수에서 적을 막아 낸 일을 세세히 다 이야기하였다.

듣고 나자 현덕은 크게 기뻐하여 산 앞과 산 뒤의 험준한 길을 한 번 둘러본 뒤에 흔연히 공명을 보고

"자룡의 일신이 도시(都是) 담(膽)이오그려."

하고 말하였다.

후세 사람이 시를 지어 칭찬하였다.

장판파의 그 위풍이 그대로 남았는가
적진에 뛰어들어 영웅을 나타내네.
귀신도 곡을 하고 천지가 다 놀란다.
상산의 조자룡의 일신이 도시 담이로구나.

이에 현덕은 자룡을 호위장군(虎威將軍)이라 부르고 모든 장졸들을 크게 호상하며 연석을 배설하여 밤늦도록 즐겼다.

그러자 문득 보하되 조조가 다시 대군을 보내는데 야곡(斜谷) 소로로 나와서 한수를 취하려 한다고 한다.

현덕은 듣고 웃으며

"조조가 이번에 와도 제가 무엇을 하겠느냐. 내가 꼭 한수를 얻고 말지."

하고 마침내 군사를 거느리고 적을 맞으러 한수 서편으로 갔다.

조조가 서황으로 선봉을 삼아 나가 결전하게 하는데, 장전에 한 사람이 나서며

"제가 지리를 잘 아니 서 장군을 도와서 함께 나가 촉병을 깨칠까 하옵니다."

하고 말한다.

조조가 보니 곧 파시 탕기(宕渠) 사람으로 성은 왕(王)이요 이름은 평(平)이요 자는 자균(子均)이니 이때 아문장군(牙門將軍)으로 있었다.

조조는 크게 기뻐하여 왕평으로 부선봉을 삼아 서황을 돕게 하고 자기는 정군산 북쪽에다 군사를 둔쳤다.

서황과 왕평이 군사를 거느리고 한수에 이르자 서황이 전군으로 하여금 물을 건너가서 진을 치게 해서, 왕평이

"군사가 만약에 물을 건넜다가 혹시 급히 물러날 일이 생기면 어찌하시렵니까."

하고 물으니, 서황이

"옛적에 한신(韓信)[14]이 배수진을 쳤으니 이것이 이른바 '사지에 몸을 둔 후에 산다(致之死地而後生)'는 것일세."

하고 대답한다.

왕평은 말하였다.

---

14) 한 고조 삼걸(三傑)의 한 사람. 명장으로서 일찍이 배수진을 치고 싸워서 적을 이긴 일이 있다.

"그렇지 않소이다. 옛적에 한신은 적이 꾀가 없는 것을 알고 있었기 때문에 이 계교를 쓴 것이지만, 이제 장군은 능히 조운과 황충의 의중을 아시겠습니까."

그러나 서황은

"자네는 보군을 거느리고 적을 막으면서 내가 마군을 데리고 적을 깨치는 것을 구경이나 하라고."

할 뿐이다.

드디어 서황은 부교를 놓게 하고 곧 한수를 건너 촉병과 싸우러 왔다.

위장(魏將)은 외람되이 한신을 본받으나
촉상(蜀相)이 자방임을 제가 진작 몰랐구나.

대체 승부가 어찌 될 것인고.

제갈량은 한중을 지혜로 취하고
조아만은 야곡으로 군사를 돌리다

| 72 |

　서황은 왕평이 굳이 간하였건만 끝내 듣지 않고 군사를 끌고
한수 너머로 건너가서 영채를 세웠다.
　이것을 보고 황충과 조운이 현덕에게
　"저희들이 각각 본부 인마를 거느리고 가서 조조 군사와 싸워
보겠습니다."
하고 말하니 현덕이 응낙한다.
　두 사람이 군사를 거느리고 나가며, 황충이 조운을 보고
　"이제 서황이 제 용맹을 믿고 왔으니 나가서 대적하지 말고 내
버려 두었다가 날이 저물어 저희 군사가 피곤해지기를 기다려서
우리 둘이 군사를 두 길로 나누어 가지고 나가서 치는 것이 좋
겠네."
하고 말해서 조운은 그것이 좋겠다고 하고 각기 군사를 거느리고

채책에 웅거하였다.

　서황은 군사를 이끌고 와서 진시서부터 시작해서 신시에 이르기까지 종일 싸움을 돋우었으나 서촉 군사는 전혀 동하지 않았다.

　서황이 마침내 궁노수들로 하여금 모조리 앞으로 나와 촉병의 영채를 바라고 활을 쏘게 한다.

　황충이 조운을 보고

　"서황이 궁노수를 시켜서 활을 쏘게 하는 것은 그 군사가 장차 물러가려 하기 때문일세. 이때를 타서 쳐야 하네."

하고 말하는데, 말이 미처 맺기 전에 문득 보하되 조조 군사의 후대가 과연 뒤로 물러가기 시작했다고 한다.

　촉병 진영에서 북소리가 크게 진동하며 황충은 군사를 거느리고 좌편에서 나가고 조운은 군사를 거느리고 우편에서 나가 좌우로 끼고 쳤다.

　서황이 대패해서 군사들 가운데 뒤로 밀려 한수에 빠져 죽는 자가 무수하다.

　서황은 죽기로 싸워 간신히 몸을 빼쳐 영채로 돌아오자, 왕평을 보고

　"우리 군사의 형세가 위태한 것을 보고도 네 어찌하여 구하러 오지 않았느냐."

하고 책망하니, 왕평이

　"내가 만약 구하러 갔더라면 이 영채나마도 보전하지 못했을 것이외다. 내 그러기에 공더러 가시지 마라 했던 것인데 공이 듣지 않아서 이런 낭패를 본 게 아닙니까."

하고 말한다.

서황이 대로해서 왕평을 죽이려 하였더니, 이날 밤 왕평은 본부 군사를 지휘해서 영채 안에다 불을 놓고 조조 군사들이 대혼란에 빠져서 서황이 마침내 영채를 버리고 달아나 버리자, 그는 곧 한수를 건너 조운의 영채를 찾아왔다.

조운이 왕평을 데리고 현덕을 가 뵙는데 왕평이 한수의 지리를 모두 이야기하니, 현덕은 크게 기뻐하며

"내가 왕자균을 얻었으니 한중을 취할 것은 의심이 없군."

하고 드디어 왕평으로 편장군(偏將軍)을 삼고 향도사(鄕導使)를 거느리게 히였다.

한편 서황이 도망해 돌아가서 조조를 보고, 왕평이 배반하고 유비에게로 가서 항복하였다 말하니 조조는 대로하여 친히 대군을 통솔하고 한수의 채책을 뺏으러 왔다.

조운은 외로운 형세로서 그냥 버티고 있기가 어려울 것을 염려해서 드디어 한수 서편으로 물러와서 양군이 물을 사이에 두고 상거하였다.

현덕이 공명과 함께 형세를 살피러 왔다. 공명은 한수 상류 쪽에 군사 천여 명을 매복할 만한 일대 토산이 있는 것을 보자 곧 영채로 돌아와서, 조운을 불러

"군사 오백 명에게 모두 고각을 들려 가지고 토산 아래 가서 매복해 있다가, 혹 야반이나 혹 황혼에 우리 영채 안에서 호포소리만 울리거든 호포소리 한 번에 북 한 번씩 치되, 다만 나가서 싸울 것은 없다."

하고 분부하였다.

자룡이 계책을 받고 간 뒤에 공명은 높은 산 위에서 가만히 적의 동정을 살피기로 한다.

그 이튿날 조조 군사가 와서 싸움을 돋우었으나 서촉 진영에서는 한 사람도 나가지 않고 화살 한 개도 쏘지 않아서 조조 군사는 제풀에 돌아가 버렸다.

그날 밤이 이슥해서다.

공명은 조조 영채에 등불이 꺼지고 군사들이 잠든 것을 보자 드디어 호포를 놓았다.

자룡이 듣고 곧 군사들을 시켜서 일제히 북을 치고 각을 불게 한다.

조조 군사는 적이 겁채하러 오는 줄만 여겨서 놀라고 당황하였다. 그러나 급기야 영채에서 나가 보면 군사라고는 한 명도 볼 수가 없다.

그래 영채로 돌아와 막 다시 자려고들 하는데 호포가 또 울리고 고각이 또 울고 아우성 소리가 크게 진동해서 산골이 쩡쩡 운다.

조조 군사는 밤새도록 불안하였다.

연달아 사흘 동안을 이처럼 불안 중에 지내고 나자 조조는 마음에 겁이 나서 영채를 거두어 가지고 삼십 리를 뒤로 물러나 사면이 툭 트인 넓은 들에다 새로 진영을 세웠다.

공명은 웃으며

"조조가 비록 병법은 알지만 궤계는 모르거든."

하고 드디어 현덕에게 청해서 친히 한수를 건너 가 물을 등지고 영채를 세우게 하였다.

현덕이 계책을 물으니 공명은

"이러이러하게 하면 됩니다."

하고 말한다.

조조는 현덕이 물을 등에 지고 하채한 것을 보자 심중에 의혹이 들어 사람을 시켜서 전서(戰書)를 보내 왔다. 공명은 내일 결전하자고 대답해 보냈다.

이튿날 양편 군사는 서로 나와서 중로 오계산(五界山) 앞에서 만났다.

피차 진을 치고 나자 조조는 두 줄로 용봉정기를 벌려 세우고 밀 타고 문기 이레 나와 서서 북소리 세 번 나기를 기다려 현덕더러 나와서 대답하라고 외쳤다.

현덕이 유봉·맹달과 서천의 여러 장수들을 거느리고 나가자 조조는 채찍을 들어 그를 가리키며

"유비야, 이 배은망덕하고 조정을 배반하는 도적아."

하고 큰 소리로 꾸짖었다.

현덕도

"나는 한실 종친으로서 조서를 받들어 도적을 치는 것이다. 네가 국모를 시역하며 스스로 왕이라 참칭하며 참람하게 천자의 난여(鑾與)를 쓰니 이것이 반역이 아니고 무엇이냐."

하고 마주 대고 꾸짖었다.

조조가 노해서 서황에게 명하여 나가 싸우게 하니 유봉이 나와서 맞는다. 두 사람이 어우러져 싸울 때 현덕은 먼저 말을 달려 진중으로 들어가 버렸다.

유봉이 서황을 당해 내지 못하고 말을 돌려 달아나자, 조조가 곧 영을 내려

"유비를 잡는 자는 서천의 주인을 삼으리라."

하니 대군이 일제히 함성을 올리며 진으로 짓쳐 들어온다.

서촉 군사는 그대로 영채를 버리고 한수를 향해서 도망하였다.

그들이 버린 말과 병장기가 길 위에 쫙 깔려서 조조 군사들이 모두 다투어 집는다. 이것을 보자 조조는 급히 징을 쳐서 군사를 거두었다.

여러 장수들이

"저희가 바로 유비를 잡으려고 하는 판에 대왕께서는 어찌하여 군사를 거두십니까."

하고 물으니, 조조는 이에 대답하여

"내가 보매 촉병이 한수를 등지고 영채를 세웠으니 이것이 첫째 의심 가는 일이요, 마필과 군기를 그대로 버리니 이것이 둘째 의심 가는 일이라, 물건들을 집지 말고 빨리 퇴군하는 것이 좋겠다."

하고 드디어 영을 내려

"단 한 가지라도 함부로 물건을 집는 자는 그 자리에 참하겠다. 빨리 퇴군하라."

하였다.

그러나 조조 군사가 바야흐로 발길을 돌리려 할 때 공명이 군호하는 기를 번쩍 드니 현덕의 중군은 군사를 거느려 바로 나오고, 황충은 좌편에서 짓쳐 나오고, 조운은 우편에서 짓쳐 나온다.

조조 군사는 그대로 무너져 도망하였다.

공명은 밤을 도와 그 뒤를 쫓았다.

조조가 군중에 영을 전해서 모든 군사들이 남정에 모이게 하였는데, 거의 남정에 다다라 문득 앞을 보니 남정으로 드는 길 오로에 불길이 충천한다.

이는 다름이 아니라 원래 위연과 장비가 엄안을 시켜 자기들 대신 낭중을 지키게 하고 군사를 나누어 가지고 와서 남정을 쳐 점거해 버린 것이다.

조조는 마음에 놀라 양평관을 바라고 달아났다.

현덕은 대병을 거느리고 조조의 뒤를 쫓아서 남정 포주(褒州)에 이르렀다.

백성을 안무하고 나서 현덕은 공명을 보고

"조조가 이번에 와서는 어찌 그리 패하는 것이 빠르오."

하고 물으니, 공명이

"조조가 본래 위인이 의심이 많습니다. 비록 용병에 능하다 해 도 의심을 하면 패(敗)가 많은 법이라, 그래 우리가 의병(疑兵)을 써서 이긴 것입니다."

하고 대답하였다.

현덕이 다시

"이제 조조가 물러나서 양평관을 지키니 그 형세가 이미 외로 운데 선생은 장차 무슨 계책으로 물리치려 하시오."

하고 물으니, 공명은

"량이 이미 계책을 정해 놓았습니다."

하고 곧 장비와 위연으로 하여금 두 길로 군사를 나누어서 조조 의 양도(糧道)를 가서 끊게 하고, 또 황충과 조운으로는 역시 군사 를 나누어 두 길로 가서 불을 놓아 산을 태우게 하였다. 네 장수 는 각각 향도관들을 데리고 떠났다.

이때 조조가 물러가서 양평관을 지키며 군사를 시켜서 적의 정세를 알아보게 하였더니, 돌아와서 보하는 말이

"지금 서촉 군사들이 원근의 소로들을 모조리 막아 버렸고, 나무할 곳은 모두 불을 질러 태워 버렸는데 대체 군사들이 어디 있는지를 모르겠소이다."

한다.

조조가 한창 의아하게 생각하고 있을 때 또 보하는 말이 장비와 위연이 군사를 나누어서 군량을 겁략한다고 한다.

조조는 물었다.

"뉘 감히 가서 장비를 대적할꼬."

허저가 나서며

"제가 가겠소이다."

한다.

조조는 허저로 하여금 일천 정병을 거느리고 양평관을 나가 노상에서 양초를 접응해 오게 하였다.

양초를 영거해 오던 관원이 허저를 보자 기뻐하며

"만약에 장군이 여기 오시지 않았다면 양초는 양평관까지 못 갔을 것입니다."

하고 수레 위에 얹어 가지고 오던 주육을 갖다가 바친다.

허저는 연해 잔을 기울여 저도 모르게 대취해 가지고 취흥이 나서 양거(糧車)를 몰고 나가자고 재촉하였다.

양초를 영거해 가는 관원이

"날이 이미 저물었고 또 앞으로 포주 땅이 산세가 험악해서 지나갈 수 없습니다."

하고 만류하였건만, 허저는

"내가 만부지용(萬夫之勇)이 있는데 누구를 두려워하겠나. 오늘 밤에 달빛이 있어서 수레를 몰고 나가기가 마침 좋으이."

하고 앞을 서서 칼을 비껴들고 말을 놓아 군사를 거느리고 나아 갔다.

이경 이후에 포주 노상으로 나가 길을 반쯤 갔을 때 홀지에 산 골짜기에서 고각이 천지를 진동하며 일지군이 길을 막으니 거느 리는 대장은 곧 장비다.

장비가 장팔사모를 꼬나 집고 말을 달려 나와 바로 허저에게로 달려들어서, 허저도 칼을 춤추며 그를 맞아 싸우는데 원체 술이 취한 터라 장비를 당해 내지 못하여 서로 싸우기 두어 합이 못 되 어서 어깻죽지에 장비의 창을 맞고 몸을 번드쳐 말에서 떨어졌다.

군사들이 급히 그를 구해 가지고 뒤로 도망한다. 장비는 양초 와 차량을 몰수해 뺏어 가지고 돌아갔다.

이때 여러 장수들이 허저를 보호해 가지고 돌아가서 조조를 보 이니 조조는 일변 의사를 시켜서 그의 금창을 치료해 주게 하고 일변 친히 군사를 거느리고 현덕과 결전하러 나왔다.

현덕이 군사를 이끌고 나가서 양편이 서로 진을 치고 대하자 현덕이 유봉을 시켜서 말을 내게 하니, 조조가 노해서

"신 팔던 아이 놈이 매양 얻어다 기른 자식을 시켜서 싸우게 하 는구나. 내 만약 노랑 수염 난 아이를 불러올 말이면 네놈이 얻어 온 자식은 장산적이 되고 말 게다."

하고 욕을 한다.

유봉은 대로하여 창을 꼬나 잡고 말을 풍우같이 몰아 바로 조

조에게로 달려들었다.

그러나 조조가 서황을 시켜서 맞아 싸우게 하자 유봉은 거짓 패해서 달아났다.

조조가 곧 군사를 휘몰아 그 뒤를 쫓는데, 이때 촉병 진영 안에 서 호포소리가 사면에 일어나며 고각이 일시에 울린다.

조조는 복병이 있는가 두려워서 영을 내려 급히 군사를 물리게 하였다.

조조 군사들이 서로 짓밟아서 죽고 상하는 자가 극히 많다.

그대로 말을 달려 양평관까지 돌아가서야 겨우 숨을 돌리는데, 이때 촉병이 성 아래로 쫓아 들어와서 동문에다 불을 놓고 서문 에서 고함치며 남문에다 불을 놓고 북문에서 북을 친다.

조조는 겁이 더럭 나서 관을 버리고 달아났다. 촉병이 그 뒤를 몰아친다.

조조가 한창 말을 달려 도망하는 중에 앞에서는 장비가 일지군 을 이끌고 나와서 길을 끊고, 뒤에서는 조운이 일지군을 휘몰고 쫓아오며, 또 한편 황충이 군사를 거느리고 포주 쪽으로부터 짓 쳐 들어온다.

조조는 대패하였다.

모든 장수들이 조조를 보호해서 길을 뚫고 달아난다. 막 도망 해서 야곡(斜谷) 지경 어귀에 이르렀을 때 홀연 전면에 티끌이 자 욱하게 일어나며 일지군이 들어온다.

조조가 '이 군사가 만약 복병이면 나는 그만이로구나' 생각하는 데, 막상 군사가 가까이 들어온 뒤에 보니 그는 바로 조조의 둘째 아들 조창이었다.

조창의 자는 자문(子文)이니 소싯적부터 말 잘 타고 활 잘 쏘며 여력이 과인해서 능히 맨주먹으로 맹수를 때려잡는다.

일찍이 조조가 그를 경계해서

"네가 글을 읽지 아니 하고 활 쏘고 말 타기를 좋아하니 이는 필부의 용맹이라 무엇이 귀하단 말이냐."

하고 말하니, 조창은

"사내대장부면 마땅히 위청(衛靑)[1]과 곽거병(霍去病)[2]을 배워 사막에서 공을 세우며 수십만의 무리들을 거느리고 천하를 한 번 횡행해 볼 일이지 박사는 되어서 무얼 합니까."

하고 대답하는 것이다.

조조가 언젠가 여러 아들들의 뜻을 물은 적이 있었는데, 그때 조창이

"저는 장수가 되겠습니다."

해서, 조조가 다시

"장수 노릇을 어떻게 하려느냐."

하고 물으니, 조창이

"갑옷 입고 병장기 들고 나서서 어려운 일을 당하면 몸을 돌보지 않고 군사보다 제가 앞서 하며 상을 주면 반드시 행하고 벌을 주면 반드시 신(信)이 있게 하렵니다."

하고 대답하였다. 조조는 크게 웃었다.

건안 이십삼년에 대군(代郡)의 오환이 반(反)해서 조조가 조창으

---

1) 한 무제 때의 유명한 장군. 본성은 정씨(鄭氏)이나 어머니의 성을 좇아서 위청이라 한다. 일곱 번이나 흉노를 정벌해서 위엄이 절역(絕域)에까지 떨쳤다.
2) 위청의 생질로, 무제 때 표요교위(剽姚校尉)가 되어 전후 여섯 차례나 흉노를 쳤다.

로 하여금 군사 오만을 거느리고 가서 치게 하는데, 떠나기에 미처 조조는 그를 경계하여

"집에 있으면 부자이나 일을 받으면 군신이라, 법은 사정(私情)을 돌보지 않는 것이니 네 매사에 깊이 삼가야 하느니라."

하고 타일렀다.

조창이 대북(代北)에 이르러 적과 싸우며 매양 제가 먼저 나서서 곧장 상건(桑乾)까지 쳐들어가 북방을 모두 평정하였는데 조조가 양평관에서 패하였다는 소식을 듣고 이렇듯 싸움을 도우러 온 것이었다.

조조는 조창이 온 것을 보고 크게 기뻐하여

"내 노랑 수염 난 아이가 왔으니 이젠 틀림없이 유비를 깨뜨렸다."

하고 드디어 군사를 다시 돌려 야곡 어귀에다 영채를 세웠다.

조창이 당도한 것을 현덕에게 말한 사람이 있어서 현덕이

"뉘 감히 가서 조창과 싸울꼬."

하고 물으니, 유봉이

"제가 가겠습니다."

하고 대답하는데 맹달이 또한 저도 가겠다고 말한다. 현덕이

"너희 둘이 함께 가서 누가 공을 세우나 어디 보자."

하고 허락해서, 두 사람이 각기 오천 군씩 거느리고 나가는데 유봉은 앞에서 가고 맹달은 뒤를 따라 나갔다.

조창이 말을 내어 유봉과 싸우는데 단지 삼 합에 유봉은 대패해서 돌아왔다.

이것을 보고 맹달이 군사를 거느리고 앞으로 나가서 바야흐로

조창과 창끝을 어우르려 할 때 문득 조조 군사가 크게 어지러워졌다.

이는 원래 마초·오란의 양군이 쳐들어와서 조조의 군사들이 놀라서 소동을 일으킨 것이다. 맹달이 군사를 거느리고 협공한다.

마초의 수하 군사들이 예기를 길러 둔 지 오래라 이에 이르러 무위(武威)를 크게 떨쳐서 그 형세를 당할 길이 없다.

조조 군사는 패해서 달아났다.

이때 조창이 마침 오란을 만나 둘이 겨루는데 두어 합이 못 되어서 조창은 오란을 한 창에 찔러 말 아래 떨어뜨렸다.

삼군이 혼전한 끝에 조조는 군사를 거두어 가지고 야곡 어귀에 하채하였다.

조조가 군사를 둔치고 있은 지 오래되었으나, 앞으로 나가려 하여도 마초가 굳게 막아 지키고 있어서 못하겠고, 그렇다 해서 군사를 거두어 돌아가자 하니 또한 서촉 군사들이 비웃을 것이 두렵다.

마음에 주저해서 결단을 못하고 있을 때 마침 포관(庖官)[3]이 계탕(鷄湯)을 올린다.

조조는 국 대접 속에 계륵(鷄肋)이 있는 것을 보고 심중에 느끼는 바가 있어서 바야흐로 침음하고 있는데 하후돈이 들어와서 야간의 구호를 정해 줍시사고 청한다.

조조는 입에서 나오는 대로

"계륵, 계륵."

---

3) 음식을 주관하는 관원.

하고 말하였다.

　하후돈이 여러 관원들에게 영을 전해서 모두 '계륵'이라고 부르게 하니, 이때 행군 주부 양수는 계륵이라고들 말하는 것을 듣자 즉시 수행하는 군사들을 시켜서 각기 행장을 수습하여 돌아갈 준비를 하게 하였다.

　누가 있다가 이것을 하후돈에게 알려서 하후돈이 크게 놀라 양수를 장중으로 청해다가

　"공은 어째서 행장을 수습하시오."

하고 물으니 양수가 대답한다.

　"오늘밤의 구호로 나는 위왕께서 불일간 퇴군해 돌아가실 줄을 알았소이다. 대체 계륵이란 것은 먹자니 살은 없고 버리자니 맛은 있는 것이라, 이제 나가자 하나 이기지는 못하겠고 물러가자 하나 남이 웃을까 두려운데 필경은 여기 있어야 무익한 일이라 빨리 돌아갈밖에는 없으니 내일 위왕께서 반드시 회군하실 것이라 내 내일 서두르지 않으려고 미리 행장을 수습해 놓는 것이오."

　듣고 나자 하후돈은

　"공은 참으로 위왕의 폐부를 들여다보시는 분이오."

하고 드디어 자기도 행장을 수습하니, 이것을 보자 영채 안의 모든 장수들이 돌아갈 채비를 차리지 않는 자가 없다.

　이날 밤 조조가 마음이 산란해서 잠들지 못하고 드디어 손에 강부(鋼斧)를 들고 가만히 영채를 도는데, 문득 보니 하후돈의 영채 안에서 많은 군사들이 모두 짐들을 꾸리고 있는 것이다.

　조조는 깜짝 놀라 급히 장중으로 돌아오자 하후돈을 불러서 그 까닭을 물었다.

하후돈이

"주부 양덕조가 벌써 대왕께서 돌아가실 의향이심을 알고 있소이다."

하고 말한다.

조조가 다시 양수를 불러서 물어보니 양수가 '계륵'의 뜻으로 대답을 한다.

조조는 대로하여

"네 감히 말을 지어 내어 군심을 소란케 한단 말이냐."

히고 곧 도부수를 호령해서 끌어내어다 목을 베게 하고 그 수급을 가지고 원문 밖에 호령하게 하였다.

원래 양수의 위인이 제 재주를 믿고 너무 방자해서 여러 차례 조조의 비위를 거스른 적이 있었다.

조조가 화원(花園)을 하나 만든 일이 있었는데, 다 되자 조조가 보러 가서 잘 되었다 못 되었다 말은 없이 다만 붓을 들어 문 위에다 살 활(活)자 한 자를 써 놓고는 돌아가 버렸다.

남들은 다 그 뜻을 알지 못하였는데 양수가 있다가

"문(門) 안에 활(活)을 하면 곧 넓을 활(闊)자라, 승상께서는 이 동산 문이 너무 넓은 것을 싫어하신 것이오."

하고 말하였다.

이에 담을 고쳐 쌓아 말끔하게 고쳐 지은 다음에 다시 조조를 청해서 보이니 조조가 크게 기뻐하며

"누가 내 뜻을 알았는고."

하고 묻는다.

좌우가

"양수입니다."

하고 아뢰니 조조는 비록 입으로는 칭찬을 하나 마음으로는 심히
그를 꺼렸다.

또 어느 날은 새북에서 타락죽[酥] 한 합을 보내 왔는데 조조는
자필로 '일합소(一合酥)' 석 자를 합 위에 써서 책상머리에 놓아두
었다.

그러자 양수가 들어와서 이것을 보더니 곧 수저를 가져가다 여
러 사람과 함께 타락죽을 다 나누어 먹어 버렸다.

조조가 그 까닭을 묻자 양수는 대답하여

"합 위에 분명히 '일인일구소(一人一口酥)'[4]라고 써 놓으셨는데 어
찌 감히 승상의 분부를 어기겠습니까."

하고 말하였다.

조조는 비록 기쁜 낯으로 웃어 보였으나 내심에는 그를 미워하
였던 것이다.

또 조조는 남이 자기를 암암리에 모해할까 저어하여 일상 좌우
에게 분부하기를

"내가 꿈속에서 사람을 잘 죽이니 내가 잠이 들었을 때는 행여
너희들은 내게 가까이 오지 마라."

하였다.

그러자 어느 날 그가 장중에서 낮잠을 자는데 덮고 자던 이불
이 땅에 떨어졌다.

---

4) '一合'을 파자하면 '一人一口'가 되니 '일합소'는 곧 '일인일구소', 즉 한 사람이 한
입씩 먹을 타락죽이란 뜻이 된다.

이것을 보고 한 근시가 황망히 이불을 집어서 다시 덮어 주었는데 조조는 벌떡 자리에서 뛰어 일어나자 칼을 뽑아서 그를 베고 다시 와상 위로 올라가서 자는 체하다가 한동안이 지나서야 일어나서 거짓 놀라며

"누가 내 근시를 죽였단 말이냐."

하고 물었다.

여러 사람이 사실대로 대답하자 조조가 통곡하며 후히 장사지내 주게 하니 사람들은 모두 조조가 과연 꿈속에서 사람을 죽이는 버릇이 있는 줄로만 생각하였다.

그러나 유독 양수만이 그 뜻을 알고 있어서 그 사람을 장사지낼 때 손으로 가리키며

"승상께서 꿈속에 계셨던 게 아니라 자네가 바로 꿈속에 있었던 걸세."

하고 괴탄하니 이 말을 듣고 조조는 더욱 그를 미워하였다.

조조의 셋째 아들 조식이 양수의 재주를 사랑해서 매양 양수를 불러다가 담론하는데 밤새도록 쉬지 않을 때가 많았다.

조조가 여러 사람과 의논하고 조식을 세자로 봉하려 하자, 조비가 이것을 알고 몰래 조가장(朝歌長)인 오질(吳質)을 내부(內府)로 청해 들여다가 상의하는데 누가 알까 보아 겁이 나서 커다란 행담 속에다 오질을 넣고서 말로는 안에 비단이 들었다 하고 부중으로 실어 들였다.

양수가 이 일을 알고 바로 조조에게 가서 고해바쳐 조조는 사람을 조비의 부문으로 보내서 살피게 하였다.

조비가 황망히 오질에게 말하니, 오질이

"아무 걱정할 것이 없소이다. 내일 큰 행담에다 정말 비단을 담아 다시 들여오게 해서 속이시면 그만입니다."

하고 훈수한다.

조비는 그 말과 같이 해서 큰 행담에다가 비단을 담아서 실어 들였다.

사자가 뒤져 보매 행담 속에 들어 있는 것이 과연 비단이라 그대로 조조에게 회보하니 조조는 그만 양수가 조비를 참소하는 줄로 의심해서 더욱 그를 미워하였다.

언젠가는 또 조조가 조비와 조식의 재간을 시험해 보려고 둘에게 각각 업성 문을 나갔다 오라 이르고는 한편으로 가만히 사람을 시켜서 문지기에게 그들을 내보내지 말라고 분부해 놓았다.

조비가 먼저 성문에 이르자 문지기가 막는다. 조비는 그대로 돌아오고 말았다.

조식이 이 말을 듣고 양수에게 물으니 양수가

"공이 왕명을 받들고 나가시는 터이니 만일에 막고 못 나가시게 하는 자가 있다면 참해 마땅하오리다."

하고 일러 준다. 조식이 그 말을 그러히 여기고 성문에 이르니 과연 문지기가 못 나가게 막는다.

조식은 곧

"내가 왕명을 받들었는데 뉘 감히 내 길을 막는단 말이냐."

라고 꾸짖고 그 자리에서 그를 참해 버렸다.

이리하여 조조는 조식을 능하다고 생각하였는데 뒤에 어떤 사람이 조조에게

"그것이 곧 양수가 가르친 것이올시다."

하고 고해서 조조는 대로하고 이로 인해서 조식이까지도 좋아하지 않았다.

양수는 일찍이 조식을 위해서 답교(答敎) 십여 조를 쥐어 주어서 언제고 조조가 묻는 일이 있으면 조식은 곧 조목을 따라서 대답하곤 하는데 조조가 매양 군국대사(軍國大事)를 가지고 묻건만 조식은 대답이 흐르는 물 같아서 거칠 데가 없다.

조조는 마음에 못내 의심하였는데, 뒤에 조비가 몰래 조식의 좌우에 있는 자를 매수해서 양수가 지어 준 답교를 훔쳐다가 조조에게 바쳤다.

조조는 대로해서

"그놈이 언감 나를 속인단 말이냐."

하고 이때 이미 양수를 죽일 마음이 있었는데, 이제 군심을 혹란(惑亂)시켰다는 죄명을 빌려서 그를 죽인 것이었다.

양수가 죽을 때 나이는 서른네 살이다.

후세 사람이 지은 시가 있다.

총명하다 양덕조야 대대 명문 자손으로
붓끝에 용이 날고 흉중 포부 장하구나.
놀라워라 고담준론 응구첩대(應口輒對)를 뉘 당하리.
제 재주로 몸 망쳤네 퇴군 여부가 아랑곳하랴.

조조는 양수를 죽이고 나자 짐짓 하후돈에게도 노염을 품어 그도 참하겠다고 호령하였다.

그러나 여러 관원들이 나서서 빌자 조조는 마침내 하후돈을 꾸짖어 물리친 다음에 곧 영을 내려 내일 진병하게 하라 하였다.

그 이튿날이다.

조조 군사가 야곡 어귀로 나가는데 앞에 일지군이 나와서 막으니 바로 위연이다.

조조는 위연에게 항복하라 권하였으나 위연이 큰 소리로 꾸짖어서 조조는 방덕을 시켜 나가서 싸우게 하였다.

두 장수가 한창 싸우고 있을 때 조조 영채 안에서 불이 일어나며 사람이 보하되 마초가 와서 중채와 후채 두 영채를 겁략한다고 한다.

조조는 칼을 빼어 손에 들고 호령하였다.

"장수들 중에 뒤로 물러나는 자는 참하리라."

모든 장수들이 힘을 다해서 앞으로 나아간다. 위연은 거짓 패해서 달아났다.

조조가 그제야 군사를 돌려서 마초와 싸우게 하고 자기는 높은 언덕 위에 말을 세우고 양편 군사의 싸우는 양을 보고 있었다.

이때 홀지에 일표군이 앞에서 짓쳐 들어오며

"위연이 예 있다."

하고 큰 소리로 외치더니 활에 살을 먹여 조조를 쏘아 맞히었다.

조조는 몸을 번드쳐 말에서 떨어졌다. 위연이 곧 활을 버리자 칼을 휘두르며 말을 풍우같이 몰아서 조조를 죽이려고 산언덕을 치달아 올라온다.

이때 한 옆으로서 장수 하나가 큰 소리로

"우리 주공을 상하지 마라."

하고 번개같이 뛰어나온다.

보니 바로 방덕이다. 방덕은 기운을 떨쳐 앞으로 나가서 위연과 싸워서 이를 물리치고 조조를 보호해서 앞으로 나갔다.

이때 마초는 이미 물러간 뒤였다.

조조는 상처를 입고 영채로 돌아왔다.

원래 위연이 쏜 화살에 인중을 맞아서 앞니 두 개가 부러졌던 것이다.

조조는 곧 의사를 불러서 치료를 받으며 바야흐로 양수가 하던 말을 생각하고 곧 양수의 시체를 거두어 가지고 돌아가 후히 장사지내 주게 하며, 그 길로 회군하는데 방덕을 시켜서 뒤를 끊게 하였다.

조조가 전거(氈車) 안에 누워서 좌우 호분군(虎賁軍)으로 호위시키며 나가는데 홀연 보하되 야곡 산상 양편에서 불길이 일며 복병이 쫓아온다 한다. 조조 군사들은 모두 경겁해서 어찌할 바를 몰랐다.

　　동관에서 치른 곡경 또 한 번 당하는가
　　그 옛날 적벽에서도 이런 적이 있더니만.

필경 조조의 목숨이 어찌 될 것인고.

(7권에 계속)